ELLEN McCOY

Verliebt
und
zugeschneit

ALASKA WIDER WILLEN

1. Auflage
Copyright © 2017 Ellen McCoy
Lektorat: M. Grundmann
Korrektorat: Dr. Andreas Fischer

Herstellung und Verlag:
BoD – Books on Demand
In de Tarpen 42
22848 Norderstedt

ISBN: 978-3-7448-6414-5

Covergestaltung: Chris Gilcher
http://design.chrisgilcher.com

Bildmaterialien:
Mann und Hintergrund: Designed by Freepik
Schaufel: https://www.shutterstock.com/de/image-vector/snow-shovel-yellow-hand-tool-digging-229220116
(Vikorija Reuta)
Frau: https://www.shutterstock.com/de/image-vector/girl-goes-on-park-16807135 (Kram78)

Bibliografische Information der Deutschen Nationalbibliothek:
Die Deutsche Nationalbibliothek verzeichnet diese Publikation
in der Deutschen Nationalbibliografie; detaillierte bibliografi-
sche Daten sind im Internet über http://dnb.dnb.de abrufbar.

Kapitel 1

»Kraft des mir vom Staat Kalifornien verliehenen Amtes erkläre ich Sie hiermit zu Mann und Frau. Sie dürfen die Braut jetzt küssen.«

Die Worte hallten mit erschreckender Endgültigkeit in Sarahs Kopf wider.

Neben ihr begann Sue vor Rührung zu schluchzen. Sie selbst konnte ihren Blick jedoch nicht von Madison nehmen, die sich strahlend ihrem frisch angetrauten Ehemann zuwandte.

»Stell dir vor, du könntest die Nächste sein«, raunte Sue überwältigt und tupfte sich vorsichtig die Augen.

Sarahs Lächeln gefror auf ihrem Gesicht, während ihr Innerstes sich heftig gegen diesen Gedanken sträubte. Was war nur los mit ihr?

Ihr Blick schweifte zu Ethan, der ihr genau gegenüber auf der Seite des Bräutigams stand. Mit seiner schlanken Figur, den kurzen blonden Haaren und braungebrannter Haut sah er fast schon unverschämt gut aus.

»Habt ihr denn endlich einen Termin?«

Um sie herum klatschten alle laut, als Madison sich lachend von ihrem Aiden löste. Der Tumult entband Sarah dankenswerterweise von einer Antwort.

Hand in Hand liefen die Frischvermählten den Mittelgang der Kirche entlang. Sie wirkten so glücklich, so zufrieden – so, wie es sein sollte.

Ethan trat zu ihr und reichte ihr seine Hand. Fast schon automatisch hakte Sarah sich bei ihm unter. Sie beide waren ein eingespieltes Team, passten wunderbar zusammen. Und noch immer hatten sie keinen Termin für ihre Hochzeit festgelegt, obwohl der Antrag schon acht Monate zurücklag.

»Stimmt etwas nicht?« Ethan musterte sie forschend.

»Nein.« Sie schüttelte rasch ihren Kopf. »Alles bestens.«

»Dann komm.« Er grinste. »Wir sollten uns beeilen, sonst sind gleich alle Parkplätze weg.«

Sie nickte und beschleunigte ihren Schritt. Das war Ethan – vorausschauend und pragmatisch durch und durch.

Sobald er den Motor startete, tönte ihnen *White Christmas* aus den Lautsprechern des Radios entgegen.

Sarah verzog angewidert das Gesicht.

Ja, sie hatten Mitte Dezember. Und ja, es dauerte nicht mehr lange bis Weihnachten. Aber sie waren hier in Südkalifornien, Herrgott noch mal. Da musste man wirklich nicht so tun, als wäre man am Nordpol! Überall winkten ihr kitschige Weihnachtsmänner in roten Mänteln entgegen, in denen Santa bei den herrschenden Temperaturen ganz bestimmt einen Hitzschlag kriegen würde. Die Straße war von künstlichen Tannenbäumen gesäumt, die mit noch künstlicherem Schnee bedeckt waren. Und war das etwa ein Schneemann aus Plastik in diesem Vorgarten, den sie gerade passierten?

»Macht es dir was aus, wenn ich den Sender wechsle?«, fragte sie.

»Nur zu.« Ethan zuckte mit den Schultern.

Sie drehte ein paarmal am Rädchen, doch es führte zu nichts. Auf allen Kanälen wurden sie mit Weihnachtsmusik beschallt. Frustriert schaltete Sarah das Radio aus.

»Was ist denn los?«, fragte Ethan verwirrt.

»Nichts. Ich verstehe nur nicht, wieso man ständig versucht, etwas vorzutäuschen, das nicht da ist. Es gibt bei uns keinen Schnee, keine Tannenbäume oder dicken Mäntel – und das ist völlig okay so! Finde ich zumindest«, fügte sie etwas kleinlauter hinzu, als Ethan seine Stirn runzelte.

Sie verstand sich ja selbst nicht. Noch heute Morgen war alles in Ordnung gewesen, sie hatte sich für Madison gefreut und vorgehabt, mal wieder so richtig zu feiern.

Aber die Trauung hatte sie irgendwie auf dem falschen Fuß erwischt.

Sie könnte wirklich die Nächste sein.

Wollte sie das überhaupt?

»Wir sind da«, bemerkte Ethan verstimmt.

Sarah riss sich zusammen. Sie wollte ihm ganz sicher nicht die Party verderben. »Schau mal, da vorne ist ein guter Parkplatz. Sogar im Schatten«, versuchte sie, die Stimmung zu retten.

Herrlich kühle, klimatisierte Luft schlug ihnen entgegen, sobald sie die Festhalle betraten. Die Band stimmte gerade ihre Instrumente und überall wuselten Kellner mit Tabletts voller Getränke und Häppchen herum.

Sarah atmete tief durch und zwang sich, sich zu entspannen. Das hier war Madisons Hochzeit, nicht ihre eigene. Es war erschreckend, wie sehr dieser Gedanke sie beruhigte.

Seit sie ein kleines Mädchen war, hatte sie von einer schönen Hochzeit und einer Familie geträumt. Das alles war jetzt in greifbarer Nähe für sie.

Ethan hatte sie gefragt, sie hatte Ja gesagt. Und sie hatten nie wieder darüber gesprochen.

Ethan reichte ihr ein Glas, das er einer vorbeieilenden Kellnerin abgenommen hatte. »Cheers.« Er ließ seins leicht gegen das ihre klirren. »Auf Madison und Aiden, mögen sie für alle Zeit glücklich sein.«

»Cheers.« Sie hoffte sehr, dass es so kommen würde.

Natürlich würde es das. Die beiden passten perfekt zusammen. So wie Ethan und sie.

Aber bedeutete *perfekt* wirklich *richtig*? War es das, worauf es ankam? Sie schaute Ethan an, als hätte sie ihn noch nie zuvor gesehen.

War er der Mann, an dessen Seite sie ihr Leben verbringen wollte? Sie liebte ihn, sie wusste, dass sie das tat. Schließlich war er immer für sie da. Er war treu, aufmerksam, zuverlässig und einigermaßen romantisch. Sie würde kaum einen besseren Mann finden können als ihn.

Warum erfüllte sie dann die Aussicht, tatsächlich seine Frau zu werden, mit lähmender Beklemmung? Gab ihr das Gefühl, dass ihr Leben sich in eine Richtung entwickelte, in die sie gar nicht gehen wollte? Als hätte es sich verselbstständigt, ohne dass sie noch Einfluss darauf hätte.

Sarah schnappte zitternd nach Luft. Um sie herum begann sich alles zu drehen.

Es ist nur eine Panikattacke, schaltete sich sofort der medizinische Teil ihres Verstandes ein. Eine Panikattacke, nichts weiter. Einfach weiteratmen, bis zehn zählen, dann geht sie vorbei.

»Was ist los, Sarah?« Jetzt sprach echte Sorge aus Ethans Gesicht. »Du bist so blass.«

»Ich brauche bloß frische Luft.«

»Bist du sicher? Soll ich dich nicht lieber nach Hause fahren?«

Sarah zögerte. Die Aussicht darauf, den vielen Menschen und dem Lärm entkommen zu können, hatte auf einmal etwas unglaublich Verlockendes. Sie musste dringend ihre Gedanken ordnen und war ganz gewiss nicht in der Verfassung für stundenlangen Smalltalk.

»Ich nehme mir ein Taxi.« Sie lächelte Ethan besänftigend an.

»Kommt nicht infrage. Ich lasse dich jetzt nicht allein.«

»Es ist schon gut, wirklich.« Sie drückte seinen Arm. »Ich fühle mich nur nicht ganz wohl. Kein Grund für dich, die Feier sausen zu lassen. Immerhin ist Aiden auch dein Freund.«

Ethan wirkte noch immer nicht völlig überzeugt.

»Wie sieht es denn aus, wenn wir beide plötzlich verschwinden, bevor das Fest richtig angefangen hat?«, spielte Sarah ihren letzten Trumpf aus. Sie wusste, wie wichtig Ethan die

8

Meinung der Öffentlichkeit war.»Wir wollen Madison und Aiden nicht vor den Kopf stoßen.«

»Also gut«, lenkte er ein.»Aber wenn du was brauchst …«

»… rufe ich dich an«, versprach sie ihm.

»In Ordnung. Dann lass uns mal ein Taxi für dich finden.«

»Wo wollt ihr denn hin?« Sue stellte sich ihnen überrascht in den Weg. Ihre Augen glänzten und ihre Wangen waren rosig. Sie hielt einen leeren Champagnerkelch in ihrer Hand.

»Ich fühle mich nicht wohl, ich muss nach Hause.« Sarah versuchte sich an ihr vorbeizudrängen, doch Sue hielt sie am Arm zurück.

»Ihr könnt noch nicht gehen!«, raunte sie.»Die Feier fängt gerade erst an. Und Maddie wird in einer halben Stunde ihren Strauß werfen«, fügte sie bedeutungsvoll hinzu.»Wer weiß, vielleicht hast du ja Glück.« Sie stupste Sarah verschwörerisch mit dem Ellbogen an.

Sarah rang sich ein Lächeln ab und spürte, wie ihre Brust wieder eng wurde. Den Brautstrauß zu fangen, war eindeutig das Letzte, was sie gerade brauchte.»Es wird mit Sicherheit noch andere Gelegenheiten für mich geben«, presste sie hervor und stürmte entschieden vorbei.

»Ruf mich an, wenn du zu Hause bist, okay?« Ethan zögerte, die Taxitür hinter ihr zuzuschlagen.

»Mach dir um mich keine Sorgen. Ich brauche nur ein wenig Ruhe.«

»In Ordnung, bis dann.« Er warf die Tür zu. Das Taxi fuhr los.

Sarah wandte den Kopf und schaute Ethan an. Er wirkte so ratlos, besorgt, fast ein wenig verloren, dass sich leises Schuldgefühl in die Erleichterung mischte, die sie mit jedem Yard, das der Wagen zurücklegte, immer stärker erfüllte.

Sarah hängte ihren Hausschlüssel auf den dafür vorgesehenen Haken und eilte ins Bad, um sich kaltes Wasser ins Gesicht zu spritzen. Dann stieg sie langsam aus dem lavendelfarbenen Satin des Brautjungfernkleides und zog kurze, weiche Shorts über ihre schlanken, gebräunten Beine.

Nachdem sie im ganzen Haus die Rollläden heruntergelassen hatte, sodass es in ein angenehmes Dämmerlicht getaucht war, legte sie sich auf ihr Bett und starrte zur Decke hinauf. So hatte sie sich diesen Tag ganz sicher nicht vorgestellt.

Ein Klingeln an der Tür ließ sie überrascht hochfahren. In ihrem Kopf begann sich alles zu drehen und sie wartete ein paar Herzschläge, bis die tanzenden, schwarzen Punkte vor ihren Augen verschwanden. Es klingelte erneut.

Verflucht! Wer konnte jetzt etwas von ihr wollen? Es war Sonntag und sie brauchte dringend ihre Ruhe.

Sie schwang ihre Beine aus dem Bett und schnappte sich ein T-Shirt, das sie über ihren weißen BH streifte. Wenn das ein verirrter Pizzabote war, wollte sie ihm gewiss nicht halbnackt gegenübertreten.

Auf der Treppe zum Erdgeschoss klingelte es ein drittes Mal.

»Ich komme ja schon!«, rief sie genervt und riss wenige Sekunden später die Haustür auf.

Ethan stand davor.

Verdattert starrte Sarah ihn an. »Was suchst du denn hier?«

»Ich habe mir Sorgen um dich gemacht.« Eine vorwurfsvolle Note schwang in seinem Ton mit. Das war offenbar nicht die Begrüßung, mit der er gerechnet hatte. »Kann ich reinkommen?«

»Sicher.« Hastig trat Sarah beiseite. »Danke«, fügte sie hinzu und hoffte, dass es halbwegs überzeugend klang. Er hatte es ja nur gut gemeint. Es war nicht seine Schuld, dass sie so durch den Wind war.

Er legte seine Arme um sie und zog sie kurz an seine Brust.

Es war erstaunlich, wie fremd sich das nach über drei Jahren auf einmal anfühlte. Sie wartete einige Sekunden ab, bevor sie sich vorsichtig von ihm löste.

»Was fehlt dir?«, fragte er leise.

Sie zuckte mit den Schultern. Trotz ihres jahrelangen Medizinstudiums hatte sie darauf keine Antwort. Ihr Problem ging weit über jegliches körperliche Befinden hinaus. Zu lange hatte sie nicht mehr über sich nachgedacht. Ihr Leben lief in geordneten Bahnen und sie wusste nicht mehr, wer die Weichen dafür gestellt hatte – war sie selbst es gewesen? Waren es die Umstände?

Seit Jahren schon bemühte sie sich, die Erwartungen zu erfüllen, die in sie gesetzt wurden. Versuchte, allen gerecht zu werden.

Langsam ging Sarah zum Sofa hinüber, setzte sich hin und zog ihre Beine an. Sie wünschte sich, sie könnte einfach alles beiseitewischen – alle Zweifel und Bedenken, die sie so unvermittelt erfüllten – und wieder zur Tagesordnung übergehen. Sie hatte ein gutes Leben, alles, was sie nur wollen konnte. Und spürte zugleich, dass *gut* nicht gut genug war.

Ethan setzte sich neben sie und schaute sie hilflos an. Sie merkte, wie sehr diese Situation ihn überforderte, und es tat ihr unsagbar leid. Dennoch kämpfte sie entschieden den Impuls nieder, ihn einfach an sich zu ziehen und ihm zu versichern, dass alles in Ordnung war, den Aufruhr in ihrem Inneren zu verschließen und so zu tun, als ob es ihn niemals gegeben hätte.

»Wieso haben wir noch keinen Hochzeitstermin ausgemacht?«, fragte sie leise. Irgendwo musste sie mit ihrer Suche nach Klarheit schließlich beginnen.

Ethan atmete erleichtert auf und lächelte sie an. »Darum geht es dir also. Wenn du willst, können wir das sofort erledigen.« Er griff nach seinem Smartphone und entsperrte den Bildschirm.

»Nein«, hielt sie ihn sanft zurück. »Ich möchte nur wissen, wieso wir es nicht längst gemacht haben. Wir sind seit über acht Monaten verlobt und haben nie ernsthaft über die Hochzeit gesprochen.«

Er senkte betreten seinen Blick. »Wir hatten beide beruflich so viel um die Ohren … Außerdem haben wir noch Zeit …«

»Wieso hast du mich überhaupt gefragt?« Sie war nicht sicher, ob es klug war, diese Worte auszusprechen, hatte Angst, dass sie damit etwas zerstören könnte, das nie wieder heilen würde. Aber sie hatte keine Wahl. Vor allem, wenn sie diese eine Frage nicht ein Leben lang unbeantwortet mit sich herumschleppen wollte. »Liebst du mich so sehr, dass du dir ein Leben ohne mich nicht vorstellen kannst?«, raunte sie leise. »Oder hieltest du den Antrag einfach für … angemessen? Für den nächsten logischen Schritt?«

Verärgert sprang Ethan auf. »Was soll das hier? Was willst du jetzt von mir hören?«

»Die Wahrheit.« Sie atmete zitternd durch. »Denn ich habe Ja gesagt, weil es *richtig* war, verstehst du? Weil alle das von uns erwartet haben.«

Ein verletzter Ausdruck trat auf sein Gesicht. »Du liebst mich nicht?«, fragte er entgeistert. »Du willst mich gar nicht heiraten?!« Aufgebracht wandte er sich ab und rang keuchend um seine Fassung.

»Ich weiß es nicht.« Langsam stand Sarah auf und legte die Hand auf seine bebende Schulter. »Ich weiß überhaupt nichts mehr.«

Ethan drehte sich zu ihr um. Wut und Enttäuschung tanzten in dem Blick, mit dem er sie maß. »Und was erwartest du jetzt von mir?«

Sie nahm seine Hand und zog ihn mit sich zum Sofa zurück. Er versteifte sich, sie spürte seinen Widerstand, dann gab er schließlich nach.

»Ich möchte wissen, was du für mich empfindest – ganz tief in deinem Inneren und ohne jegliche Rücksicht auf meine Gefühle oder die Erwartungen unserer Eltern. Liebst du mich?«

»Ich denke, dass wir sehr glücklich zusammen werden können. Du verkörperst alles, was ich mir jemals gewünscht habe.«

Er streckte seinen Arm nach ihr aus.

Traurig schüttelte sie ihren Kopf. »Du hast meine Frage nicht beantwortet. Oder vielleicht doch, je nachdem, wie man es sieht.«

»Wie meinst du das?«, entfuhr es ihm beunruhigt.

»Wenn diese Beziehung wirklich das ist, was du dir jemals gewünscht hast, solltest du das Wünschen noch mal üben.« Sie lächelte ihn freundschaftlich an. »Es muss da draußen einfach mehr geben als Vernunft und Sympathie.«

»Hast du einen Anderen?«, fragte er ratlos.

»Nein!« Sie schüttelte heftig ihren Kopf. »Nein«, wiederholte sie leiser. »Mir ist nur etwas bewusst geworden, heute bei der Trauung. Wir haben noch keinen Termin für unsere Hochzeit gesetzt, weil wir es im Grunde gar nicht wollten. Maddie und Aiden waren nur drei Monate verlobt und sie konnten es beide gar nicht erwarten. Uns war es nicht wichtig genug, auch nur ein einziges Wort darüber zu verlieren.«

»Dann war es das jetzt?«, fasste Ethan ernüchtert zusammen.

Sie war nicht sicher, ob sie wirklich zu ihm durchgedrungen war, ob er verstand, was sie ihm zu sagen versuchte. Hatte sie sich womöglich geirrt? Gingen seine Gefühle für sie doch tiefer, als sie dachte?

Oder hinderten ihn bloß sein Stolz und seine Bequemlichkeit daran, sich damit auseinanderzusetzen?

Sie zuckte entschuldigend mit den Schultern. »Ich brauche Zeit, um mir über alles klarzuwerden. Vielleicht solltest du das auch tun.«

»Wenn du meinst.« Er erhob sich steif.

»Ethan …«

»Ja.«

»Ich wollte dir nicht wehtun und dich auch nicht verärgern.«

Er seufzte. »Ich weiß. Aber du hast mir auch nicht gerade einen Grund zum Jubeln gegeben. Mach's gut, Sarah.«

»Ja, du auch.« Sie biss sich auf die Lippe, um nichts zu sagen, was sie später bereuen würde. Wie zum Beispiel, dass es ihr leidtat, dass sie das alles wieder vergessen sollten, dass sie nur Quatsch geredet hatte.

Es kostete sie alle Selbstbeherrschung, ruhig zuzusehen, wie der Mann, von dem sie geglaubt hatte, ihr Leben mit ihm verbringen zu wollen, ihr Haus verließ.

Kraftlos ließ sie sich zurück auf das Sofa sinken und schloss ihre Augen. Ihr war, als hätte sie ihr Leben soeben mit einem Vorschlaghammer behandelt, bis es in winzigen Scherben zu ihren Füßen lag, und sie hatte keine Ahnung, wie sie das jemals wieder aufräumen sollte. Sie fühlte sich ratlos, einsam, verloren. Und doch auf eine eigenartige Weise erleichtert. Der Schmerz, den die Trennung von Ethan hätte nach sich ziehen müssen, er war nicht da. Das hieß doch, dass sie ihn nicht wirklich geliebt haben konnte, oder?

Irgendwo klingelte ihr Handy. Genervt stand Sarah auf und hastete nach oben. Es musste in ihrer Handtasche liegen. Sie hoffte sehr, dass es nicht schon wieder Ethan war, sie wusste einfach nicht, was sie ihm noch sagen könnte.

Vielleicht hatte sie ja Glück und der Anrufer legte auf, bevor sie das Smartphone erreichte. Doch wer auch immer das war, erwies sich als äußerst hartnäckig. Der Klingelton wurde lauter. Hastig riss Sarah ihre Handtasche auf, das Bild ihrer Mutter leuchtete ihr auf dem Bildschirm entgegen.

War ja klar.

Sie atmete tief durch, bevor sie ranging. Nach Ethan war ihre Mutter der letzte Mensch, mit dem sie jetzt sprechen wollte. Aber sie wusste aus Erfahrung, dass es nichts bringen würde, ihre Anrufe zu ignorieren.

»Ja?«, meldete sie sich seufzend.

»Sarah, Liebes. Bist du noch auf der Feier? Dann richte Madison und Aiden bitte meine besten Wünsche aus.«

»Ähm. Ja, Mom.« Sarah kreuzte die Finger. Wenn ihre Mutter ihr abkaufte, dass sie noch immer auf der Party war, würde sie sich vielleicht kurzfassen.

»Es ist so still bei dir. Ist irgendwas?«

Mist! Sie überlegte flüchtig, die Stereo-Anlage einzuschalten, doch für solch kindisches Benehmen war sie eindeutig zu alt. Außerdem würde Mutter morgen bei ihrer Bridge-Runde ohnehin erfahren, dass sie überstürzt von Madisons Hochzeit verschwunden war. Und dann würde sie sich endlose Vorwürfe anhören müssen, dass ihre eigene Mutter darüber nicht informiert gewesen war.

»Mir geht es nicht so gut, deswegen bin ich nach Hause gefahren.«

»Oh. Ist es was Ernstes?«

»Nein, nein«, beschwichtigte sie sie schnell. »Nur etwas Kopfweh. Morgen früh bin ich wieder fit.«

»Dann ist ja gut. Joseph meinte, ihr hättet morgen eine wichtige OP in der Klinik.«

»Keine Sorge, Mom.« Es war ja wieder typisch, dass Josephs Schönheitsklinik ihr wichtiger war als das Wohlergehen ihrer einzigen Tochter.

»Wenn du das sagst, Darling.« Sie zögerte. »Fühlst du dich wohl genug, um ein paar Dinge mit mir zu besprechen?«

Sarah ließ sich resigniert auf ihr Bett fallen. »Was für Dinge, Mom?«

»Die Planung für die Weihnachtstage, natürlich. Habt ihr euch schon entschlossen, wo ihr Heilig Abend verbringen werdet? Bei Ethans Eltern oder bei uns? Am 25. geben wir wie immer unseren großen Weihnachtsbrunch. Da müssen Ethan und du auf jeden Fall dabei sein …«

»Nein.«

Überrascht lauschte Sarah dem Klang ihrer eigenen Stimme.

»Wie meinst du das?«, fragte ihre Mutter streng.

Sie blinzelte ein paarmal, voller Unglauben darüber, dass

15

sie das tatsächlich ausgesprochen hatte. Sie hasste diese steifen Veranstaltungen bei ihrer Mutter und deren zweitem Ehemann, bei denen alle nur darauf bedacht waren, einen möglichst positiven Eindruck zu erwecken. In dieser Welt durfte es keine Probleme, Sorgen, Zweifel oder Misserfolge geben. Alle waren reich, glücklich und schön. Und wer zumindest Letzteres nicht war, dem half Joseph sehr gerne aus. Sarah konnte gar nicht mehr zählen, wie viele eigentlich hübsche Mädchen bereits auf ihrem OP-Tisch gelegen hatten, weil sie irgendetwas an sich nicht vollkommen genug fanden.

»Nein«, wiederholte sie fest. »Ich … fahre weg. Über Weihnachten.« Die Worte purzelten quasi von allein aus ihrem Mund. Sie hatte nicht darüber nachgedacht, hatte einfach nur nach einer plausiblen Begründung für ihre Entscheidung gesucht, doch nun gewann diese verrückte Idee immer mehr an Reiz.

Stille folgte ihren Worten. »Ich wusste gar nicht, dass Ethan und du verreisen wolltet«, sagte ihre Mutter schließlich verstimmt. »Weihnachten gehört der Familie. Ihr könnt auch nachher in Urlaub fahren.«

Sarah holte tief Luft. »Nicht Ethan und ich. Nur ich«, erwiderte sie von ihrem eigenen Mut berauscht. Wenn sie schon damit anfing, ihr Leben neu zu ordnen, sollte sie es auch gründlich tun.

»Was soll das heißen?«, fragte ihre Mutter scharf.

»Ich brauche etwas Abstand, Mom«, machte sie einen Versuch, es ihr zu erklären. »Zeit für mich.«

»Und das kann nicht noch zwei Wochen warten?«

»Nein, kann es nicht!« Es war naiv gewesen zu glauben, ihre Mutter würde sie verstehen. »Ich fahre noch diese Woche.« Sie hatte das Gefühl, es hier keinen Moment länger aushalten zu können.

»Und für wie lange gedenkst du fortzubleiben?«

»Bis Neujahr«, entgegnete sie fest. Sie musste so tun, als wäre alles bereits geregelt, um keine Angriffsfläche zu bieten.

»Hast du das mit Joseph besprochen? Ich kann mir nicht vorstellen, dass er so lange auf dich verzichten kann. Gerade jetzt herrscht in der Klinik ja Hochbetrieb.«

»Dann wird jemand eben ein paar Tage länger auf eine neue Nase warten müssen!«, schnappte Sarah. »Es geht dabei schließlich nicht um Leben und Tod.« Ganz im Gegensatz zu ihrer Zeit als Assistenzärztin in der Sportchirurgie. Doch die Stelle war nicht verlängert worden und Mom hatte sie dazu gedrängt, bei Joseph einzusteigen. Schließlich war die Arbeit bei ihm mit viel mehr Glamour und Geld und deutlich weniger Nachtschichten behaftet.

»Was ist nur mit dir los?« Sie hörte deutlich die Missbilligung und den Ärger in der mühsam beherrschten Stimme ihrer Mutter. »Joseph hat so viel für dich getan ...«

Sarah schluckte eine scharfe Erwiderung herunter. Sie wollte sich nicht mit ihr streiten.

»Ich habe noch genug Urlaub übrig, den muss ich auch mal nehmen. Ich bin sicher, Joseph wird das verstehen.« Sie war eine fünfmal bessere Chirurgin als er. Er konnte es sich nicht leisten, sie zu verlieren.

»Das ist also dein letztes Wort?«

»Ja.«

»Und was sagt Ethan dazu? Wie kann er dich so einfach fahren lassen?«

»Ich bin erwachsen, Mom. Und ihm keine Rechenschaft schuldig.« Außerdem wusste er ja noch gar nichts davon.

»Habt ihr euch gestritten? Ist es das? Lass nicht zu, dass dein Stolz eure Beziehung kaputtmacht, Darling. Einen Mann wie ihn findest du nicht so leicht.«

Sarah schnaubte. »Keine Sorge, Mom, ich weiß genau, was ich an ihm habe.« Und was nicht.

»Wie auch immer, ich hoffe, dass du noch zur Vernunft kommst. Wohin fährst du überhaupt?«

»Ich melde mich, sobald ich die Reisedaten habe.«

Sie drückte auf den Ausknopf, bevor ihre Mutter noch etwas dazu sagen konnte.

Wie immer ließ ein Gespräch mit ihr einen schalen Nachgeschmack in Sarah zurück. Es war ja nicht so, als würde sie ihre Mutter nicht mögen, sie hatte bloß stets das Gefühl, nur dann etwas wert zu sein, wenn sie ihre Erwartungen erfüllte, ganz unabhängig davon, wie es Sarah selbst dabei ging.

Aber damit war jetzt Schluss. Sie war achtundzwanzig Jahre alt und hatte noch immer keine Ahnung, wer *sie* war, was sie wirklich wollte.

Entschlossen stand sie auf und fuhr ihren Laptop hoch. Nachdem sie ihre Reisepläne gegenüber ihrer Mutter so vehement verteidigt hatte, sollte sie sie auch in die Tat umsetzen.

Auf der Seite des Buchungsportals winkten ihr die exotischsten Orte entgegen – tropische Inseln, Ziele in Asien und Europa –, aber nichts davon sprach sie an. Sie hatte keine Lust auf Menschenmassen, Touristenattraktionen und überfüllte Straßen. Was sie brauchte, waren Ruhe, Abgeschiedenheit und die Gelegenheit, ganz allein zu sein. Es würde sie nicht einmal stören, zwei Wochen lang keine Menschenseele sehen zu müssen.

Lustlos scrollte sie durch das Angebot, als ihr eine kleine Werbeanzeige ins Auge fiel. *Weihnachten im Schnee* stand da über dem Foto einer einsamen, eingeschneiten Blockhütte mitten im Wald. Sarah stockte. Dahin verirrte sich ganz sicher nur selten jemand. Und allein die Betrachtung dieses Bildes reichte aus, um sie zu erden. Es war so friedlich, so still. Ja, hier würde sie ganz sicher zu sich finden.

Kurzentschlossen klickte sie darauf und landete auf der Seite einer Agentur, die Ferienhäuser in Fairbanks und Umgebung vermietete. Ein Blick auf die Karte verriet ihr, dass Fairbanks so weit von ihr entfernt war wie nur möglich, ohne die Vereinigten Staaten verlassen zu müssen. Was den netten Nebeneffekt besaß, dass sie sich nicht auch noch um ein Visum zu kümmern brauchte.

Ihr Inneres begann vor Aufregung zu kribbeln. Hastig füllte sie den beigefügten Fragebogen aus, der ihr das optimale Feriendomizil versprach. *Ist Ihnen die Erreichbarkeit mit einem PKW wichtig?* Auf jeden Fall. Sie hatte nicht gerade vor, auf Hundeschlitten umzusteigen. *Soll das Haus möbliert sein?* Definitiv.

Sie zögerte kurz bei der Frage nach der Netzabdeckung – sie hatte nicht gedacht, dass es überhaupt noch Orte ohne Netz gab –, entschied sich nach einigem Hin und Her aber doch für Ja. Ganz von der Außenwelt abgeschnitten wollte sie schließlich auch nicht sein.

Worauf sie jedoch guten Gewissens verzichtete, waren Kinos, Restaurants und große Malls. Sie wollte nichts, das Menschenmassen anziehen konnte.

Sie haben einen Treffer!, verkündete die Seite mit einem blinkenden Smiley. Sarahs Herz hüpfte erfreut. Schon am Donnerstag könnte sie ihr neues Domizil beziehen. Sie bestätigte die Buchung und lehnte sich mit einem breiten Grinsen in ihrem Stuhl zurück. Im Geist sah sie sich bereits durch klirrend kalte, glitzernde Wälder stapfen, in einer gemütlichen Hütte am Kamin sitzen, lesen, träumen, faulenzen und sich um nichts und niemanden sorgen müssen.

Ein befreites Lachen stieg in ihrer Kehle auf. Sie hatte es getan! Sie hatte es allen Ernstes getan. Etwas Verrücktes, Unüberlegtes, Abenteuerliches, das ihre Mutter niemals verstehen und auf keinen Fall billigen würde. Und es fühlte sich unglaublich gut an.

»Alaska, ich komme!«, raunte sie und sprang auf. In vier Tagen ging es schon und los. Bis dahin musste sie sich eine ganze Menge neuer Kleidung besorgen.

Kapitel 2

Aufgeregt schaute Sarah aus dem kleinen Fenster, versuchte einen Blick auf das unter ihr liegende Land zu erhaschen. Doch draußen sah sie nichts als bleierne Wolken. Das Flugzeug wackelte und ächzte, als es während seines Landeanflugs darin eintauchte. Windböen schüttelten es von allen Seiten und leichte Panik stieg in ihr auf.

Nahmen diese Wolken denn nie ein Ende? Konnte der Pilot überhaupt sehen, wohin er flog?

Dunkle Nebelschwaden zogen vor ihrem Fenster vorbei und sie krallte ihre Finger Halt suchend in die Armlehne. Vielleicht war diese Reise doch keine so gute Idee. Sie hatte ihr ganzes Leben im sonnigen Kalifornien verbracht und keine Ahnung, was sie hier erwartete.

»Keine Sorge, Kindchen«, murmelte die alte Dame im Sitz neben ihr. »Das ist gleich vorbei. Die Landung ist in dieser Jahreszeit meist ein wenig holprig.«

Endlich durchstieß die Maschine die dichte Wolkendecke. Allerdings brachte das nicht die erhoffte Verbesserung ihrer Lage mit sich. Der Wind peitschte nach wie vor, die Welt war immer noch trüb und grau und große Schneeflocken tanzten einen wilden Reigen vor ihrem Fenster.

Angestrengt starrte Sarah hinaus, als könnte sie damit den Piloten irgendwie helfen, das Flugzeug sicher auf Kurs zu halten.

»Entspannen Sie sich«, sagte die Frau neben ihr freundlich. »Die Jungs sind dieses Wetter gewöhnt.« Seelenruhig wandte sie sich wieder ihrer Strickerei zu.

Sarah zwang sich, ihre Finger zu lockern, und ließ ihren Blick durch den Passagierraum schweifen. Außer ihr schien tatsächlich kaum jemand beunruhigt zu sein. Und die wenigen, die ähnlich angespannt und bleich in ihren Sesseln kauerten, konnte sie ziemlich unschwer als Touristen identifizieren.

Über sich selbst schmunzelnd lehnte sie sich zurück und schloss die Augen. In Alaska lief wohl einiges anders, als sie es gewöhnt war.

Sobald sie aus dem Flugzeug trat, merkte sie, wie recht sie mit dieser Einschätzung hatte. Rasch zog sie den Reißverschluss ihres Schneeanzugs hoch und stülpte sich die mit Kunstfell besetzte Kapuze über den Kopf.

Verdammt, war das kalt! Der Atem umhüllte ihr Gesicht wie die Rauchwolken eines feuerspeienden Drachen. Die Schneeflocken hinterließen eisige Spuren auf ihren Wangen, verklebten ihre Wimpern und drohten ihr bei jedem Atemzug in den Mund zu fliegen. Hastig zog Sarah ihren Hals ein, damit zumindest ihre untere Gesichtshälfte von dem warmen Overall geschützt war. Noch vor wenigen Stunden hätte sie niemals gedacht, dass sie diese Polarausrüstung wirklich brauchen würde, hatte sich eine solche Kälte nicht einmal vorstellen können.

Um sie herum drängten sich die Menschen vorbei. Niemand wollte bei dieser Witterung länger als nötig draußen bleiben. Sie beeilte sich, es ihnen gleichzutun, bevor sie noch an Ort und Stelle festfror oder gar eingeschneit wurde. Sie konnte auch drinnen in Ruhe darüber nachdenken, was sie geritten hatte, ausgerechnet hierher zu wollen.

In der Flughafenhalle war es angenehm warm. Sorgfältig trat Sarah sich die dicken Winterstiefel ab, bevor sie zur Gepäckausgabe marschierte. Leider hatten nicht alle Passagiere diese weise Voraussicht, sodass der glatte Steinboden mit schmutzigen Pfützen übersät war. Vorsichtig setzte Sarah einen Fuß vor den anderen. Sie hatte genügend Knochenbrüche behandelt, um zu wissen, wie rutschig feuchte Fliesen sein konnten.

Am Förderband warteten bereits einige Leute auf ihr Gepäck – ein älteres Ehepaar, eine Familie mit zwei Teenagern, die Sarah prüfend von Kopf bis Fuß musterten, und ein paar Alleinreisende.

Zum Glück musste sie nicht lange auf ihren Koffer warten. Sie beugte sich vor, um das riesige Ding vom Band zu heben, und spürte erstaunt, dass sie ihren Arm nicht so weit strecken konnte wie gewohnt. Der dicke Schneeanzug schränkte ihren Bewegungsradius ziemlich ein, sie verlor das Gleichgewicht und taumelte nach vorn. Ihr Knie prallte schmerzhaft auf den harten Boden, während ihr Koffer seelenruhig an ihr vorbeiglitt, als wollte er sie verhöhnen.

Die beiden Teenager kicherten. Mühsam stemmte Sarah sich hoch und kam sich dabei so elegant wie ein Michelinmännchen vor.

»Alles in Ordnung, Miss?« Der Vater der beiden Jungs trat zu ihr.

»Ja, ich denke schon.« Versuchsweise beugte und streckte sie ihr Knie. Es tat zwar weh, doch es dürfte kein bleibender Schaden entstanden sein.

»Soll ich Ihnen helfen?«

Ihr Koffer kam gerade wieder in Sicht. Kurz regte sich ihr Stolz. Sie hatte vorgehabt, zwei Wochen ohne menschlichen Kontakt auszukommen, und scheiterte schon innerhalb der ersten Stunde. Sie drängte diesen Gedanken beiseite, das war albern. Sie musste hier schließlich niemandem etwas beweisen. Genau darum ging es ihr bei ihrer Flucht in die Wildnis – herauszufinden, was *ihr* guttat.

»Das wäre sehr nett, danke.« Sie lächelte den Mann freundlich an.

»Kein Problem.« Mühelos wuchtete er den schweren Koffer vor ihr auf den Boden.

Sie bedankte sich noch einmal und setzte sich langsam in Bewegung. Ihr Knie schmerzte bei jedem Schritt und ein großer, schmutzig-feuchter Fleck zierte ihren schicken, wollweißen Overall.

Sarah verzog das Gesicht und beschloss, das Ganze positiv zu sehen. Von nun an konnte es nur besser werden.

Zielstrebig marschierte sie zur Ausgangstür. In ihrer Buchungsbestätigung stand, dass sich das Büro der Hausvermittlung im Zentrum von Fairbanks, etwa fünfzehn Autominuten vom Flughafen, befand. Sie hatte vor, sich ein Taxi dahin zu nehmen. Dort wartete dann neben dem Hausschlüssel auch ein Mietwagen auf sie.

Zischend glitten die Glastüren auseinander. Eisiger Wind schlug Sarah entgegen und sie beeilte sich, ihre Augen gegen die wirbelnden Schneeflocken abzuschirmen. Die Mühe hätte sie sich allerdings auch sparen können. Außer ein paar einsamen, eingeschneiten Privatautos war der Parkplatz vor dem Flughafen leer. Irritiert starrte Sarah nach vorn. Das konnte nicht sein! Kein einziges Taxi, das wartend vor dem Flughafen stand? Ihr Blick schweifte weiter, auf die Straße, die erst vor Kurzem geräumt worden sein musste und die jetzt schon wieder eine dicke, weiße Schicht bedeckte. Sie stöhnte verzweifelt auf.

Was, wenn kein Taxi kam, wenn sie hier festsaß?

Sie drehte sich auf dem Absatz um und eilte zurück ins Gebäude.

Ihr Handy klingelte. Sie ignorierte es. Es konnte ohnehin nur ihre Mutter oder eine ihrer Freundinnen sein, die sich mit einer Mischung aus geheucheltem Mitgefühl, Missbilligung und Sensationslust nach ihrem Wohlbefinden erkundigen wollten. Die Nachricht, dass Ethan und sie sich getrennt hatten und dass sie anschließend fast fluchtartig abgereist war, hatte erstaunlich schnell die Runde gemacht und war überall auf Unverständnis gestoßen. Sie hatte mehr als einen wohlmeinenden Anruf bekommen, in dem ihr ganz diskret ein guter Therapeut empfohlen wurde, der ihren Nervenzusammenbruch zügig in den Griff bekommen könnte.

Ethan war der Einzige, der halbwegs gelassen reagiert hatte. Sie hatten sich seit ihrem Gespräch nicht mehr gesehen, doch kurz vor ihrer Abreise hatte er ihr eine Nachricht geschickt. *Ich verstehe, was du gemeint hast*, hatte er ihr geschrieben. *Ich mag es nicht, aber ich verstehe es. Und ich hoffe, dass du das – was auch immer du suchst – irgendwann finden wirst. Und auch, dass wir Freunde bleiben.*

Diese Zeilen gaben ihr Kraft und Rückhalt, führten ihr vor Augen, dass sie weder durchgeknallt noch übergeschnappt war und sich nicht bloß einbildete, dass in ihrer Beziehung etwas ganz Entscheidendes gefehlt hatte.

Das Klingeln des Handys verstummte. Sarah machte sich nicht einmal die Mühe nachzusehen, wer das gewesen war. Sie hatte gerade viel dringendere Probleme.

»Ich brauche ein Taxi!«, wandte sie sich an die Mitarbeiterin am Info-Schalter.

Die Frau schenkte ihr einen mitfühlenden Blick. »Haben Sie schon draußen nachgeschaut? Normalerweise warten da immer ein paar.«

»Natürlich habe ich das!« Sie war ja nicht blöd. Die Frau runzelte ihre Stirn und Sarah mäßigte sofort ihre Stimme. Sie konnte es sich nicht leisten, sie zu verärgern. Außerdem war sie nicht für das Wetter verantwortlich. »Da ist keins. Vielleicht können Sie mir eins rufen?«

»Ich kann es gerne versuchen«, erwiderte sie, klang aber nicht besonders zuversichtlich.

Sarahs Herz sank. So hatte sie sich ihre Ankunft hier nicht vorgestellt. Wenn sie ehrlich war, hatte sie überhaupt viel zu wenig darüber nachgedacht, was sie in Alaska erwartete. Auf den ganzen Bildern hatte alles so malerisch, friedlich und gemütlich gewirkt – ein Urlaub für die Seele. Natürlich hätte ihr klar sein müssen, dass Eis und Schnee Probleme mit sich brachten, doch sie war zu erpicht darauf gewesen, möglichst weit weg zu kommen. Wieso hätten es nicht die Malediven sein können?

»Wir brauchen Taxi-Transfer vom Flughafen«, durchbrach die Stimme der Angestellten ihre düstere Grübelei. »Wohin möchten Sie?«

»Nach Fairbanks.« Das war nur einen Katzensprung entfernt, so schwer konnte das bestimmt nicht sein. Darüber, was danach kam, machte sie sich am besten noch keine Gedanken. Immer alles der Reihe nach.

Die Frau gab den Zielort weiter und legte auf.

»Wann wird das Taxi da sein?«, fragte Sarah ungeduldig nach.

»Oh, das weiß ich nicht. Die Zentrale wollte sich umhören, ob jemand verfügbar ist, und sich dann melden. Sie müssen wissen, für heute Abend ist ein Schneesturm angesagt. Wir haben Glück, dass das Flugzeug noch landen konnte.«

Entgeistert starrte Sarah die Dame an. »Und was mache ich jetzt?«

»Wir warten einfach auf den Rückruf.« Sie lächelte aufmunternd. »Sie können sich in der Zwischenzeit gern einen Kaffee holen.« Sie deutete auf ein paar Café-Tische, die etwas abseits standen.

»Danke, ich bleibe hier.« Auf keinen Fall wollte sie es riskieren, den Rückruf der Taxi-Zentrale zu verpassen.

Glücklicherweise dauerte es nicht lange, bis das Telefon klingelte. Am liebsten hätte Sarah es der Frau aus der Hand gerissen. Denn ihre Miene verriet nichts von dem, was man ihr erzählte.

»Und?«, fragte sie nervös, nachdem diese aufgelegt hatte.

»Einer der Fahrer versucht, sich bis hierher durchzukämpfen. Er kann aber nichts versprechen. Es gibt auf der Strecke einige Verwehungen.«

»Was bedeutet das jetzt genau?«

»Machen Sie sich keine Sorgen. Gus schafft das bestimmt.«

»Und wenn nicht?«

Die Frau zuckte mit den Achseln. Ihr ganzes Wesen drückte

Bedauern, Mitgefühl und professionelle Distanz aus. Was auch immer Sarah dann tat, ging sie nichts mehr an.

»Danke.« Sarah lächelte nervös und begann, unruhig in der Halle hin und her zu tigern. Wie lange musste sie hier eigentlich ausharren? Würde dieser Gus sich melden, falls er doch nicht kam, oder sollte sie bis zum Sankt-Nimmerleins-Tag hier auf ihn warten? Sie schaute durch die breite Fensterfront nach draußen. Es war bereits dunkel, obwohl es erst vier Uhr nachmittags war. Sie atmete tief durch und fasste einen Entschluss. Sie würde dem Mann eine halbe Stunde geben, und wenn er dann nicht auftauchte, würde sie sich zu Fuß nach Fairbanks durchschlagen. Auch wenn sie mehrere Stunden dafür brauchen sollte, wäre es immer noch besser, als die Nacht in der Flughafenhalle zu verbringen.

Die Minuten zogen sich quälend langsam dahin. Wieso hatte sie nicht daran gedacht, einen der anderen Passagiere nach einer Mitfahrgelegenheit zu fragen? Den Mann zum Beispiel, der ihr so nett mit dem Koffer geholfen hatte. Der hatte bestimmt seinen Wagen hier irgendwo stehen gehabt. Nun war es zu spät dafür – er, ebenso wie alle anderen Fluggäste, war längst über alle Berge. Vermutlich sogar im wahrsten Sinne des Wortes.

Schließlich, als sie die Hoffnung fast schon aufgegeben hatte, glitten die Glastüren auf. Ein älterer, bärtiger Mann in einem dunklen Parka trat ein und schaute sich suchend um, bevor er zielstrebig den Infoschalter ansteuerte.

Sarahs Herz machte einen aufgeregten Satz und sie trat eilig näher.

»Hallo Stacy«, grüßte er die Frau am Schalter. »Wo ist denn mein Fahrgast?«

»Hier!«, meldete sich Sarah erleichtert zu Wort.

Er nickte ihr freundlich zu. »Sie haben sich aber keinen besonders günstigen Zeitpunkt für Ihren Urlaub ausgesucht, Miss.«

Sarah verzog missmutig das Gesicht. Das konnte er laut sagen.

»Ist das Ihr Gepäck?« Er deutete auf ihren Koffer.

»Ja.«

»Gut.« Er schnappte sich den Griff. »Dann lassen Sie uns gehen. Die Witterung wird nicht besser, wenn wir länger warten. Wohin genau müssen Sie denn?«

Sarah nannte ihm die Adresse und folgte dem Mann nach draußen.

Sein Wagen stand direkt vor dem Eingang. Sofort fielen ihr die dicken Ketten ins Auge, die um die Räder gewickelt waren. Gus folgte ihrem Blick. »Die Dinger sind Gold wert«, erklärte er ihr. »Ohne fahre ich in dieser Jahreszeit nicht raus. Einmal habe ich einen Touristen gesehen, der mit seinem Wagen auf einem Feldweg in einer Schneewehe stecken geblieben ist. Der musste stundenlang warten, bis ein Trecker vorbeikam, um ihn wieder rauszuziehen. Bis dahin war der Mann total unterkühlt.«

Sarah schauderte. »Uns kann das nicht passieren, oder?«

»Nein.« Gus lachte gutmütig auf. »Die Straße nach Fairbanks wird regelmäßig geräumt. Falls man stecken bleibt, muss man nicht lange warten.«

Sarah schluckte. Das hörte sich nicht gerade beruhigend an.

»Keine Bange.« Er grinste. »Mit den Schneeketten fahren wir so sicher wie im Hochsommer.« Er wuchtete ihr Gepäck in den Kofferraum und öffnete ihr anschließend die Tür.

»Woher kommen Sie denn, dass Sie ein bisschen Schnee dermaßen aus der Fassung bringt?«, fragte er, als er losfuhr.

»Das nennen Sie ein bisschen?«, entgegnete Sarah entgeistert. Trotzdem merkte sie, wie sie sich in seiner Gegenwart zu entspannen begann. Er hatte etwas Einnehmendes, Tröstendes an sich, als gäbe es keine Situation, die er nicht meistern könnte.

»Glauben Sie mir, ich habe schon deutlich schlimmere Winter erlebt. Also?« Er schaute sie neugierig an und ihr fiel auf, dass sie ihm noch eine Antwort schuldete.

»Kalifornien.« Allein dieses Wort weckte in ihr Erinnerungen an blauen Himmel, Sonnenschein und Wärme. Sie schüttelte selbstironisch den Kopf. Sie war so scharf darauf gewesen, alles hinter sich zu lassen, und jetzt vermisste sie es bereits.

Gus stieß einen bewundernden Pfiff aus. »Palmen, Strand und Meer – das klingt toll. Und Sie haben das ernsthaft gegen dies hier getauscht?« Er deutete auf die Schneeflocken, die unablässig gegen die Windschutzscheibe prallten und von den Scheibenwischern beiseitegeschoben wurden.

»Es ist ja nicht für immer«, erwiderte sie und hasste es, wie rechtfertigend ihre Stimme klang. Sie war ihm keine Erklärung schuldig. Sie hatte gute Gründe für ihre Entscheidung gehabt, die erste seit Langem, die sie ganz allein und ohne Rücksicht auf Andere gefällt hatte. Und es konnte ihr völlig egal sein, was er von ihr hielt.

»Dann machen Sie hier Urlaub?« Gus ließ sich von ihrem abweisenden Ton nicht beirren.

»So in etwa.«

»Ganz allein?«

»Ja«, entgegnete sie eine Spur zu herausfordernd.

»Hey, ich finde es gut.« Er hob abwehrend seine Hände. »Meine Tochter ist auch so. Sehr unabhängig und ein wenig zu dickköpfig.«

Sarah wandte das Gesicht ab. Das waren nicht gerade die Eigenschaften, die sie bisher für sich in Anspruch nehmen konnte.

»Es tut mir leid, ich wollte Ihnen nicht zu nahe treten«, setzte Gus an, doch sie winkte ab.

»Nein, schon gut.« Plötzlich wollte sie es ihm erzählen, wollte sehen, wie ein völlig Fremder, der sie überhaupt nicht kannte und dem sie im Grunde egal war, auf ihre Geschichte reagierte. »Ich bin allein hier, weil ich mich gerade von meinem Verlobten getrennt habe. Und weil ich nicht weiß, ob ich den Weg, der so klar vor mir liegt, wirklich gehen möchte.« Sie verstummte. Ihr war bewusst, wie blödsinnig sich das anhörte. Gus jedoch nickte bedächtig. »Hier ist ein guter Ort, um mit der Suche nach Antworten zu beginnen. Und Sie wären nicht die Erste, die mehr findet, als sie erwartet hat.«

Was? Verwirrt wandte Sarah sich ihm zu. Aber bevor sie ihn fragen konnte, was er mit dieser kryptischen Andeutung meinte, bremste er den Wagen. »Wir sind da.«

Sie schaute aus dem Fenster und atmete erleichtert auf, als sie das beleuchtete Schild der Agentur erkannte.

»Sind Sie sicher, dass Sie ab hier allein zurechtkommen?«

»Ja.« Sie lächelte. »Danke für den freundlichen Empfang.«

»Immer wieder gern.« Gus tippte sich an seine imaginäre Kappe.

»Wie viel schulde ich Ihnen?«

»Fünfzehn Dollar.«

Sie gab ihm zwanzig. Dafür, dass er sie nicht am Flughafen im Stich gelassen hatte, hätte sie ihm noch viel mehr bezahlt.

Er stellte ihr den Koffer vor die Tür der Agentur. »Also dann, viel Glück.«

»Danke.« Sarah drückte seine große, warme Hand.

Er musterte sie noch einen Moment lang aufmerksam, als wollte er sich vergewissern, dass sie die Lage im Griff hatte, dann nickte er ihr zu und ging zu seinem Wagen zurück.

Enthusiastisch öffnete Sarah die Tür. Sie hatte die erste Hürde erfolgreich genommen. Nun konnte ihr Urlaub richtig beginnen.

»Da habe ich Sie ja, Miss Bishop«, sagte der junge Mann hinter dem Schreibtisch, der sich ihr mit Steve vorgestellt hatte, strahlend und zog eine dünne Mappe vom Stapel. »Hier ist Ihr Hausschlüssel und der da ist für den Mietwagen. Ich brauche dann nur noch zweimal eine Unterschrift.«

Hastig unterzeichnete Sarah die erforderlichen Formulare.

Sie konnte es kaum erwarten, sich endlich zurückziehen zu können, ein heißes Bad zu nehmen und in eins der unzähligen Bücher hineinzuschmökern, die schon viel zu lange auf ihrem Tablet schlummerten.

»Sehr schön. Und hier ist Ihre neue Adresse. Es ist ein sehr gemütliches Haus. Die Besitzer sind über die Feiertage verreist. Sie werden dort also alles vorfinden, was Sie benötigen.« Er schob ihr einen Zettel hin. »Willkommen in Alaska.«

»Danke.« Neugierig warf Sarah einen Blick darauf. Ihr Lächeln gefror. »North Pole?«, wiederholte sie irritiert. Sie wusste, dass sie weit im Norden war, aber doch nicht *so* weit. »Wo soll das sein?«

»Das ist eine wunderschöne kleine Stadt, nur etwa zwanzig Fahrminuten von hier. Sie werden begeistert sein. Sie entspricht genau Ihren Anforderungen. Und Sie haben wirklich Glück, dort unterzukommen. In dieser Jahreszeit.«

»Wieso denn das?«, fragte sie verständnislos, während ihr Gehirn noch immer die Information zu verarbeiten versuchte, dass man sie zum Nordpol verfrachten wollte.

»Na, wegen Santa. Santa Claus«, fügte er hinzu, als sie nicht reagierte.

Sarah starrte ihn an, als hätte er den Verstand verloren.

Steve räusperte sich verlegen. Offenbar war ihm aufgefallen, dass er über das Ziel hinausgeschossen war. »Ich meine, es gibt ihn natürlich nicht wirklich. Aber in North Pole kann man das für kurze Zeit tatsächlich vergessen. Es gibt dort sogar ein Santa-Haus, das sollten Sie sich nicht entgehen lassen.«

»Ähm, ja«, sagte Sarah höflich. Ein Besuch bei einem Plastik-Santa war eindeutig das Letzte, was auf ihrer Liste für die nächsten Tage stand. »Wie weit ist es noch mal genau?«

Draußen schneite es ohne Unterlass. Eigentlich hatte sie sich während der Fahrt im Taxi überlegt, dass sie den Wagen lieber stehen lassen wollte, bis der Schneefall nachließ. Sie hatte nicht damit gerechnet, von der Agentur zum Ferienhaus einen längeren Weg zu haben. Ein weiterer Punkt, über den sie sich mehr Gedanken hätte machen sollen.

»Etwa vierzehn Meilen. In zwanzig Minuten sind Sie da.« Steve warf einen Blick aus dem Fenster. »Maximal in einer halben Stunde«, revidierte er seine Aussage.

»Gibt es vielleicht eine andere Möglichkeit? Ein Domizil, das näher dran wäre?«

Er zuckte bedauernd mit den Schultern. »Es tut mir leid. Alle anderen Häuser sind bereits reserviert.« Er zögerte. »Wenn Sie wollen, kann ich in ein paar Hotels anrufen und fragen, ob Sie dort unterkommen können.«

»Nein, schon gut«, winkte Sarah ab. Sie war gekommen, um Ruhe und Einsamkeit zu suchen. Ein Hotel hätte sie auch viel näher haben können.

»Möchten Sie den Wagen nun nehmen?«

Sie atmete tief durch. »Ja.« Vermutlich wäre es viel klüger, Gus wieder anzurufen, aber dann würde sie wohl in diesem North Pole festhängen. Schlau wie sie war, hatte sie sich ja ausdrücklich gegen Einkaufsmöglichkeiten oder eine vernünftige Anbindung an die Zivilisation entschieden. »Hat der Wagen wenigstens Schneeketten?«

»Selbstverständlich. Können Sie damit umgehen?«

»Sicher«, gab sie deutlich selbstbewusster zurück, als sie sich im Inneren fühlte. Sie war in der Lage, einen komplizierten Bruch zu richten, da würde sie wohl auch mit ein paar Ketten zurechtkommen.

»Sehr schön.« Er holte eine Karte hervor. »Der Weg ist ganz einfach. Sie fahren hier aus der Stadt und folgen der Alaska Route 2. An der Dawson Road fahren Sie ab, biegen zweimal um die Ecke und schon sind Sie da.«

Aufmerksam studierte Sarah die Karte. Es schien wirklich nicht besonders schwer zu finden zu sein. Sie würde das schon irgendwie hinkriegen.

»Dann bringe ich Sie jetzt zu Ihrem Wagen.«

Sie folgte ihm in den Hinterhof und versank sofort bis zu den Waden im Schnee. Zum Glück standen wenigstens die Fahrzeuge überdacht. Steve drückte auf die Fernbedienung und ein blauer Geländewagen erwachte zum Leben. Erleichtert atmete Sarah auf. Bei ihrem bisherigen Glück hatte sie schon halb mit einer rostigen Blechschaukel gerechnet, doch dieses Auto schien mit Allradantrieb und Schneeketten bestens für das Wetter gerüstet zu sein.

Steve reichte ihr den Schlüssel.»Sie können sich schon mal mit dem Wagen vertraut machen, während ich Ihren Koffer hole, Miss Bishop.«

Freudig kletterte Sarah auf den Fahrersitz, legte ihre Hände aufs Lenkrad und schloss für einen Moment die Augen. Das hier war eindeutig das verrückteste und aufregendste Abenteuer ihres gesamten Lebens.

Kapitel 3

Der Wagen reagierte erst gar nicht und machte dann einen Satz nach vorn, sobald sie fester auf das Gaspedal trat. Schnee spritzte unter den Rädern und Steve sprang erschrocken zur Seite. Sarah fluchte und würgte den Motor ab.

»Brauchen Sie Hilfe?« Beunruhigt trat er an ihr Fenster.

»Nein«, presste Sarah zwischen zusammengebissenen Zähnen entschieden hervor. »Ich muss nur ein Gefühl für den Wagen bekommen.«

»Okay. Ich gehe dann wieder rein.«

Sie gab ihm einen Daumen nach oben und sandte innerlich ein Bittgebet in den Himmel. Sie hoffte sehr, dass sie heil an ihrem Bestimmungsort ankam. Sarah drehte den Schlüssel und gab noch einmal vorsichtig Gas. Der Wagen fuhr ruckelnd los und sie hätte am liebsten lauthals gejubelt.

Die Lenkung war schwerfälliger, als sie es gewöhnt war. Zum Glück war die Ausfahrt breit genug und das Steuern im Neuschnee nicht halb so schlimm, wie sie befürchtet hatte.

Nach wenigen Minuten hatte sie den Ortsausgang erreicht. Sobald sie die letzten Gebäude hinter sich gelassen hatte, schwand ihr Optimismus jedoch dahin.

Die Lichtkegel der Scheinwerfer erleuchteten nur notdürftig den vor ihr liegenden Weg, die Fahrbahnmarkierung war unter der Schneedecke gar nicht zu sehen. Lediglich ein paar Reifenspuren zogen sich wie endlose Schlangen dahin und zeigten an, wo die Straße verlief.

Zumindest hoffte sie, dass sie das taten.

Obwohl sie kaum schneller als zwanzig Meilen pro Stunde fuhr, flogen ihr die Schneeflocken in einem unglaublichen Tempo praktisch waagerecht entgegen. Sie kam sich vor, als würde sie mit Lichtgeschwindigkeit durch den Weltraum jagen und jede einzelne Flocke wäre ein Stern, der an ihr vorbeiraste. Ihre Finger krallten sich in das Lenkrad, aus Angst, sonst die Kontrolle über den Wagen zu verlieren. Sarah kauerte sich zusammen und brachte ihr Gesicht so nah wie möglich nach vorn, um besser sehen zu können, – auch wenn es strenggenommen gar nichts zu sehen gab.

Ihre Arme und Beine zitterten vor Anspannung und sie selbst war schweißgebadet in ihrem warmen Overall, als sie schließlich in die Shady Lane einbog. Hier war sie tatsächlich am Ende der Welt angelangt.

Hohe Bäume ragten zu beiden Straßenseiten dicht an dicht in den Himmel empor und ließen in unregelmäßigen Abständen gerade mal genügend Platz für eine Einfahrt. Sie vermutete, dass sich irgendwo dahinter Häuser befanden. Ein paarmal sah sie auch Licht durch die Äste schimmern, ansonsten war die schmale Straße in absolute Dunkelheit gehüllt.

Angestrengt versuchte sie, eine Hausnummer zu erspähen. Da! Das musste es sein. Ein Briefkasten mit der Nummer 2643 – ihr Zuhause für die nächsten zwei Wochen.

Direkt gegenüber lag eine weitere Einfahrt, dahinter herrschte allerdings völlige Dunkelheit. Wer auch immer ihre neuen Nachbarn waren, sie waren wohl nicht zu Hause.

Ihr konnte das nur recht sein. Entschlossen schlug Sarah das Lenkrad ein. Der Wagen ruckelte, während die Räder im hohen Schnee nach Halt suchten – die Zufahrt war wohl schon länger nicht mehr geräumt worden –, dann griffen endlich die Ketten, es knirschte und knackte, als der SUV sich langsam nach vorne kämpfte.

Als nur noch wenige Meter sie von dem Haus trennten, schaltete sie den Motor ab. Das war nah genug. Erleichtert stieg Sarah aus und sank bis über die Knie ein.

Scheiße! Wo zur Hölle war sie bloß gelandet?

Finster und wenig einladend ragte ein Blockhaus im Licht der Scheinwerfer vor ihr empor, völlig eingeschneit und umgeben von fast schon bedrohlich wirkenden, riesigen Tannen.

Sarah ballte die Fäuste und machte entschlossen einen Schritt nach vorn. Und dann noch einen. Sie hätte nie gedacht, dass es so beschwerlich war, durch Schnee zu waten. Ihr Blick ging zurück – zu dem Wagen und dem schweren Koffer, der noch immer in dessen Innerem lag. Am liebsten hätte sie vor Frust, Müdigkeit und Enttäuschung geweint.

Womit hatte sie das nur verdient? Warum musste jede Kleinigkeit hier zu einem riesengroßen Problem werden?

Sie wischte sich über das Gesicht und versuchte, das Positive zu sehen. Sie hatte es hierhergeschafft, ohne in einem Straßengraben zu landen oder den Wagen um einen Baum zu wickeln. Das an sich war schon ein Grund zur Freude.

Sie fingerte den Hausschlüssel aus ihrer Tasche und stampfte zum Eingang. Zum Glück war die Veranda überdacht und die Tür ließ sich problemlos öffnen.

Auf das Schlimmste gefasst, trat Sarah ein und tastete nach dem Lichtschalter. Ein hysterisches Lachen stieg in ihr auf, als sie ihn nicht fand. Natürlich, wie konnte es anders sein?

Sie war ja auch selbst schuld, sie hätte schließlich daran denken können, ein paar Kerzen mitzunehmen, bloß weil sie in einen anderen Bundesstaat fuhr!

Tränen schossen ihr in die Augen. Verzweifelt schlug sie ihre Hand gegen die Wand. Und blinzelte überrascht gegen die plötzliche Helligkeit an.

Langsam ließ sie sich an der Wand zu Boden gleiten und konnte ihr überspanntes Kichern nun nicht mehr zurückhalten. Eine ganz gewöhnliche Deckenleuchte hing genau über ihrem Kopf. Sie hatte bloß an der falschen Seite nach dem Schalter gesucht. Oh Mann, sie war wahrhaftig fix und fertig.

Eine Windbö schlug ihr eine Strähne ihres langen, sonnengebleichten Haares ins Gesicht.

Mist! Sie hatte vergessen, die Tür zuzumachen. Deutlich spürte sie die Kälte, die ins Hausinnere drang. Hastig rappelte Sarah sich auf, kämpfte sich zum Auto zurück und wuchtete ihren Koffer hinaus. Dann starrte sie unschlüssig auf das Ding, das bis zur Hälfte im tiefen Schnee versank. Die kleinen Rädchen würden ihr hierbei wohl keine Hilfe sein. Sie rieb ihre kalten Hände und packte ganz fest am Griff. Rückwärtsgehend schleifte sie das Ding mühsam in Richtung Haus. Nach zwei Schritten türmte sich der aufgeschobene Schnee bereits höher als das Gepäckstück. Mit aller Kraft zog und zerrte sie daran, doch es bewegte sich keinen Deut. Entmutigt blieb Sarah stehen und strich sich über die verschwitzte Stirn. Dann holte sie resigniert die große Schaufel, die auf der Veranda stand. Wie es aussah, würde sie den Weg erst noch freiräumen müssen.

Zwanzig Minuten später waren ihre Hände praktisch steifgefroren – natürlich befanden sich ihre neuen Handschuhe irgendwo ganz unten in dem Koffer –, sie selbst war dafür bis auf die Haut durchnässt und der dünne Rollkragenpulli klebte ihr unangenehm am Körper. Aber immerhin hatte sie es geschafft, einen schmalen Fußweg vom Wagen bis zur Haustür freizuschaufeln.

Mit einem triumphierenden Lächeln zog Sarah den Teleskopgriff des Koffers heraus und marschierte damit stolz zur Veranda.

Drinnen machte sie die Tür hinter sich zu, zog endlich ihren Overall aus und schaute sich neugierig um. An der dem Eingang gegenüberliegenden Wand prangte ein großer offener Kamin. Sie fröstelte. Es war merklich kalt in diesem Haus. Darum würde sie sich also als Erstes kümmern müssen.

Glücklicherweise lagen ein paar Holzscheite und Streichhölzer griffbereit neben der Feuerstelle. Rasch stapelte sie ein paar davon aufeinander. Sie hatte in ihrer Kindheit oft genug draußen mit ihrem Vater gecampt, um zumindest das einigermaßen hinzubekommen. Zufrieden schaute sie den kleinen Feuerzungen zu, die an dem trockenen Holz zu lecken begannen, und streckte ihre Hände der wohltuenden Wärme entgegen. Allmählich kehrte das Gefühl in ihre Finger und Zehen zurück, dafür begann der Rauch in ihren Augen und ihrer Kehle zu beißen.

Irritiert starrte Sarah den Kamin an. Sollte der Qualm nicht nach oben abziehen, anstatt in das Wohnzimmer? Sie hockte sich hin, um besser sehen zu können, aber sie kam nicht nah genug an das Feuer ran, wenn sie sich nicht auch noch ihre Haare versengen wollte.

Sarah hustete, ihre Augen tränten. Das war ganz bestimmt nicht normal.

Erschrocken trat sie ein paar Schritte zurück. Sie musste irgendwas tun. Sie hustete erneut. Dann lief sie zum Fenster und riss es weit auf. Ein Schwall eisiger Luft gemischt mit den elenden, allgegenwärtigen Schneeflocken traf sie voll ins Gesicht. Der Atem verfing sich in ihrer Brust, dieses Mal allerdings vor Kälte.

Sie drehte sich wieder um. Der Kamin qualmte weiter. Verdammt! Sie würde noch das ganze Haus ausräuchern. Und warm würde es mit dem offenen Fenster auch nicht werden.

Panik stieg in Sarah auf. Das war einfach zu viel. Sie hatte das alles nicht gewollt. Nicht so.

Ihr Blick fiel auf die Küche. Ein Wasserhahn! Mit einem stummen Gebet auf den Lippen, dass der Anschluss tatsächlich funktionierte, rannte sie hin, zog eine Schranktür auf, dann eine weitere, bis sie endlich eine geeignete Schüssel fand. Der Hahn quietschte leicht, als sie ihn aufdrehte, aber zumindest sprudelte in der nächsten Sekunde glasklares Wasser heraus. Sie trommelte hektisch mit den Fingern, während die Schüssel sich füllte, dann stellte sie eine weitere ins Spülbecken und rannte mit der ersten zum Kamin.

Es zischte und knackte laut, als sie das Wasser in das lodernde Feuer goss. Ein Schwall weißen Dampfes umhüllte sie, doch sie wartete nicht ab, ob das genügen würde, sondern rannte zur Küche zurück. Zweimal musste sie das Ganze noch wiederholen, dann erlosch auch der letzte Funken Glut.

Verrußt, nass und nach Atem ringend ließ Sarah sich kraftlos auf den Boden neben dem Kamin sinken, zog ihre Knie an und legte ihre Stirn darauf ab. Das war der mit Abstand furchtbarste Tag ihres gesamten Lebens. Und hinzu kam die bittere Erkenntnis, dass es morgen vermutlich auch nicht viel besser werden würde.

***

Der Wagen raste über eine Schneewehe und geriet leicht ins Schlittern. Sofort nahm Tom den Fuß vom Gas und drosselte das Tempo. Manche Gewohnheiten saßen einfach zu tief, auch wenn er heute keinen Grund zur Eile hatte. Isabella war mit einer Freundin verabredet und er hatte den Abend für sich alleine.

Der Schneefall wurde immer dichter. Wenn das so weiterging, würde er morgen zu Fuß zum Sägewerk marschieren müssen.

Er zog eine Grimasse. Oder er würde Matt – seinen besten Freund und Boss – anrufen und sich den Tag freinehmen. Vermutlich würde sein Fehlen nicht einmal auffallen. Es war ja nicht so, als hätte er noch irgendeine wichtige Funktion zu erfüllen, seit Matts Freundin Liv die strategische Leitung der Firma übernommen hatte.

Er schüttelte seinen Kopf, um diese trüben Gedanken zu vertreiben. Er gönnte Matt sein Glück, er gönnte es ihm von Herzen. Und was Olivia und er in den letzten Monaten aus dem Sägewerk gemacht hatten, war einfach Wow! Er wünschte sich bloß, er würde sich dabei nicht so überflüssig vorkommen.

Vorsichtig bog er um die Kurve und hielt verwirrt an. Tiefe Reifenspuren führten in die Einfahrt der Hobbs. Tom parkte seinen Wagen und stieg aus. Da stimmte etwas nicht. Seine Nachbarn waren bis Jahresende nach Florida geflogen, das wusste er ganz genau. Immerhin hatte sich Mr. Hobbs – als sie sich vor zwei Wochen über den Weg gelaufen waren – wortreich bei ihm darüber ausgelassen, was für ein Vermögen ihn diese Reise kostete. Und am Samstag hatte er selbst gesehen, wie sie zum Flughafen aufgebrochen waren.

Tom umrundete die drei großen Tannen, die das Haus von der Straße abschirmten. Tatsächlich, da stand ein Wagen in der Einfahrt und im Wohnzimmer brannte Licht. Langsam trat er näher, darauf bedacht, kein lautes Geräusch zu machen. Einbrüche waren in ihrer Gegend zwar nicht häufig, aber ganz ausgeschlossen waren sie nicht.

Das Wohnzimmerfenster war offen. War das etwa Rauch, der daraus drang? Es roch eindeutig verbrannt. Alarmiert rannte Tom los und riss die Tür auf. Drinnen war der Brandgeruch noch stärker, eine Gestalt lehnte regungslos zusammengekauert neben dem Kamin.

Ohne weiter darüber nachzudenken, stürmte er nach vorn, blieb mit dem Fuß irgendwo hängen und krachte fluchend zu Boden. Etwas Hartes drückte schmerzhaft gegen seine Rippe. »Ah!« Er stemmte sich vorsichtig hoch.

Eine Frau schrie erschrocken auf. »Was tun Sie da?« Zitternd rappelte sie sich auf.

Verwirrt tat Tom es ihr gleich. Wer war das? Was machte sie hier? War sie eingebrochen? War sie obdachlos?

Sie sah jedenfalls furchtbar aus. Ihre langen Haare klebten ihr feucht in der Stirn, ihre Lippen waren bläulich verfärbt, Ruß und schwarze Mascaraspuren überzogen ihre Wangen. Hatte sie etwa geweint?

»Wer sind Sie?«, verlangte sie mit schwacher Stimme zu wissen, doch ihre Augen blitzten herausfordernd.

»Wer sind *Sie*?«, antwortete er – wider Willen fasziniert – mit einer Gegenfrage. »Und was machen Sie im Haus der Hobbs?«

»Sie kennen die Leute?« Sie schien sich ein wenig zu entspannen. Die Andeutung eines Lächelns huschte über ihr blasses Gesicht. Ein überaus hübsches Gesicht, soweit er es unter all dem Schmutz erkennen konnte.

»Ja.« Tom ging langsam auf sie zu. Wer auch immer sie war, er glaubte nicht, dass sie etwas Böses im Schilde führte. »Sie sind meine Nachbarn. Ich wohne direkt gegenüber.« Er deutete vage in Richtung seines Hauses, ohne den Blick von ihr zu nehmen. »Ich habe die Reifenspuren gesehen und wollte nachschauen, ob alles in Ordnung ist.«

»Ja.« Sie schlang die Arme um sich und rieb mit ihren Handflächen darüber. »Danke.«

Ihr gesamtes Erscheinungsbild stand in einem so krassen Widerspruch zu ihren Worten, dass er sich ein Schmunzeln nicht verkneifen konnte.

»Mein Name ist Tom Collins.«

»Sarah Bishop«, entgegnete sie und musterte ihn so aufmerksam, als würde sie ihn erst jetzt überhaupt bewusst wahrnehmen.

»Und was machen Sie hier?«, wiederholte er die Frage, auf die er noch immer keine Antwort hatte.

»Urlaub.« Sie schnaufte bitter. »Sieht man mir das etwa nicht an?« Ihre Stimme wurde immer höher, ihr Kinn zitterte und er hatte das Gefühl, dass sie jeden Moment erneut in Tränen ausbrechen könnte. »Ich habe das Haus gemietet«, fügte sie kaum vernehmbar hinzu. Vermutlich hatte Mr. Hobbs versucht, sich damit zumindest einen Teil seiner Reisekosten wiederzuholen.

Sie hörte sich an, als würde sie das bereits bereuen.

»Ist wirklich alles in Ordnung?«, fragte er sanft und nahm ihre Hand, um sie zum Sofa zu führen. Ihre Finger waren eiskalt. Ihm fiel auf, dass sie in einer Wasserlache stand. Hatte sie etwa vorhin darin gesessen?

»Ja.« Sie riss sich sichtlich zusammen. »Ich hatte bloß ein kleines ... Malheur.« Ihr Blick ging zu dem kalten – und völlig nassen – Kamin.

»Wie wäre es, wenn Sie sich umziehen und ich uns in der Zwischenzeit einen Kaffee mache? Dann können Sie mir alles in Ruhe erzählen.«

***

Sarah starrte diesen Fremden an, der so unverhofft hier aufgetaucht war und plötzlich das Ruder an sich riss. Sie konnte nicht leugnen, dass ein Teil von ihr – ein ziemlich großer Teil sogar – nichts lieber tun würde, als sich seiner Führung zu überlassen. Es schien, als wollte er ihr wirklich helfen. Ihr, einer völlig Unbekannten, die er darüber hinaus vermutlich für übergeschnappt halten musste. Ihre Jeans war klatschnass und sie hatte es nicht einmal bemerkt, so tief hatte sie sich in ihrem Selbstmitleid vergraben. Wenn sie sich nicht dringend umzog, würde sie ihren Urlaub krank im Bett verbringen müssen. Wie hatte sie sich nur so gehen lassen können?

Sarah warf ihm einen verstohlenen Blick zu. Geduldig wartete er ihre Reaktion ab.

Sie konnte nicht umhin zu bemerken, wie gut er aussah. Ganz anders als Ethan, auf eine viel unaufdringlichere, dezente Art. Seine blauen Augen mit dem feinen Kranz leichter Lachfältchen ruhten besorgt auf ihr, seine dunklen Haare standen vorne ein wenig ab, als hätte er sie sich in der letzten Zeit zu oft gerauft.

»Miss Bishop?«, fragte er, als sie nicht reagierte.

Sie gab sich einen Ruck. »Sarah reicht völlig.«

Sie mochte hierher geflüchtet sein, um endlich ihre eigenen Entscheidungen treffen zu können, doch es wäre schlichtweg idiotisch von ihr, seine Hilfe jetzt abzulehnen.

»Es tut mir leid, du hast mich auf dem falschen Fuß erwischt.«

»War wohl nicht ganz dein Tag, was?«

Sie nickte bitter. »So könnte man es sagen.«

Sie ging zu ihrem Koffer hinüber, der noch immer mitten im Weg lag. Sie konnte von Glück reden, dass Tom sich nicht beide Beine gebrochen hatte, als er darüber gestolpert war. Sie warf ihm über ihre Schulter einen unsicheren Blick zu. Er hatte sich abgewandt und schien sie nicht weiter zu beachten, während er sich in der Küche zu schaffen machte. Vielleicht wollte er ihr etwas Zeit geben, sich zu fassen. Vielleicht wollte er auch nicht zu aufdringlich sein.

Sie schloss die Eingangstür und blieb zögerlich stehen. Ihr fiel auf, dass sie nicht einmal wusste, wo sich hier das Schlafzimmer oder das Bad befand. Dann hockte sie sich hin und zog den Reißverschluss ihres Koffers auf. Sie war viel zu erschlagen, um ihn noch irgendwohin schleppen zu können, – selbst wenn sie gewusst hätte, wohin. Rasch durchwühlte sie seinen Inhalt, bis sie eine dunkle Leggings und einen langen Strickpulli entdeckte. Die meisten der mitgebrachten Sachen hatte sie noch nie zuvor getragen, hatte sie extra für ihre kleine, winterliche Auszeit besorgt.

Mit der Kleidung in der Hand marschierte sie zielstrebig auf die erste Tür zu, die sie entdeckte, und fand sich zum Glück tatsächlich in der Gästetoilette wieder. Ganz automatisch schaute sie in den Spiegel – und erstarrte. Diese verheulte, blasse Person mit dunklen Augenringen, Ruß und Resten von Make-up im Gesicht konnte unmöglich sie sein. Sie sah zum Fürchten aus. Sie mochte sich gar nicht vorstellen, was Tom jetzt von ihr halten musste. Dass er nicht schreiend davongerannt war, grenzte fast schon an ein Wunder.

Noch nie hatte Sarah sich so tief geschämt, hatte sich so unfähig und verloren gefühlt. Wenn das ihr wahres Ich sein sollte, das sie hier zu finden gehofft hatte, hätte sie wohl besser nicht suchen sollen.

Hastig wusch sie sich das Gesicht, beseitigte die Schlieren, die Schweiß, Tränen und Mascara hinterlassen hatten, und kämmte sich mit den Fingern notdürftig durch die Haare. Wieso hatte sie bloß nicht daran gedacht, ihre Kosmetiktasche mitzunehmen?

Prüfend betrachtete sie sich im Spiegel. Dann musste es eben so gehen. Im Vergleich zu vorhin war es bereits eine enorme Verbesserung. Sarah unterdrückte ein Kichern. Zumindest hatte ihr neuer Nachbar gleich zu Beginn das Schlimmste von ihr gesehen und er war immer noch da. Sie würde ihn also nicht so leicht schockieren können.

Rasch zog sie sich trockene Kleidung an und spürte angenehme Wärme in ihrem Körper aufsteigen. Dann öffnete sie tapfer die Tür.

Herrlicher Kaffeeduft erfüllte das Haus. Doch Tom war nicht in der Küche. Stattdessen kniete er verwundert vor dem Kamin. Als Sarah näherkam, erkannte sie, dass er die riesige Pfütze, die sie bei ihrem Löschversuch hinterlassen hatte, bereits mit einem Lappen aufgewischt hatte.

»Wieso ist hier alles klatschnass?«, fragte er, ohne aufzusehen. Er hatte seine Ärmel hochgekrempelt und war offensichtlich dabei, das feuchte Holz aus dem Kamin zu entfernen.

»Ich … ähm … Ich wollte ein Feuer machen, aber dann hat es so stark gequalmt. Und ich wusste nicht, was ich tun sollte, also habe ich es … gelöscht.«

Verlegen knetete sie ihre Finger.

Ein breites Grinsen, das irgendwo zwischen Belustigung und Fassungslosigkeit anzusiedeln war, erschien auf seinem Gesicht. Er legte das Holz zum Trocknen beiseite, klopfte sich den Ruß von den Händen und stand auf.

»Du hättest auch einfach die Kaminklappe öffnen können. Hier, siehst du?« Er zog an einer Kette, die neben der Feuerstelle hing.

Sarah wünschte sich, der Boden könnte sich vor ihr auftun und sie verschlucken. Sie fühlte sich so unsagbar dämlich. »Daran habe ich nicht gedacht«, stammelte sie. Er musterte sie aufmerksam. »Du bist wohl mehr Sonne gewöhnt.«

»Wie kommst du darauf?«, fragte sie, um mehr Zeit zu gewinnen.

»So eine Bräune bekommt man hier nicht und schon gar nicht mitten im Winter. Woher stammst du?«

»Santa Barbara.«

»Kalifornien?« Seine Augenbrauen schossen ungläubig nach oben. »Und dann kommst du hierher? Zu Weihnachten und ganz allein?«

Er brauchte sie nicht daran zu erinnern, dass das eine total bescheuerte Idee gewesen war.

Die Kaffeemaschine röchelte ein letztes Mal und verstummte. »Kaffee ist fertig«, verkündete Sarah das Offensichtliche statt einer Erklärung. Sie ging demonstrativ in die Küche und hoffte, dass er ihren Wink verstehen und keine weiteren Fragen stellen würde. Sie kannte die Antworten ja selber nicht und wollte nicht, dass er sie für gestört hielt. Sie hatte ihm auch so nicht gerade den besten Eindruck von sich vermittelt.

Eigentlich sollte es ihr egal sein, was er von ihr dachte. Er war bloß ihr Nachbar. Vielleicht würden sie sich in den nächsten Tagen noch ein paarmal über den Weg laufen, vielleicht auch nicht. Auf jeden Fall würde sie ihn nach Neujahr niemals wiedersehen. Dennoch wollte sie nicht, dass er schlecht von ihr dachte. Er war freundlich und hilfsbereit und schien ein durch und durch guter Mensch zu sein.

Sie öffnete suchend ein paar Schranktüren, bis sie die mit den Tassen entdeckte, und holte zwei davon heraus. Sie füllte sie und reichte eine an Tom weiter. »Ich habe leider keine Ahnung, ob ich Milch oder Zucker dahabe.«

»Kein Problem. Ich trinke Kaffee gern auch schwarz.«

Sarah nippte an ihrem Becher und verzog das Gesicht. Sie mochte Kaffee tatsächlich viel lieber mit einem ordentlichen Schluck Milch, aber sie wollte jetzt nicht damit beginnen, vor Toms Augen alle Schränke zu durchwühlen.

»Es ist ganz schön kalt hier«, bemerkte er und stellte seinen Becher auf der Küchenplatte ab. »Ich kümmere mich mal um den Kamin.«

»Das musst du nicht.« *Jetzt* würde sie es vermutlich auch selbst hinkriegen. »Du hast bestimmt noch anderes zu tun.« Vielleicht gab es sogar jemanden, der zu Hause auf ihn wartete. Unauffällig suchte sie seine Finger nach einem Ehering ab und ärgerte sich über sich selbst. Er war nur freundlich, weiter nichts.

Tom drehte sich zu ihr und lächelte sie an. »Nein, nichts Besseres.«

Kurze Zeit später prasselte im Kamin ein herrliches Feuer. Und nur ein gelegentliches Zischen verriet, dass irgendwo noch ein paar Wassertropfen übrig geblieben waren. Tom setzte sich auf das Sofa und schaute sie neugierig an. »Was verschlägt dich ausgerechnet hierher?«

Sie zuckte mit den Schultern. »Ich brauchte einfach einen Tapetenwechsel, verstehst du?«, fragte sie mit wenig Hoffnung, dass er es wirklich tat.

»Oh ja, sehr gut sogar«, erwiderte er unerwartet ernst.

Irgendetwas spiegelte sich in den Tiefen seiner Augen – Sorge oder eine latente Unzufriedenheit.

Sarah atmete tief durch. »Manchmal entwickelt sich das Leben in eine Richtung und man schwimmt einfach mit, lässt sich mitreißen, um irgendwann festzustellen, dass man ganz woanders ist, als man ursprünglich vorgehabt hatte. Manchmal kann das gut sein. Und manchmal eben ... nicht.«

»Deshalb bist du hier?«

»Ja.« Sie lächelte verlegen. »Ich habe gewissermaßen die Notbremse gezogen. Und bevor ich wieder einsteige, möchte ich sicher sein, dass der Zug in die richtige Richtung fährt.«

»Es muss toll sein, so etwas tun zu können.« Sie hörte die Wehmut in seiner Stimme, den sanften Neid, auch wenn sie sich darauf keinen Reim machen konnte.

Er räusperte sich. »Und du bist heute erst angekommen?« Die Zeit der Geständnisse war offensichtlich vorbei.

»Ja, vorhin.« Sie schmunzelte. »Ich fürchte, ich war auf das hier«, sie deutete auf das Fenster, vor dem die Schneeflocken noch immer tanzten, »nicht ganz vorbereitet. Normalerweise bin ich nicht so ... überfordert.«

Er lachte. »Das Wetter kann ganz schön tückisch sein.«

Sarah ertappte sich dabei, wie sie in seinen warmen, blauen Augen versank.

Er schien es ebenfalls bemerkt zu haben, denn er räusperte sich erneut und stand abrupt auf. »Du wirst müde sein, ich lasse dich dann lieber in Ruhe hier ankommen, dich einrichten.«

Das ist nicht nötig!, hätte sie am liebsten geschrien. Es war schön, mit ihm zu sprechen. Seine Nähe tat ihr gut. Aber sie nickte bloß. »Danke für deine Hilfe.«

»Sehr gern.« Er ging zur Tür und nahm seine Jacke vom Haken. »Ich wünsche dir eine erholsame erste Nacht in Alaska.«

»Gute Nacht, Tom.« Bevor sie noch etwas hinzufügen konnte, riss er die Tür auf und verschwand in der Dunkelheit.

Sarah schaute sich in dem Haus um, das auf einmal viel leerer und kälter wirkte. Sie schlang die Arme um sich und stieg – das Gefühl der Einsamkeit, das sein Abschied in ihr geweckt hatte, ignorierend –, die knarzende Treppe nach oben, um sich einen Überblick zu verschaffen.

Das Haus war kleiner, als sie vermutet hatte. Oben gab es neben dem Schlafzimmer und dem Bad nur einen weiteren, abgeschlossenen Raum. Sie schätzte, dass die Besitzer dort alle wichtigen Dokumente und Wertsachen in Sicherheit gebracht hatten. Ihr war das recht, sie hatte auch so mehr als genügend Platz. Mühevoll schleppte sie ihren Koffer nach oben und ließ sich atemlos auf das frisch bezogene Doppelbett fallen.

Ihr Magen knurrte und erinnerte sie daran, dass sie seit dem Sandwich im Flugzeug nichts mehr gegessen hatte. Ihr erster Gedanke war, einen Lieferdienst anzurufen. Ein Blick aus dem Fenster führte ihr jedoch die Absurdität dieses Vorhabens vor Augen. Selbst wenn es hier so etwas gab, würde sie jetzt kaum Glück haben. Ihr blieb also nichts anderes übrig, als die Küche nach Essbarem zu durchwühlen.

Die Schränke erwiesen sich allerdings als erstaunlich leer. Kopfschüttelnd fragte sie sich, ob die Hobbs wohl auch die Lebensmittel versteckt hatten, in der Angst, dass sie ihnen sonst alles wegfuttern würde.

Wieso hatte sie bloß nicht daran gedacht, Tom nach einem Supermarkt zu fragen? Irgendwo musste man hier doch sicher etwas Essbares bekommen können.

Durch das Fenster und die Bäume sah sie einen schwachen Lichtschein aus seinem Haus dringen. Vielleicht sollte sie einfach rübergehen und ihn fragen, ob er ihr etwas leihen konnte.

Nein, wenn er ihre Gesellschaft gewollt hätte, hätte er sie auch gleich zu sich einladen können, anstatt so abrupt zu verschwinden.

In einer Schrankecke entdeckte sie schließlich noch eine Packung Cracker, die die Hobbs bei ihrem Aufbruch vermutlich übersehen hatten. Mit ihrer Beute in der einen und einer halben Tasse inzwischen kalten, schwarzen Kaffees in der anderen Hand zog sie sich auf das Sofa zurück. Sie wollte lieber nicht zu genau darüber nachdenken, welch armseliges Bild sie dabei abgab.

Toms Erscheinen hatte sie ein wenig mit ihrer aktuellen Situation versöhnt, doch sie brauchte sich nichts vorzumachen. Sie hatte unbedacht und übereilt gehandelt. Ihr Handy klingelte. Sie musste nicht nachsehen, um zu wissen, dass es ihre Mutter war. Vermutlich wollte sie sich an ihrem Leid ergötzen, hören, wie furchtbar sie alles hier fand. Aber diesen Gefallen würde Sarah ihr nicht tun. Trotzig steckte sie sich einen Cracker in den Mund und überhörte geflissentlich das nervige Klingeln. Sie würde nicht mit eingezogenem Schwanz zurückkehren, um sich dann jahrelang vorhalten zu lassen, dass sie lieber gleich auf ihre Mutter gehört hätte. Egal, wie furchtbar die nächsten Tage auch werden sollten, diese Blöße würde sie sich nicht geben.

Und wenn sie ehrlich war, würde sie Weihnachten lieber ganz allein in diesem Haus feiern als mit den scheinheiligen, steifen *Freunden*, mit denen Mutter sich so gerne umgab.

Das Bild eines dunkelhaarigen, freundlichen Nachbarn schob sich in Sarahs Gedanken und sie lächelte. Vielleicht würde sie die Feiertage ja doch nicht völlig einsam verbringen müssen.

Kapitel 4

Ein lautes Klopfen riss Sarah aus ihrem Schlaf. Erschrocken fuhr sie hoch und brauchte ein paar Atemzüge, um sich zu orientieren. Alaska!, fiel es ihr schlagartig ein und sie sprang überrascht aus dem Bett.

Wer konnte hier nur etwas von ihr wollen? Sie hastete nach unten und riss die Tür auf.

Tom hatte sich bereits abgewandt. Überrascht drehte er sich wieder zu ihr um.

»Tut mir leid, ich wollte dich nicht stören ...« Seine Stimme verklang.

Sarah spürte, wie sie rosa anlief, während er ihren mit kleinen, knuddeligen Bärchen übersäten Flanell-Schlafanzug musterte. Auf die Schnelle hatte sie vor ihrer Abreise einfach nichts Besseres gefunden. Sie verschränkte die Arme vor ihrer Brust.

»Kein Problem. Kann ich dir helfen?«

»Nein.« Er riss seinen Blick von ihr los, seine Mundwinkel zuckten. »Ich wollte nur sehen, wie es dir geht. Hast du gut geschlafen?«

Wärme stieg in ihr auf. »Ja, danke. Sehr gut sogar.«

»Hier.« Er hielt eine kleine braune Papiertüte hoch. »Ich habe Brötchen für dich mitgebracht. Ich wusste nicht, ob du etwas dahast.«

»Danke.« Sarah strahlte ihn überwältigt an. »Möchtest du sie vielleicht mit mir teilen?«

»Nein.« Er schüttelte bedauernd seinen Kopf. »Ich muss zur Arbeit.«

»Oh, natürlich.« Darauf hätte sie auch selbst kommen können.

»Und du solltest jetzt reingehen. Es ist kalt.«

49

Sie nickte. Dabei hatte sie die Kälte noch gar nicht bemerkt. Das Kribbeln in ihrem Bauch überdeckte alle anderen Empfindungen.»Sehen wir uns nachher?«

Ein Schatten huschte über sein Gesicht.»Hab einen schönen Tag, Sarah.« Er wandte sich ab und stampfte energisch durch den Schnee davon.

»Danke, du auch!«, rief sie ihm verwundert hinterher. Falls er sie gehört hatte, reagierte er nicht.

Nachdenklich schloss Sarah die Tür. Was war nur mit ihm los?

Der Duft frisch gebackener Brötchen kitzelte ihre Nase. Sie lächelte. Was auch immer es war, es hatte ganz bestimmt nichts mit ihr zu tun. Welcher Mann würde schon einer Frau Frühstück bringen, wenn er nichts für sie übrighatte?

Sie atmete zufrieden durch, brach sich ein Stück des knusprigen Brötchens ab und schlenderte in die Küche. Vielleicht würde ihr Aufenthalt hier ja noch ganz nett werden.

Nach einem Becher heißen Kaffees und einer ausgiebigen Dusche packte Sarah sich mollig warm ein und begab sich auf Erkundungstour durch North Pole.

Noch immer kam es ihr unwirklich vor, dass sie tatsächlich hier war, dass sie durch knietiefen Schnee watete – und es ihr sogar Spaß zu machen begann. Alles schien so friedlich, so still, als wäre die Welt wahrhaftig unter einer dicken Decke begraben, die die Zeit verlangsamte und jedes Geräusch, jede Störung verschluckte. Hier war sie wahrlich in einer Winter-Wunderwelt.

Unterwegs begegneten ihr so gut wie keine Menschen. Natürlich, die meisten waren bestimmt auf der Arbeit. Es fühlte sich eigenartig an, einfach freizuhaben, tun und lassen zu können, wonach ihr war, sich treiben zu lassen und zu sehen, wohin der Weg sie führen würde.

Einige Zeit schlenderte sie ziellos durch die Siedlung. Es schien, als wären die Häuser und Straßen einfach in den Wald

50

gebaut worden. Und dort, wo sie aufhörten, begann die Wildnis.

Es faszinierte und erschreckte sie zugleich, so nah an der Grenze der Zivilisation zu sein. So gern hätte sie sich in den Wald hineingewagt, aber sie wusste nicht, ob es sicher war. Zu Hause ging man als Ortsfremder schließlich auch nicht zu weit in die Steppe hinaus. Vielleicht sollte sie Tom fragen, ob er sie mal begleiten wollte.

Irgendwann hatte sie das Gefühl, die ganze Siedlung kreuz und quer durchlaufen zu haben, und folgte der Hauptstraße zu dem eigentlichen Kern des Orts. Gestern, auf der Durchfahrt, hatte sie wenig von ihrer Umgebung mitbekommen. Ihr war lediglich die riesige Weihnachtsmannfigur aufgefallen, die vor einem größeren Gebäude stand. Vermutlich war das das viel gelobte Haus von Santa Claus.

Tatsächlich erreichte sie schon bald das rotweiß gestrichene, mit bunten Santabildern und vielen Lichtern geschmückte Bauwerk. So, wie es in dieser schneebedeckten Landschaft und von hohen Tannen umsäumt stand, könnte man tatsächlich glauben, dass es etwas anderes war als ein sehr gelungener Marketingtrick.

Neugierig trat Sarah näher und studierte enttäuscht das große Schild, das auf ein Kaufhaus hinwies. Sie wusste nicht genau, was sie erwartet hatte – ein Kindermärchen oder eine Touristenattraktion vielleicht –, aber die Erkenntnis, dass sich in dem Gebäude lediglich ein Laden für Weihnachtsartikel und Zubehör befand, war selbst für sie ziemlich ernüchternd.

Auf einmal verspürte sie keinerlei Lust mehr, es sich anzusehen. Sie hatte ohnehin nicht viel mit Weihnachten am Hut, hatte kaum nennenswerte, positive Erinnerungen daran, und dieses Jahr brauchte sie sich darüber überhaupt nicht den Kopf zu zerbrechen, hatte sich dem ganzen Trubel aus Kommerz und aufgesetzter Fröhlichkeit geschickt entzogen.

»Da ist er, Mom! Da ist Santa!«

51

Sarah blickte sich um und sah ein Mädchen mit seiner Mutter im Schlepptau zu dem großen Aufsteller rennen. Die Begeisterung der Kleinen war fast schon ansteckend und Sarah schmunzelte in sich hinein. Für Kinder war die Welt so wunderbar einfach, so voller Zauber und Magie.

Plötzlich wünschte sie sich, sie könnte auch daran glauben, könnte diese Sehnsucht und Freude in sich spüren. Doch die Wahrheit war, sie hatte es schon als kleines Mädchen nicht getan, dafür hatte es bei ihren Feiertagen zu wenig echte Freude und zu viele Verhaltensregeln gegeben.

»Da hinten sind die Rentierställe, Mom!«, rief die Kleine und zog ihre Mutter weiter fort.

Kopfschüttelnd schaute Sarah ihnen hinterher, dann ging sie weiter. Irgendwo musste es hier sicher auch einen Supermarkt geben.

Die zwei großen, gelben Bögen eines bekannten Fastfoodrestaurants kamen in Sicht. Sie würde also auf jeden Fall nicht verhungern müssen. Kein Ort schien zu klein oder zu abgelegen für diese Franchisekette zu sein.

Nach einigen hundert Metern erreichte sie endlich die North Pole Plaza – ein ziemlich großer Name für die paar Geschäfte, die sich dahinter verbargen. Aber sie wollte sich nicht beschweren. Der Supermarkt war ausreichend sortiert und eine knappe halbe Stunde später machte sie sich mit zwei vollen Tragetaschen beladen auf den Rückweg.

Die Straße zog sich schier endlos dahin. Die Griffe der Einkaufstüten schnitten ihr schon bald trotz der dicken Handschuhe schmerzhaft in die Hände und es fiel ihr zunehmend schwerer, in dem hohen Schnee einen Fuß vor den anderen zu setzen.

Keuchend wich Sarah auf die Straße aus, doch der festgefahrene Schnee erwies sich als heimtückisch glatt. Sie schlitterte und konnte gerade noch ihr Gleichgewicht halten. Ihre Tüten schlugen schmerzhaft gegen ihre Beine. Hastig rettete sie sich zurück auf den Bürgersteig. Sie wollte nicht riskieren, dass die

Eier – oder gar ihre Knochen – bei einem Sturz zu Bruch gingen.

Als ihre Einfahrt endlich in Sicht kam, machte Sarahs Herz einen erfreuten Hüpfer. Überrascht schüttelte sie ihren Kopf. Es fühlte sich tatsächlich an, als würde sie nach Hause kommen.

Sie wollte gerade einbiegen, als ihr eine kleine Gestalt auf der gegenüberliegenden Seite ins Auge fiel.

Ein etwa sieben- oder achtjähriges Mädchen rannte von Toms Haus auf die Straße zu. Als die Kleine sie erkannte, blieb sie verunsichert stehen.

»Hallo! Kann ich dir helfen?«, fragte Sarah freundlich. Kleine Kinder gehörten sicherlich nicht ohne Aufsicht auf die Straße.

»Nein, schon gut.« Das Mädchen zuckte mit den Schultern und wandte sich ab.

»Wohin gehst du?« Sarah musterte sie verwundert.

»Nach Hause«, erklärte das Mädchen, als wäre es das Selbstverständlichste auf der Welt.

»Du wohnst da?« Sarah deutete auf Toms Haus.

»Ja.«

»Oh.« Das war also der Grund für Toms übereilten Abgang gestern. Er war verheiratet.

Entschieden kämpfte Sarah die irrationale Enttäuschung nieder, die in ihr aufstieg.

»Ist dein Vater zu Hause?«

»Nö, er ist auf der Arbeit.«

»Und deine Mom?«

»Sie ist … auch nicht da.«

»Dann bist du allein?«

»Ja, aber ist nicht schlimm. Ich mag Josie sowieso nicht besonders.«

»Wer ist Josie?« Sarah stellte die schweren Einkaufstaschen ab. Es schien eine längere Unterhaltung zu werden.

»Meine Babysitterin. Eigentlich brauch ich keine, ich bin schon lange kein Baby mehr. Nur Dad besteht weiterhin darauf.«

»Und wo ist sie jetzt?«

»Keine Ahnung. Eigentlich hätte sie schon längst da sein sollen.«

»Und du wartest die ganze Zeit hier draußen auf sie?« Das Mädchen hatte nicht einmal eine Mütze auf ihren langen, dunkelbraunen Locken und ihre Jacke war offen.

»Natürlich nicht, ich bin ja nicht blöd. Ich dachte nur, du wärst sie. Deshalb bin ich rausgerannt.«

»Wir sollten Tom, ... ich meine, deinen Vater anrufen.«

»Woher kennst du ihn?« Neugier flackerte in den großen, dunklen Augen der Kleinen.

»Wir haben uns gestern Abend kurz gesehen, als ich angekommen bin.«

»Hast du das Haus der Hobbs jetzt gekauft?«

»Nein.« Sarah schüttelte lächelnd ihren Kopf. »Ich habe es nur gemietet. Ich habe Geld bezahlt, um hier ein paar Tage zu wohnen«, erläuterte sie, als das Mädchen sie verständnislos anschaute.

»Schade. Du siehst nett aus.«

»Danke, du auch. Was ist jetzt mit deinem Vater? Wenn du mir seine Nummer gibst, rufe ich ihn an.«

»Nicht nötig.« Die Kleine schüttelte abwehrend ihren Kopf.

»Und wieso nicht?«

»Ich sagte doch, ich bin kein Baby. Wenn wir ihn jetzt anrufen, kommt er sofort her. Dabei hat er einen wichtigen Termin mit Onkel Matt.«

»Hast du denn etwas zu essen zu Hause?«

»Im Kühlschrank müsste noch was von der Gemüsepampe sein, die Josie gemacht hat.« Sie klang sehr selbstbewusst und unabhängig, wenn auch nicht gerade begeistert.

»Ich wollte mir gleich ein paar Pancakes machen, vielleicht magst du mir dabei Gesellschaft leisten?«, schlug Sarah einer

plötzlichen Eingebung folgend vor. Die Kleine war ihr auf An-
hieb sympathisch, was hoffentlich nicht nur daran lag, dass sie
ihrem Vater unglaublich ähnlich war. Sie unterdrückte ein
Seufzen. Ihre Mutter musste eine sehr glückliche Frau sein.
Eine senkrechte Falte erschien zwischen den Augenbrauen
des Mädchens. Sie schien intensiv nachzudenken. »Und du hast
das Haus ganz sicher ... gemietet?«, vergewisserte sie sich.
»Du bist keine Einbrecherin oder Diebin?«
Sarah schaffte es nur mit Mühe, ihr Lächeln zu verbergen.
Die Kleine meinte es ernst. »Ich schwöre, dass ich keine Ver-
brecherin bin.« Sie hob feierlich ihre rechte Hand.
»Und du kennst wirklich meinen Dad?«
»Flüchtig«, erwiderte sie zögerlich. Vielleicht war es doch
keine gute Idee, das Mädchen mit zu sich zu nehmen. Immer-
hin war das ein fremdes Kind und sie wollte keinen Ärger ris-
kieren. Für einen Rückzieher war es jetzt allerdings zu spät.
»Wie heißt du?«
»Sarah. Sarah Bishop.«
»Ich bin Isabella.«
»Das ist ein sehr schöner Name.«
»Danke«, erwiderte die Kleine sachlich. »Und jetzt gib mir
bitte deinen Führerschein.«
»Was? Wieso denn das?«
»Ich lege den bei uns zu Hause hin mit einer Notiz an mei-
nen Vater. Falls du mich doch entführen willst, weiß er zumin-
dest, nach wem er suchen muss.«
Sprachlos starrte Sarah Isabella an und wusste nicht, ob sie
lachen oder schockiert sein sollte. Schließlich siegte ihre Hei-
terkeit. Sie holte ihren Führerschein hervor und reichte ihn dem
Mädchen.
Isabella studierte ihn aufmerksam, dann nickte sie besänftigt. »Warte hier, ich bin gleich wieder da.«
Staunend schaute Sarah ihr hinterher. Damit hatte sie nun
wahrlich nicht gerechnet.

Die Kleine brauchte tatsächlich nicht lange, bis sie wieder erschien.»Wir können jetzt!«, verkündete sie vergnügt und folgte Sarah ins Haus.

***

»Du warst großartig!«Überschwänglich zog Matt seine Freundin an sich und lachte befreit. Liv strahlte ihn verliebt an, dann löste sie sich widerwillig von ihm.»Das ist nicht nur mein Verdienst, Tom hat ganze Arbeit geleistet.« Über Matts Kopf hinweg schenkte sie ihm ein anerkennendes Lächeln.

Tom gab sich Mühe, es zu erwidern, doch es erreichte nicht sein Herz.

»Was ist los?« Liv schälte sich endgültig aus Matts Umarmung und sah Tom beunruhigt an.»Stimmt etwas nicht?«

»Nein, nein, alles bestens«, versicherte er eilig.Er wollte ihnen nicht den Moment des Triumphs verderben. Die Bank hatte ihnen gerade ein überaus großzügiges Darlehen zugesagt, um ein weiteres Sägewerk errichten zu können. Und nachdem der hinterhältige Übernahmeplan ihres schärfsten Konkurrenten Dorman Woods durch Livs Einmischung im Frühjahr vereitelt worden war, war ihre Firma auf dem besten Weg, zur Nummer eins in der Region zu werden. Noch vor einem Jahr wäre das völlig undenkbar gewesen.

Ja, er hatte seinen Teil dazu beigetragen, aber Liv und Matt hätten es genauso gut auch ohne ihn geschafft. Mit seinem genialen Technikverständnis und ihrem Sinn für Strategie und Geschäft waren sie ein ideales Team. In mehr als nur einer Hinsicht fühlte Tom sich in letzter Zeit immer öfter als das fünfte Rad am Wagen.

Er sah, wie Liv ihrem Freund einen bedeutungsvollen Stups mit dem Ellbogen gab.

Matt räusperte sich.

56

»Wie wär's, wollen wir heute Abend einen trinken gehen? Nur wir beide, so wie früher?«

Tom schüttelte den Kopf. »Ich kann nicht, die Babysitterin bleibt nur bis fünf.«

»Ich kann auf Isa aufpassen«, schlug Liv eifrig vor. »Du weißt, wie gern ich sie hab.«

Das wusste er. Liv kam wunderbar mit seiner kleinen Tochter aus und Isa schaute voller Bewunderung zu ihr auf. Trotzdem lehnte er ab. Er brauchte weder Mitleid noch Almosen. Und ein Abend *wie früher* würde auch nichts daran ändern, dass das Leben nicht mehr wie früher war.

Liv und Matt wechselten einen besorgten Blick und verflochten Halt suchend ihre Finger.

Die Vertrautheit, die Selbstverständlichkeit, mit der sie miteinander umgingen, die Liebe, die in jeder ihrer Gesten zum Vorschein kam, jagte ihm einen schmerzhaften Stich durchs Herz. Er wusste genau, wie sich das anfühlte, konnte es in seinem Inneren noch genauso intensiv spüren, als ob es erst gestern gewesen wäre und nicht bereits vor über fünf Jahren.

Er ballte die Fäuste, um seine Fassung zu wahren. Jetzt war ganz bestimmt nicht der passende Ort, um in Erinnerungen an Susan zu versinken. Er schloss die Augen und atmete zitternd durch. Keine Ahnung, was in ihn gefahren war, er hatte ihren Tod schon lange überwunden, hatte gelernt, nach vorne zu sehen – für Isa, für sich. Vielleicht lag es an der Jahreszeit – im Winter war es immer besonders schwer –, vielleicht auch daran, dass sein Leben ihm gerade entglitt, dass er sich überflüssig fühlte und einsam.

Vielleicht sollte er wirklich mal wieder um die Häuser ziehen, in Fairbanks ein paar Touristinnen abschleppen. Wie lange war es jetzt her, dass er eine Frau in die Berghütte mitgenommen hatte? Waren es sechs Wochen oder schon acht? Sarahs Bild blitzte vor seinem Auge auf und er drängte es entschieden beiseite. Sie war viel zu nah dran. Und wenn er ehrlich war, stand ihm der Sinn nicht nach belanglosem Sex. Das, wonach er sich sehnte, ging so viel tiefer. Und genau das blieb ihm verwehrt.

»Ich muss jetzt los«, brummte er müde.

»Tom!«, hielt Liv ihn zurück. Sie wirkte, als ob sie etwas sagen wollte, aber offenbar fehlten ihr die richtigen Worte. Zögernd nahm sie die Hand von seiner Schulter. »Grüß Isa von uns, ja?«

»Das mache ich. Habt einen schönen Abend, ihr zwei.«

Ohne sich noch einmal umzudrehen, stieg er in seinen Wagen. Er wusste, dass sie sich Sorgen um ihn machten, und wünschte, sie würden es nicht tun. Das Mitgefühl in ihren Augen zu sehen, machte alles nur so viel schlimmer, zeigte ihm, dass er es sich nicht einbildete, dass er tatsächlich so überflüssig war, wie er sich vorkam.

Er schaute auf seine Armbanduhr. So ein Mist! Er musste sich beeilen. Josie hatte schon mehr als einmal klargestellt, dass sie nicht länger bleiben würde. Und er wollte nicht immer Martha bemühen, sie tat auch so bereits mehr als genug für Isabella und ihn.

Zum Glück waren die Straßen inzwischen geräumt und er gab mächtig Gas.

Schon von draußen sah er, dass kein Licht in den Fenstern brannte. Eisige Kälte machte sich in seinem Inneren breit. Wo war Isabella?

Tom sprang aus dem Wagen und rannte zur Tür. Sie war abgeschlossen. Seine Finger zitterten, während er hektisch den Schlüssel ins Schloss steckte. Endlich ging sie auf.

»Isa? Josie?«, rief er laut in das dunkle Haus. Seine eigene Stimme hallte ihm spöttisch entgegen. Tom zwang sich zur Ruhe. Er musste nachdenken. Isabella war ein vernünftiges Mädchen. Sie würde nicht ohne Erlaubnis irgendwohin gehen, und erst recht nicht, ohne ihm eine Nachricht zu hinterlassen.

Er machte das Licht an. Die Magnettafel an der Wand war leer. Sein Blick huschte zum Tisch. Ein Zettel! Erleichtert stürmte er darauf zu. Was hatte Sarahs Führerschein hier zu suchen?

Irritiert überflog er die Nachricht.

Hallo Dad,
ich bin mit Sarah im Haus der Hobbs.

Von ihrem Namen deutete ein kleiner Pfeil auf den Führerschein.

Sie sagt, dass du sie kennst.
Hab dich lieb. Bis später,
Isabella

Erleichterung durchflutete Tom. Es ging ihr gut, sie war in Sicherheit.

Gleichzeitig stieg grenzenloser Zorn in seinem Inneren auf. Was erlaubte Sarah sich hier eigentlich? Sie war nur für wenige Tage da und hatte selbst einen ganzen Korb emotionaler Probleme. Sie hatte kein Recht, sich seiner Tochter zu nähern, sie zu sich hineinzulocken. Er kannte sie schließlich kaum!

Wutentbrannt stürmte er wieder hinaus.

Das Erste, was er hörte, als er sich dem Haus näherte, war Isas glockenhelles Lachen. Durch das Küchenfenster sah er Sarah und seine Tochter fröhlich tanzen.

Der Atem verfing sich in seiner Brust. Das wirkte so harmonisch, so heimelig.

Dann kehrte der Ärger mit doppelter Wucht zurück. Wie konnte sie es wagen, auf Freundin zu machen, wenn sie schon in zwei Wochen auf Nimmerwiedersehen verschwand?

Energisch klopfte er an die Tür.

Er beobachtete, wie Sarah lächelnd innehielt und etwas zu Isabella sagte. Dann verschwanden beide aus seinem Sichtfeld und einige Herzschläge später öffnete Sarah die Tür.

Ihre Wangen waren gerötet, ihr Haar zerzaust und sie wirkte einfach nur glücklich – und wunderschön. Was für ein Kontrast zu dem blassen Häufchen Elend, das er am Vorabend kennengelernt hatte.

»Tom«, hauchte sie, noch immer etwas außer Atem, und strich sich die Haare aus dem Gesicht.

»Daddy!« Isa drängte sich an ihr vorbei und warf sich jauchzend in seine Arme. »Ich hatte einen sooo tollen Nachmittag!«

»Das freut mich, mein Schatz«, erwiderte er gepresst und drückte ihr einen Kuss auf die Stirn.

»Stimmt etwas nicht?«, fragte Sarah und trat ein wenig beiseite, um ihn hereinzulassen. Offensichtlich war ihr seine mangelnde Begeisterung nicht entgangen.

»Wir haben Pancakes gemacht!«, plapperte Isabella völlig unbeeindruckt weiter. »Die waren fast so gut wie die von Grandma! Und dann hat mir Sarah diesen tollen Zopf geflochten, siehst du?« Sie deutete auf ihre Frisur, die wesentlich kunstvoller aussah als alles, was er bisher zustande gebracht hatte. »Und sie hat mir gezeigt, wie man richtig tanzt!« Sie drückte ihn begeistert an sich.

»Sehr schön, Schätzchen. Wo ist denn Josie?«

»Ach, die ist nicht gekommen. Aber das ist nicht schlimm, bei Sarah war es viel schöner!«

»Ich fand es auch ganz toll.« Die junge Frau strahlte.

Tom stellte seine Tochter auf den Boden zurück. »Lauf schon mal ins Haus, Liebling. Ich möchte nur kurz mit Sarah sprechen.«

»Ist gut.« Sie drehte sich noch einmal um, lief zu Sarah und schlang die Arme um ihre Körpermitte. »Auf Wiedersehen.«

Mit steinernem Gesicht schaute Tom zu, wie diese seiner Tochter über den Kopf strich. »Bis dann, Isabella.«

Stumm legte er Isa ihre Jacke über die Schultern. »Ich komme gleich nach.«

Er wartete, bis das Mädchen hinausgegangen war, und wandte sich Sarah zu. »Was hast du dir nur dabei gedacht?«, schnauzte er sie an.

Überrascht wich sie einen Schritt zurück. Verwirrung und Betroffenheit huschten über ihr Gesicht.

»Ich wollte nur helfen«, stammelte sie. »Die Babysitterin hatte sie versetzt und Isabella war ganz allein.«

»Kannst du dir vorstellen, was in mir vorgegangen ist, als ich nach Hause kam und sie nicht da war?«

»Ich …« Sie schluckte. »Es tut mir leid. Isabella wollte dir einen Zettel schreiben, sie hat sogar meinen Führerschein dazugelegt …«

»Ach. Und das gab dir die Erlaubnis, sie einfach mitzunehmen?«

»Nein, natürlich nicht. Aber ich habe ihr doch nichts getan.«

»Du hättest mich anrufen sollen!«

»Das wollte sie nicht.«

»Dir ist schon klar, dass sie erst sieben Jahre alt ist, oder?«, schnaubte er verächtlich. »Es war nicht ihre Entscheidung!«

»Es tut mir leid«, wiederholte Sarah verzweifelt.

»Halt dich einfach von meiner Tochter fern!«, zischte er und verschwand durch die Tür.

∗∗∗

Erschüttert lehnte Sarah sich gegen die Wand. Was zur Hölle war gerade geschehen?

Sie hatte einen wunderbaren Nachmittag mit Isabella gehabt, hatte sich seltsam frei und unbeschwert gefühlt. Vielleicht, weil das Mädchen sie vorbehaltlos so akzeptierte, wie sie war. Isabella war ihrem Vater so ähnlich. Zumindest hatte Sarah das bis vorhin noch geglaubt.

Doch dieser Tom, der eben hier gewesen war, hatte nichts mit dem Mann gemein, den sie gestern kennengelernt hatte. Gestern war er freundlich, hilfsbereit und verständnisvoll gewesen. Heute Morgen hatte er ihr sogar Brötchen gebracht. Und für kurze Zeit meinte sie gespürt zu haben, dass die Sympathie zwischen ihnen beiden nicht einseitig war. Dann hatte sie erfahren, dass er verheiratet war. Und vorhin war er einfach nur gemein und ungerecht gewesen.

Vielleicht hing beides ja irgendwie zusammen. Vielleicht passte es seiner Frau nicht, dass er Umgang mit ihr hatte. Und vermutlich hatte diese damit nicht einmal so unrecht. Tom *hatte* ihr gefallen.

Aber sie war nicht auf der Suche nach einem Urlaubsflirt hergekommen. Auch wenn es ihr leidtat, sich von Isabella und Tom fernhalten zu müssen, war es wohl besser so, für alle Beteiligten.

Kapitel 5

»Kann ich heute wieder zu Sarah?« Hoffnungsvoll sah Isabella von ihrer Müslischale hoch.

»Nein, du bist heute mit Grandma verabredet. Ihr wolltet Plätzchen backen.«

»Ach ja, stimmt!« Sie grinste breit. »Dann vielleicht morgen.«

Tom legte die Zeitung beiseite. »Ich denke nicht, dass das eine gute Idee ist.«

Eine senkrechte Falte erschien auf Isas Stirn. »Wieso magst du Sarah nicht?«

Tom verschluckte sich an seinem Kaffee. »Wie kommst du denn darauf?«, fragte er hustend.

»Du hast sie gestern so grimmig angeschaut.«

Er seufzte. Sie hatte erstaunlich feine Antennen für seine Stimmungen.

»Es ist nicht so, dass ich sie nicht mag, Liebling. Dafür kenne ich sie nicht gut genug.«

Sie legte ihren Kopf schief und musterte ihn verständnisvoll. »Dann lerne sie eben kennen. Sie ist wirklich nett und«, sie senkte verschwörerisch ihre Stimme, »sie riecht genauso gut wie Tante Liv.«

Tom räusperte sich. »Das ist mir noch gar nicht aufgefallen. Aber darum geht es hier nicht, Schatz. Sarah ist nicht deine Freundin. Und sie kann es auch nicht sein.«

»Wieso nicht?«

»Weil sie nach den Ferien wieder wegfährt.«

»Nach Kalifornien?«

»Ja. Hat sie dir das erzählt?«

»Aha. Können wir da auch mal hin, Daddy? Bitte! Sarah

sagte, dass es dort immer warm ist, sogar im Winter!« Er hörte deutlich, wie abwegig sie diese Vorstellung fand.

Tom schmunzelte. »Vielleicht irgendwann mal.«

»Dann können wir Sarah besuchen.«

Er seufzte. »Ich denke nicht. Sie hat ihr Leben und wir unseres. Sie ist hier nur im Urlaub, so wie wir letzten Sommer in Kanada.«

Isabella zuckte unbeeindruckt mit den Schultern. »Vielleicht beschließt sie ja zu bleiben, wie Tante Liv.«

»Das kann ich mir nicht vorstellen, Liebling. Tante Liv ist eine ganz große Ausnahme. Und jetzt iss schön auf. Wir haben heute zu lange geschlafen. Grandma wartet bestimmt schon auf uns.«

***

Sarah streckte den Rücken und legte das Buch zur Seite. Sie konnte sich ohnehin nicht richtig darauf konzentrieren. Sie fühlte sich gelangweilt und lustlos zugleich. Sie hatte sich auf diese ruhigen Tage gefreut, jetzt kam es ihr allerdings so vor, als würde sie ihre Zeit nur verschwenden, als gäbe es etwas Wichtigeres, Sinnvolleres, was sie tun sollte. Und sie hatte keine Ahnung, was das war.

Zudem kreisten ihre Gedanken viel zu sehr um Isabella, Tom und seine Frau. Sie stellte sich vor, wie sie gerade gemütlich zu dritt frühstückten, wie sie lachten und scherzten, sich berührten und küssten.

Sie schüttelte ihren Kopf. Das alles führte zu nichts. Sie sollte sich über ihr eigenes Leben Gedanken machen, nicht um das ihre. Leider war das auf Kommando nicht so einfach.

Ihre Überlegungen drehten sich bloß im Kreis.

War es richtig gewesen, sich von Ethan zu trennen? Wollte sie sich ernsthaft wieder in das Getümmel des Single-Lebens stürzen? Sie fühlte sich einsam, sehnte sich nach Nähe und Geborgenheit. Aber war es wirklich Ethan, der ihr fehlte? Oder könnte jemand anders diese Lücke in ihr noch besser füllen? Und was war mit ihrer Karriere? Der Job in Josefs Klinik war angenehm und gut bezahlt. Irgendwann würde sie sicher Teilhaberin werden, die Einrichtung womöglich sogar übernehmen, wenn er sich zur Ruhe setzte, denn seine eigenen Kinder hatten mit Medizin nichts am Hut. Konnte sie sich wirklich vorstellen, ihr Leben lang Nasen zu richten und Brüste zu vergrößern? Doch was wäre, wenn sie das alles aufgab und es irgendwann zutiefst bereute? Sie hatte ein gutes Leben. Wusste sie es vielleicht nur nicht zu schätzen?

Seufzend stand Sarah auf. Diese Grübelei machte sie noch verrückt. Zu Hause hätte sie sich jetzt ihre Skates geschnappt und wäre die Strandpromenade entlanggesaust, hätte den Wind ihren Geist freipusten lassen und wäre erst umgekehrt, wenn ihr Herzschlag das Einzige war, was in ihrem Kopf widerhallte.

Das war hier natürlich nicht möglich.

Sie trat ans Fenster und schaute in die eintönige, weiße Landschaft hinaus. Sogar ihr Wagen war bis über die Stoßstange eingeschneit. Plötzlich kam ihr eine Idee. Grinsend schlüpfte sie in ihren Overall und schnappte sich die Schaufel von der Veranda.

Zwanzig Minuten später musste sie zugeben, dass Schneeschippen mindestens genauso anstrengend und befreiend sein konnte wie Joggen oder Skaten. Und es war dabei sogar noch zu etwas nutze.

Sie lehnte sich an die Schippe, um kurz zu verschnaufen. Unwillkürlich ging ihr Blick zur gegenüberliegenden Einfahrt. Sie hörte Isabellas helle Stimme und Toms angenehmen Bariton. Anscheinend waren sie auch nach draußen gekommen. Sie spitzte die Ohren, konnte aber keine weitere Person ausmachen. Türen knallten, der Motor wurde gestartet, Schnee knirschte unter den Rädern eines Wagens.

Obwohl es albern war und falsch, konnte Sarah ihre Augen nicht von dem Auto abwenden, das nun in Sicht kam. Isabella winkte ihr vom Beifahrersitz begeistert zu und Sarah hob grüßend ihre Hand.

Tom presste die Zähne zusammen und blickte starr geradeaus.

Enttäuscht ließ Sarah ihren Arm sinken. Er schaute sie nicht einmal an, als er an ihr vorbeifuhr. Sie biss sich auf die Lippe. Sie hatte keine Ahnung, was sie ihm getan hatte, aber er schien noch immer verärgert zu sein.

Erst, als sie schon um die Ecke gebogen waren, fiel ihr auf, dass die beiden allein im Auto gewesen waren.

Völlig durchgeschwitzt legte Sarah nach einer weiteren halben Stunde die Schaufel beiseite. Sie hatte die Einfahrt geräumt und das Auto vom Schnee befreit. Tom war noch immer nicht wiedergekommen. Sie hätte gerne mit ihm geredet und das, was auch immer plötzlich zwischen ihnen stand, geklärt. Immerhin war er für die nächsten zwei Wochen ihr Nachbar. Und es wäre sicherlich nicht verkehrt, jemanden zu haben, an den sie sich im Notfall wenden konnte. Außer ihm kannte sie schließlich niemanden hier.

Zumindest redete sie sich ein, dass es daran lag und nichts mit seinen warmen, blauen Augen zu tun hatte.

Sie trödelte so lange, wie sie nur konnte, bis sie keinen Grund mehr hatte, noch länger draußen zu verweilen. Dann ging sie hinein, um zu duschen und sich umzuziehen. Als sie in ihrem Koffer nach einem frischen Pulli wühlte, fiel ihr ihre Kamera in die Hände. Wie lange hatte sie die nicht mehr benutzt?

Andächtig strich Sarah über die schwarze Hülle. Früher hatte sie so gerne Fotos gemacht, doch irgendwann keine Zeit mehr dafür gefunden. Außerdem hatten die Menschen in ihrer Umgebung nie wirklich Verständnis für ihr Hobby gehabt, hatten es stets belächelt, sodass sie es schließlich aufgegeben hatte, ihnen die Bilder zu zeigen. Und irgendwann hatte sie auch die Kamera zur Seite gelegt.

Sie lächelte.

Jetzt könnte der geeignete Augenblick sein, sie wieder hervorzuholen.

Erfrischt und umgezogen machte sie sich schnell ein Sandwich, bevor sie wieder in ihren Schneeanzug schlüpfte und sich den Riemen ihrer Fototasche um die Schultern schlang. Dann setzte sie sich zielstrebig in Bewegung. Sie wusste, dass es praktisch keine Rolle spielte, welche Richtung sie einschlug, solange sie sich vom Ortskern entfernte. Denn wie ihr ein Blick auf ihr Handy verraten hatte, mündete fast jede Straße in North Pole irgendwann in den Wald. Und mit dem GPS-Signal würde sie sich auch nicht verirren, solange sie sich nicht allzuweit in die Wildnis wagte.

Sie winkte fröhlich ein paar Kindern zu, die sich lachend und schreiend mit Schneebällen bewarfen, und beeilte sich, weiterzukommen, bevor sie auch noch einen abbekam.

Es dauerte knapp eine halbe Stunde, bis sie den Wald erreichte. Sie trat zwischen den Zweigen zweier hoher Tannen hindurch und schaute sich staunend um. Sie hatte gar nicht gewusst, dass Bäume eine solche Erhabenheit, solche Ruhe ausstrahlen konnten.

Langsam ging sie weiter, darauf bedacht, kein unnötiges Geräusch zu verursachen, lauschte den leisen Stimmen des Waldes um sie herum. Dem Rascheln des Schnees, wenn er – von einem Vogel aufgewirbelt – von einem Ast zu Boden fiel, dem Knacken der Zweige, denen der Frost zu schaffen machte, dem gelegentlichen Knattern von Eichhörnchen.

Sie holte ihren Fotoapparat hervor und begann, die Welt durch das Kameraobjektiv zu betrachten. Sie drückte nicht ab, wollte die Stille durch kein Klicken oder Blitzlicht durchbrechen, sondern schärfte lediglich ihren Blick für das Detail.

Es war unglaublich, wie viele einzigartige Bilder und Momente zum Vorschein kamen, wenn man den Rest erst einmal ausblendete.

***

Unwillkürlich hielt Tom nach ihr Ausschau, als er seinen Wagen an Sarahs Einfahrt vorbeisteuerte. Sie hatte vorhin so verletzt, so enttäuscht ausgesehen. Sein schlechtes Gewissen meldete sich zu Wort, fast noch heftiger als gestern Abend. Da war er wenigstens beschäftigt gewesen, hatte Essen gemacht und Isa anschließend noch ein wenig im Bett vorgelesen. Natürlich war sie dafür schon ein bisschen zu alt, aber sie beide genossen ihr abendliches Ritual viel zu sehr, um darauf verzichten zu wollen.

Er wusste, dass er Sarah unrecht getan hatte. Ihr Verhalten mochte nicht ganz korrekt gewesen sein, aber im Grunde sprach es für sie, dass sie sich eines völlig fremden Mädchens annahm, anstatt das Kind sich selbst zu überlassen. Außerdem konnte er nicht leugnen, dass Isabellas Augen wie zwei Sterne gestrahlt hatten, als sie ihm von dem Nachmittag mit Sarah erzählt hatte. Und genau da lag das Problem.

Es war nicht Sarahs Schuld, dass Isabella ein sehr empfindsames Mädchen war, das sich nach einer Mutterfigur sehnte. Er wollte nicht, dass sie ihr Herz an eine Frau band, die sie danach nie wiedersehen würde.

Aber auch wenn es nichts an seiner Entscheidung änderte, sollte er es Sarah vielleicht erklären.

Er parkte den Wagen, lief zu ihrem Haus und klopfte an die Tür. Nichts geschah. Tom klopfte erneut. Fehlanzeige.

Vielleicht war sie unter der Dusche oder ging spazieren. Schade, dass er es gestern versäumt hatte, sie nach ihrer Handynummer zu fragen. Nun würde er es später noch einmal probieren müssen.

Eine innere Unruhe zwang Tom immer wieder aus dem Küchenfenster Ausschau nach ihr zu halten, auch wenn er wusste, dass es unsinnig war. Sie war eine erwachsene Frau, konnte tun und lassen, was auch immer ihr beliebte. Vielleicht war sie sogar nach Fairbanks gefahren, um sich zu amüsieren. Nein. Ihr Wagen stand noch immer in ihrer Einfahrt. Und ganz egal, wo in North Pole sie unterwegs sein mochte, sie hätte es in den vergangenen zwei Stunden locker erledigen können. So groß war der Ort schließlich nicht. Er widerstand tapfer dem Impuls, erneut zu ihr hinüberzugehen. Das hatte er bereits zweimal getan. Sie war immer noch nicht aufgetaucht.

Um sich abzulenken, schaltete Tom den Fernseher ein. Er verstand sowieso nicht, weshalb sie ihn so sehr beschäftigte. Sie war hübsch, keine Frage, aber das waren viele. Außerdem passte sie mit ihren blonden Haaren und der braungebrannten Haut so gar nicht in sein Beuteschema, ganz abgesehen davon, dass sie tabu war. Sie war keine der flüchtigen Bekanntschaften, die er sonst hin und wieder zu genießen pflegte, sie wohnte in *seiner* Straße – wenn auch nicht für besonders lang.

Nicht zum ersten Mal fragte er sich, was genau sie dazu bewogen hatte, die Flucht zu ergreifen, denn daran, dass sie geflohen war, hatte er keinerlei Zweifel. Was konnte so furchtbar sein, dass sie es vorzog, die Feiertage ganz allein in einer Einöde zu verbringen?

Er schüttelte den Kopf. Was auch immer es war, es ging ihn nicht das Geringste an.

Bevor er weiter ins Grübeln darüber verfiel, schnappte Tom sich seine Jacke, und lief erneut hinüber. Je früher er sie fand und mit ihr sprach, desto eher konnte er sie aus seinen Gedanken verbannen.

»Sarah!«, schrie er laut, als auf sein mehrmaliges Klopfen hin mal wieder niemand reagierte. »Sa-rah!« Er ging prüfend um das Haus herum. Alle Fenster waren geschlossen, nirgendwo brannte ein Licht. Sie war definitiv nicht zu Hause.

Tom lief zurück auf die Einfahrt, versuchte, im Schnee irgendwelche Spuren zu erkennen. Fehlanzeige! Sie hatte den Weg völlig freigeräumt und war auf dem Rest zu viel herumgetrampelt. Er trat auf die Straße und schaute sich suchend um. Weiter hinten entdeckte er ein paar spielende Kinder. Vielleicht hatten sie etwas bemerkt. Mit ihrem hellen Schneeanzug, den sie vermutlich in irgendeinem Hochglanzkatalog für Skimode gefunden hatte, war sie niemand, den man leicht übersah. Er kannte keine andere Frau in der Umgebung, die sich in so etwas nach draußen trauen würde. Sarah hingegen trug das mit selbstverständlicher Eleganz.

»Habt ihr hier eine Frau gesehen?«, wandte er sich an die Jungs, die sich gegenseitig mit Schneebällen bewarfen.

»Was für eine Frau?«, fragte der älteste von ihnen herausfordernd.

Tom seufzte. Es war ziemlich unwahrscheinlich, dass hier in den letzten Stunden mehr als eine Frau zu Fuß vorbeigekommen war. »Groß, schlank und in so einem hellen Schneeanzug.«

»Ja, die war hier.«

Tom atmete erleichtert auf. »Wohin ist sie gegangen?«

»Keine Ahnung.« Der Junge zuckte mit den Schultern. »Einfach geradeaus.«

Toms Lächeln gefror. »Wollte sie etwa in den Wald?«

»Woher soll ich das wissen?« Kopfschüttelnd beugte sich der Junge herunter und formte einen neuen Schneeball. Das Gespräch war offensichtlich beendet.

Von einem unguten Gefühl beseelt, eilte Tom weiter. Sie würde doch nicht etwa … Sie musste sicherlich wissen, wie gefährlich der Wald und die Berge sein konnten, besonders im Winter. Oder nicht?

Toms Gedanken rasten. Wenn sie wirklich einen Ausflug in die Wildnis unternommen hatte, würde er sie kaum finden. Andererseits war sie zu Fuß unterwegs und konnte nicht sehr weit sein.

Sein Verstand flüsterte ihm ein, dass es ihn nichts anging. Dass sie erwachsen war und schon wissen würde, was sie tat. Es war kein Unwetter gemeldet, kein Schneesturm und sie würde in der Nähe der Siedlung bleiben. Dennoch ließ sich sein Grauen nicht abschütteln. Egal, wie irrational es war, die Erinnerung an die Ereignisse vor fünf Jahren, der Schock darüber, sie saßen einfach zu tief. Sie ist nicht Susan, führte er sich nachdrücklich vor Augen. Und sie war nicht in Gefahr. Dennoch würde er keine Sekunde Ruhe mehr finden, bis sie sicher und gesund in ihrem Haus saß. Fluchend machte Tom auf dem Absatz kehrt und rannte zurück zu seinem Wagen. Zu Fuß würde es ewig dauern, die Gegend nach ihr abzusuchen.

Er hoffte sehr, dass sie den kürzesten Weg zu dem kleinen Wäldchen genommen hatte, das innerhalb der Siedlungsperipherie lag. Hoffte, dass sie genug Verstand besaß, sich nicht allzu weit von der Zivilisation zu entfernen.

Mit dem Auto brauchte er keine zehn Minuten bis zum Waldeingang. Ihm war bewusst, dass sie ihn an jeder beliebigen Stelle betreten haben konnte, aber irgendwo musste er ja beginnen.

Tom parkte den Wagen und sprang heraus. Einige Fußspuren zogen sich durch den tiefen Schnee, er hatte allerdings keine Möglichkeit zu erkennen, ob eine davon zu Sarah gehörte.

Hastig lief er unter die hohen Bäume.»SA-RAH!«, rief er, so laut er konnte.

Etwas Schnee löste sich von den Zweigen und rieselte zu Boden. Tom spürte die vertraute Beklemmung in seiner Brust aufsteigen, die Panik und den Schmerz. Er verstummte und beschleunigte noch mehr seinen Schritt.

Nach etwa hundert Yards sah er eine Spur, die von dem Pfad weg unter die Bäume führte. Einer plötzlichen Eingebung folgend, bog Tom ebenfalls ab und ignorierte die spöttische kleine Stimme in seinem Hinterkopf. Er wusste selbst, wie unsinnig sein Verhalten gerade war, doch es gab Dinge, die stärker waren als jegliche Vernunft. Und lieber machte er sich völlig zum Affen oder irrte ergebnislos ein paar Stunden durch den Wald, als tatenlos darauf zu warten, dass Sarah wiederkam.

Der Schnee knirschte unter seinen Füßen, die späte Sonne brachte die Eiskristalle auf den Bäumen zum Funkeln, aber er hatte keinen Blick für die Schönheit um ihn herum. Sein Herz hämmerte in seiner Brust und das T-Shirt unter seinem warmen Pulli klebte ihm unangenehm feucht am Körper.

Die Spur vor ihm nahm einfach kein Ende.

Tom fluchte. Vielleicht war er hier ja vollkommen falsch.

Er umrundete eine Tanne. Ein Zweig, irgendwo tief unter der weißen Decke begraben, knackte laut, als er darauf trat.

Er hörte einen überraschten, spitzen Schrei. Sarah ruderte mit den Armen, versuchte, sich an einem Baumstamm festzuhalten und segelte rückwärts zu Boden. In ihrem verdammten weißen Schneeanzug hatte er sie gar nicht gesehen. Erschrocken hastete Tom auf sie zu.

»Alles in Ordnung?« Er streckte seinen Arm nach ihr aus und erkannte erstaunt, dass sie eine Kamera in der Hand hielt, die sie schützend emporstreckte, damit diese weder auf den Boden fiel noch im weichen Schnee versank.

»Ja«, brummte Sarah unwillig und ergriff seine Hand. »Ah!«, entfuhr es ihr schmerzerfüllt, als Toms Finger sich um die ihren schlossen, um ihr aufzuhelfen.

Umständlich rappelte sie sich auf und besah sich ihre aufgeschürfte Handfläche. Durch die eisige Luft war die Haut wohl besonders empfindlich geworden und sofort aufgeplatzt, als Sarah Halt suchend nach der rauen Rinde gegriffen hatte.

»Was machst du hier?«, fragte sie vorwurfsvoll und verstaute die Kamera in der Tasche, die um ihren Hals hing, bevor sie anfing, sich den Schnee von ihrer Rückseite zu klopfen.

»Lass mich mal.« Tom hielt ihre verletzte Hand am Gelenk fest, bevor sie noch blutige Streifen auf ihrem Overall hinterließ. Hastig befreite er ihren Rücken vom Schnee. Erst, als seine Finger fast ihren Hintern berührten, merkte er, was er da tat, und hielt verlegen inne.

»Danke, das mache ich schon selbst«, stellte sie schnippisch klar. »Was suchst du hier überhaupt?«, wiederholte sie.

»Das Gleiche könnte ich dich auch fragen«, brummte Tom. »Hast du eine Ahnung, wie gefährlich es hier sein kann?«

Sie musterte ihn verwirrt. »Bis du hier aufgetaucht bist, kam ich jedenfalls wunderbar zurecht.«

»Was hast du auf diesem Baum gemacht?«, hakte er nach, um seine Verlegenheit zu überspielen. Sie war bestimmt nicht ohne Grund in die Astgabel geklettert, die etwa fünfzig Inches über dem Schnee aufragte.

»Ich wollte ein Eichhörnchen fotografieren, aber dein Erscheinen hat es verjagt. Ganz zu schweigen davon, dass ich vor Schreck heruntergesegelt bin.« Sie verdrehte ihren Kopf, um ihre Rückseite zu betrachten. Einige feuchte Stellen prangten darauf, die mit etwas Glück jedoch fleckenfrei trocknen würden.

»Zeig mal her.« Tom griff nach ihrer verletzten Hand.

»Nur ein paar Kratzer«, winkte sie ab.

Tatsächlich war das Blut schon geronnen. »Es sollte trotzdem gereinigt werden. Und desinfiziert«, fügte er hinzu. Er fühlte sich zunehmend unwohl in seiner Haut. Er hatte sich völlig umsonst Sorgen gemacht und ihr durch sein Erscheinen sogar geschadet. »Wir sollten jetzt lieber zurückgehen. Es wird bald dunkel.«

Sie schnaufte ungläubig und ein kleines Lächeln stahl sich auf ihre schön geschwungenen Lippen. »Bist du deshalb hier? Hast du mich etwa gesucht?«

»Ich wollte mich für mein Verhalten entschuldigen«, setzte er zerknirscht an. »Und ja, ich habe mir Sorgen gemacht. Du kennst dich hier nicht aus und die Natur kann richtig trügerisch sein.« Er verstummte, bevor er noch mehr verriet. Er hatte seit

Jahren nicht mehr so viel an Susans tragischen Tod gedacht. Obwohl sie ihr überhaupt nicht ähnlich war, schien Sarah ihn an sie zu erinnern. Er schüttelte den Kopf. »Ich gehe jetzt, kommst du mit?« Es klang viel schroffer, als er beabsichtigt hatte, und brachte ihm einen irritierten Blick ein. Sie musste ihn für total wankelmütig und launisch halten, so schnell, wie seine Stimmung umschlug.

Sarah zuckte mit den Schultern. »Wieso eigentlich nicht? Für heute habe ich genug Fotos im Kasten.«

Tom nickte und setzte sich schweigend in Bewegung.

»Du wolltest dich entschuldigen«, erinnerte Sarah ihn. Sie klang unsicher und erwartungsvoll zugleich, als wüsste sie nicht recht, was sie von seinem plötzlichen Auftauchen halten sollte.

Er konnte es ihr nicht verübeln, für ihn selbst ergab es schließlich auch nicht viel Sinn. »Ähm, ja.« Er kratzte sich betreten am Hinterkopf. »Es tut mir leid, dass ich wegen Isabella so überreagiert habe. Ich bin einfach etwas empfindlich, wenn es um meine Tochter geht.

»Das kann ich gut nachvollziehen, sie ist ein ganz reizendes Mädchen.«

»Ja, das ist sie.« Er nickte ernst. »Und deshalb verstehst du sicher, dass ich nicht möchte, dass du weiter Kontakt zu ihr hast.«

***

»Oh«, entfuhr es Sarah überrascht. Nein, sie verstand es nicht. Was glaubte er denn, was sie mit Isabella anstellen würde? Sie hatten lediglich ein paar Pancakes gegessen und fröhlich herumgealbert.

»Isabella ist sehr sensibel«, fuhr Tom mit seiner Erklärung fort.

Diesen Eindruck hatte Sarah bisher nicht bekommen. Sie war ein sehr aufgewecktes, fröhliches Mädchen. Aber natürlich

74

kannte Tom seine Tochter besser als sie. »Und was hat das mit mir zu tun?«

»Ich möchte nicht, dass sie sich zu sehr an dich gewöhnt, immerhin bleibst du nicht lange. Und ich will nicht, dass sie dann unglücklich ist.«

Sarah runzelte skeptisch ihre Stirn. Übertrieb er es nicht gerade ein wenig? Oder diente Isabella ihm nur als Vorwand, um nicht zugeben zu müssen, dass seine Frau ihm selbst den Kontakt zu ihr untersagt hat? Wie auch immer, sie wollte weder Isabella noch ihn in Schwierigkeiten bringen. Außerdem, *so* nötig hatte sie ihre Gesellschaft nun auch nicht. Es war nett gewesen, zugleich anscheinend nicht ganz unproblematisch. Und letztendlich lohnte es den Aufwand nicht.

»Wie du meinst«, murmelte sie verstimmt.

Tom beugte sich ein wenig vor und bemühte sich, ihren Blick einzufangen. Er wirkte zerknirscht und schuldbewusst. »Es tut mir leid«, sagte er leise. »Das alles.« Er deutete auf ihre lädierte Hand. »Kann ich dich als Wiedergutmachung vielleicht auf einen heißen Kakao einladen?«

Ärger flammte in Sarah hoch. Was wollte er eigentlich von ihr? Sie wurde einfach nicht schlau aus ihm. Am ersten Abend war er so toll, freundlich und aufmerksam gewesen, dass sie sogar ein leichtes Flattern in ihrem Bauch verspürt hatte. Dann war er plötzlich unglaublich abweisend. Jetzt schien er sich Sorgen um sie gemacht zu haben, hatte sie extra gesucht, nur um ihr anschließend den Umgang mit seinem Kind zu verbieten. Und gleich darauf machte er einen weiteren Annäherungsversuch.

»Ich mag keinen Kakao«, beschied sie ihm frostig. Es war nicht einmal gelogen. Ihre Mutter hatte sie vor rund zwanzig Jahren zu Weihnachten gezwungen, dieses warme, viel zu süße Zeug zu trinken. Das hatte ihr für ihr Leben gereicht.

Toms Augen blitzten herausfordernd. »Dann hast du meinen Kakao noch nicht probiert.«

»Ich denke, ich soll mich von Isa fernhalten?« Sie hörte selbst, wie eingeschnappt das klang.

Er zuckte mit den Schultern. »Sie ist nicht da.«

Fassungslos starrte Sarah ihn an. Er verbot ihr den Umgang mit seiner Tochter und lud sie gleichzeitig zu sich nach Hause ein? Was hatte er vor? Ein furchtbarer Verdacht stieg in ihr auf. Wollte er sie etwa flachlegen? War er auf eine unverbindliche Affäre aus und hoffte, dass seine Frau nichts davon mitbekam, wenn Isa sich nicht verplappern konnte?

»Nein, danke«, sagte Sarah mit Nachdruck. »Ich möchte nicht riskieren, dass du noch Ärger mit deiner Frau bekommst«, fügte sie süffisant hinzu.

»Welcher Frau?« Tom wirkte aufrichtig perplex.

»Isabellas Mutter?«, half Sarah seinem Gedächtnis – nun etwas verunsichert – auf die Sprünge.

Tom schluckte. »Hat Isa dir von ihr erzählt?« Seine Stimme klang mühsam beherrscht.

»Nicht wirklich. Man muss jedoch kein Genie sein, um sich zusammenzureimen, dass sie eine haben muss.«

Tom wandte sich ab. Seine Miene verhärtete sich. »Sie hat aber keine, nicht mehr.«

Sarah verzog erschrocken das Gesicht. Sie hatte nicht geahnt, dass Fettnäpfchen von dieser Größe überhaupt existierten. Das hatte die Kleine also gemeint, als sie sagte, ihre Mutter sei nicht da. »Es tut mir leid«, raunte sie betroffen und konnte zugleich ihre Neugier nicht zurückhalten. »Was ist passiert?«

Sie konnte sich nicht vorstellen, dass es irgendwo auf dieser Welt eine Frau gab, die Tom und seine Tochter freiwillig verlassen würde.

Tom schwieg so lange, dass sie nicht mehr mit einer Antwort rechnete, schließlich seufzte er tief. »Sie ist gestorben«, sagte er leise. »Es ist fast fünf Jahre her. Isa kannte sie kaum.«

»Oh mein Gott.« Schockiert schlug Sarah sich die Hand vor den Mund.

Tom schien sie kaum wahrzunehmen. »Sie war Biologin gewesen, hatte unsere Wälder und Berge so geliebt. Sie hatte gerade an einem neuen Bildband über die Tierwelt Alaskas gearbeitet, es war Winter. Die Wettervorhersage war gut, keine Schneefälle, keine Stürme wurden gemeldet. Sie war in den Bergen unterwegs. Ich hatte mir keine Sorgen gemacht. Sie kannte sich aus, wusste genau, wie man sich richtig verhielt. Außerdem war der Fotograf dabei, sie war nicht allein. Und es wäre auch nichts geschehen, wenn irgendein Mistkerl nicht sein Gewehr abgefeuert hätte. Wir haben bis heute nicht erfahren, wer es gewesen war. Vermutlich irgendein Wilderer.«

Sarahs Herz setzte einen Schlag aus. »Sie wurde erschossen?«

»Nein.« Tom schüttelte bedächtig seinen Kopf. »Der Schuss hatte eine Lawine gelöst. Susan hatte nicht die geringste Chance.« Er schauderte. »Wenigstens war es schnell vorbei.«

»Es tut mir so leid«, sagte Sarah erschüttert und fühlte zugleich, wie substanzlos diese Worte klangen.

Ein Ruck ging durch Toms Körper. Er straffte die Schultern und zwang sich zu einem Lächeln, nur seine Augen verrieten, wie nah ihm diese Erinnerung ging. »Es ist schon lange her.« Sein Ton machte deutlich, dass er das Thema hiermit beenden wollte.

Sarah respektierte seinen Wunsch. Zumindest ergab ein Teil seines Verhaltens nun Sinn. Er hatte Angst gehabt, dass ihr auch etwas zustoßen konnte.

Wärme breitete sich in ihrem Inneren aus. Die durch die Erkenntnis, dass er gar keine Frau besaß, noch eine weitere prickelnde Note gewann. Auch wenn ganz bestimmt nicht mehr daraus werden würde, konnte sie nun ruhigen Gewissens den kleinen Flirt, der sich zwischen ihnen anbahnte, genießen.

»Da vorne steht mein Wagen«, sagte Tom.

Bedauernd erkannte Sarah, dass der Wald in wenigen Schritten endete. Es war erstaunlich, wie nah hier unberührte Wildnis und menschliche Behausungen beieinanderlagen.

Er entriegelte das Auto und hielt ihr die Beifahrertür auf. Sarah zögerte kurz, bevor sie einstieg. Ihr Herz klopfte ihr mit einem Mal bis zum Hals. Tom hatte mit keiner Geste oder Silbe den Anschein erweckt, dass mehr als reine Freundlichkeit hinter seinem Verhalten steckte, dennoch konnte sie nicht anders, als die Romantik dieser Situation mit jeder Faser ihres Körpers zu spüren. Seine Suche nach ihr, sein Bericht vom Tod seiner Frau, die selbstverständliche Ritterlichkeit, mit er ihr die Tür aufhielt. Endlich war er wieder der Mann, den sie am ersten Abend kennengelernt hatte. Sie spürte instinktiv, dass dies der wahre Tom war. Der Rest resultierte aus seiner Rolle als Vater und dem Wunsch, seine Tochter zu schützen, was in Anbetracht der Umstände nicht mehr ganz so abwegig schien.

Tom startete den Wagen. Sarah schaute auf ihre ineinander verschränkten Hände, um ihn nicht unverhohlen zu mustern. Sie war sich seiner Gegenwart mehr als bewusst und fragte sich, ob es ihm mit ihr vielleicht auch so erging, ob er auch diese Spannung spürte, die sich zwischen ihnen aufbaute, oder ob sie nur ihrer Einbildungskraft entsprang.

»So hast du dir deinen Nachmittag wohl nicht vorgestellt«, sagte Tom plötzlich entschuldigend.

Sarah schaute überrascht hoch.

»Es tut mir leid, dass ich dich gestört habe.« Er atmete tief durch. »Ich bin wohl etwas übers Ziel hinausgeschossen.« Er verstummte unsicher.

»Ist schon okay«, beruhigte sie ihn. Konnte es sein, dass er ihr Schweigen missverstand? Dass er glaubte, sie wäre sauer auf ihn, während sie innerlich förmlich dahinschmolz?

Er bog in ihre Straße ein. Nur wenige Meter trennten sie noch von ihrer Einfahrt. »Steht das Angebot mit dem Kakao noch?«, fragte Sarah, bevor sie der Mut verließ. Womöglich war es nicht klug, mehr Zeit mit ihm zu verbringen, aber sie fand es albern, allein in ihrem Haus zu hocken, während er nur wenige Schritte entfernt in dem seinen saß.

»Ja, sicher.« Tom wirkte, als bereute er sein Angebot bereits. Fast fürchtete sie schon, dass er einen Rückzieher machen würde, dann grinste er bloß. »Ich verspreche dir, danach wirst du deine Einstellung zu Kakao grundsätzlich ändern.«

»Große Worte.« Sie schmunzelte. »Ich muss dich warnen, so leicht bin ich nicht zu beeindrucken.«

Tom wandte seinen Kopf und sah sie an. Der Blick seiner ausdrucksstarken, blauen Augen brachte ihren gesamten Körper zum Kribbeln.

Kapitel 6

Tom legte seine Jacke ab und schlüpfte aus den schweren Winterstiefeln. »Kann ich dir helfen?«, wandte er sich galant an Sarah.

Sie schüttelte abwehrend ihren Kopf. Schnell zog sie sich den langen Reißverschluss bis zum Bauchnabel herunter und befreite ihre Arme, bevor sie sich ebenfalls die Schuhe von den Beinen streifte. Dann schob sie ihren Schneeanzug über die Hüfte zu Boden und wurde sich plötzlich Toms ungeteilter Aufmerksamkeit bewusst. Sie hob die Augen zu seinem Gesicht. Er räusperte sich und wandte sich hastig ab.

Sarah schluckte. Er hatte sie eindeutig angestarrt. Und es war kein Widerwille, der sich in seinem Gesicht gespiegelt hatte. Vielleicht hätte sie erst nach Hause gehen, sich etwas anderes als den engen Rollkragenpulli und die Leggings anziehen sollen, die beide mehr von ihrer Figur preisgaben als sie verbargen.

Sie hängte den Overall möglichst unbekümmert an einen Haken, straffte ihre Schultern und zupfte den Pullover zurecht, der wie eine zweite Haut an ihrem Körper klebte.

»Setz dich schon mal hin«, sagte Tom aus der offenen Küche, ohne sich noch mal nach ihr umzudrehen. Er schien bewusst auf Abstand gegangen zu sein.

Sarah zog es vor, sich ein wenig umzuschauen. Das Haus war hell und gemütlich. Überall lagen kuschelige Teppiche, die Wände zierten ein paar Landschaftsfotos und viele selbstgemalte Bilder, die vermutlich von Isa stammten. Sie – ebenso wie die Spielzeugkiste in der Ecke und das hohe Regal mit bunten Büchern – zeigten deutlich, wer die Hauptperson in diesem Haushalt war. Doch auch Toms persönliche Note war unverkennbar. Ein ebenso großes Regal wie das von Isa war seinen Büchern vorbehalten, daneben gab es eine Reihe von DVDs. Auf der Fensterbank stand ein wunderschönes Modell eines Segelschiffs.

Staunend trat Sarah näher. »Hast du das gemacht?«

»Was?« Tom schaute sich fragend um. »Ach so, das.« Er schmunzelte. »Ja. Das ist meins. Als Teenager habe ich davon geträumt, mit so einem Ding die Welt zu umsegeln. Dazu ist es dann doch nicht gekommen, aber zumindest habe ich dieses Modell gebaut. Das war natürlich lange vor Isas Geburt«, fügte er mit entwaffnender Ehrlichkeit und einer Spur Selbstironie hinzu. »Danach hatte ich keine Zeit mehr für so etwas.«

Sarah nickte. »Die Kleine hält dich ganz schön auf Trab, wie?«

»Es geht«, winkte er ab. »Mal besser, mal schlechter. Meine Schwiegermutter nimmt mir dankenswerterweise sehr viel ab.«

»Das ist schön.«

»Ja, das ist es. Sie ist eine tolle Frau. Ohne ihre Unterstützung wäre es ganz schön hart.«

Die Frage, warum er nicht wieder geheiratet hatte, lag ihr auf der Zunge. Im letzten Moment schaffte sie es, sie herunterzuschlucken. Das ging sie nichts an. Sie beendete die Besichtigungstour und gesellte sich zu Tom, der gerade Milch in einem kleinen Edelstahltopf erwärmte.

Fasziniert schaute sie zu, wie er geschickt mit dunklem Kakaopulver, Honig und Gewürzen hantierte und ihr dabei immer wieder ein verschwörerisches Lächeln zuwarf. Der verlockende Geruch von Schokolade und Zimt stieg ihr in die Nase und sie wusste, noch bevor sie das Getränk probiert hatte, dass Tom recht hatte. Kakao würde für sie von nun an untrennbar und für immer mit ihm verbunden sein, mit diesem Bild, das er ihr gerade bot, und mit dem wohligen, aufregenden Gefühl, das dabei ihre Brust erfüllte.

Er stellte zwei Becher auf die Arbeitsplatte und goss die aufgekochte Schokomilch hinein.

Neugierig streckte Sarah ihre Hand danach aus.

»Noch nicht«, hielt Tom sie mit gespielter Strenge zurück.

In einem anderen Behälter schäumte er rasch noch etwas Milch auf und löffelte den cremigen Schaum auf sein Werk. Zum Schluss warf er noch ein paar winzige Marshmallows darauf und wandte sich voller Stolz Sarah zu.

»Jetzt«, verkündete er.

Grinsend griff sie nach ihrem Becher, sog den würzigen Duft nach Schokolade, Vanille und Zimt tief in sich ein und kostete von der zauberhaften Komposition.

»Und?« Erwartungsvoll sah Tom sie an.

Sie schloss die Augen und genoss das Aroma, das sich in ihrem Gaumen ausbreitete. Tom hatte eine perfekte Mischung aus Süße und Bitternis geschaffen, die von der feinen Schärfe einer Chilischote abgerundet wurde.

»Schmeckt es dir?«, fragte Tom leise. Sie hörte das Lächeln in seiner Stimme.

»Ja«, hauchte Sarah hingerissen. Sie öffnete die Lider und versank in seinem Blick.

Plötzlich wusste sie, was dieses Gefühl in ihrer Brust bedeutete. Sie hatte es nicht erkannt, weil es so lange her war, seit sie es in seiner reinen Form verspürt hatte. Es war Glück.

Ihr Leben war im Umbruch und sie hatte keine Ahnung, was noch kommen würde, aber jetzt, in diesem einen vollkommenen Augenblick, war sie wahrhaft glücklich.

***

Es kostete Tom seine ganze Willenskraft, seine Aufmerksamkeit von Sarah loszureißen. Hastig griff er nach seinem Becher und nahm einen tiefen Schluck. Der heiße Kakao verbrannte seine Zunge, er merkte es kaum.

Gott! Sie sah so verführerisch aus, wie sie mit halbgeschlossenen Lidern und einem verzückten Lächeln auf den Lippen an ihrer Tasse nippte. Er hatte noch nie jemanden gesehen, der beim Trinken so sexy war. Ihre Haare waren leicht zerzaust und ihr Gesicht strahlte förmlich von innen.

Wie müsste sie erst aussehen, wenn sie mit einem Mann schlief? Wenn sie sich ihm voller Leidenschaft hingab? Tom ballte die Fäuste. Falscher Gedanke, ganz falscher Gedanke. Er räusperte sich und nahm noch einen tiefen Schluck.

»Erzähl mir was von dir«, sagte er, um sich irgendwie abzulenken.

Ihr Strahlen erlosch, wich einer leichten Verunsicherung. »Was möchtest du wissen?«

Was verschlägt dich hierher? Hast du einen Freund?

»Was machst du beruflich?«, entschied er sich für die unverfänglichste Frage und ging zu seinem Sofa hinüber. Sie folgte ihm und er kam nicht umhin, ihren wunderschönen Körper, die Geschmeidigkeit und Eleganz ihrer Bewegungen zu bestaunen. Sie hatte kein überschüssiges Gramm Fett an sich, und dennoch war jede Rundung definitiv da, wo sie hingehörte.

Tom räusperte sich und starrte in seinen Becher. Vermutlich war das doch keine gute Idee, Zeit mit ihr zu verbringen. Denn ganz egal, was für Empfindungen und Begehrlichkeiten sie in ihrem hautengen Outfit in ihm weckte, es hatte sich nichts an seiner Einschätzung der Situation geändert. Er durfte auf keinen Fall etwas mit ihr anfangen, dazu war sie Isabella schon zu nahe gekommen.

Die Couch gab unter Sarahs Gewicht leicht nach, als sie sich ebenfalls setzte. Sie schlang einen Fuß unter ihren wohlgeformten Po und wandte sich ihm halb zu.

War das Sofa schon immer so eng gewesen? Unauffällig rückte Tom ein Stück weg, bis er die Armlehne in seinem Rücken spürte.

»Ich bin Schönheitschirurgin«, sagte Sarah und er brauchte

einen Moment, um sich zu erinnern, dass er ihr eine Frage gestellt hatte.

»Wirklich?« Damit hätte er jetzt nicht gerechnet. Sie lachte über seine Verblüffung. »Wieso bist du so überrascht?«

»Ich ...« Er zuckte mit den Schultern. »Ich weiß nicht. Vielleicht, weil du auf mich so ... natürlich wirkst.« Er schaffte es nicht, die Bewunderung in seinem Blick zu verbergen.

Sie schmunzelte »Das nehme ich einfach mal als Kompliment.« Bevor er etwas dazu sagen konnte, fuhr sie schon fort. »Ich verstehe genau, was du meinst. Ich konnte dieser künstlichen Perfektion noch nie viel abgewinnen.«

Kein Wunder, sie war auch so schon vollkommen. »Und warum machst du das dann?«

Sie atmete tief durch und schon wieder huschte dieser Schatten über ihr Gesicht, den er bereits einmal darin gesehen hatte. »Manchmal kann ich Menschen wirklich helfen«, erwiderte sie langsam. »Unfallopfern zum Beispiel, oder Leuten, die unter ihrem Äußeren tatsächlich leiden.«

»Aber?«

»Die meisten Patienten sind natürlich reiche Frauen und verwöhnte Gören, denen ihre Nase oder die Form ihrer Brüste nicht gefällt.«

»Und das genügt dir nicht?«

»Nein.« Sie schüttelte ihren Kopf. »Nicht wirklich.«

»Warum änderst du es dann nicht?«

Sie schnaufte freudlos. »Weil nicht immer alles so einfach ist. Versteh mich nicht falsch, es ist ein guter Job mit geregelten Arbeitszeiten und lukrativem Gehalt.«

»Es geht dir also ums Geld?« Es hörte sich missbilligender an, als er es gemeint hatte. Es war schließlich nichts Verwerfliches daran, des Einkommens wegen zu arbeiten. »Ich meine ...«

»Nein«, unterbrach sie ihn. »Ich mache es nicht wegen des Geldes. Natürlich weiß ich die Sicherheit und die Möglichkeiten zu schätzen, die mir ein geregeltes Gehalt gibt. Aber im Grunde mache ich das, um niemanden zu enttäuschen.«

»Wie meinst du das?«

»Die Klinik, in der ich arbeite, gehört dem Mann meiner Mutter. Beide hoffen, dass ich sie eines Tages übernehmen werde.«

»Möchtest du das denn?« Er hatte nämlich definitiv nicht den Eindruck.

Sie lächelte leicht. »Um das herauszufinden, bin ich hier.« Damit ergab ihre Flucht in die Wildnis endlich einen Sinn.

»Du wolltest dem Erwartungsdruck entkommen«, sagte er langsam.

»Ja«, sie nickte und schaute ihn fast schüchtern an. »Findest du das albern? Oder feige?«

»Nein«, entgegnete er entschieden. Er konnte sie so gut verstehen. Es war nicht leicht, auf sein inneres Ich zu hören, wenn es zu viele Menschen um einen herum gab, auf die man Rücksicht nehmen musste. Ihm selbst ging es im Grunde nicht viel anders. »Und? Bist du der Erkenntnis schon nähergekommen?« Er gab der Frage einen scherzhaften Klang, um die allzu ernste Stimmung, die plötzlich zwischen ihnen herrschte, aufzulockern.

»Nein.« Sie seufzte bedauernd. »Ich habe festgestellt, dass ich nicht ständig darüber grübeln mag. Es tut mir gut, den Kopf einfach mal freizubekommen. Vielleicht ergibt sich die Antwort dann ja von selbst.«

»Ich wünsche es dir«, sagte er sanft.

»Danke.« Sie hob ihr Gesicht und schaute ihn an.

Und obwohl er sie kaum kannte, fühlte er sich ihr so unglaublich nah. Sie hatten beide ihre Seelen ein Stück weit voreinander entblößt und keiner von ihnen war schreiend davongelaufen oder hatte verständnislos reagiert.

Toms Herzschlag beschleunigte sich und er zwang seine Hand, ruhig auf seinem Bein liegenzubleiben, obwohl er nichts lieber getan hätte, als über Sarahs samtweiche Haut zu streichen.

Er würde sich nicht auf diesen Weg begeben. Es würde nichts Gutes dabei herauskommen.

»Wie wäre es mit einem Spiel?«, fragte er krächzend.

»Einem Spiel?«, wiederholte sie verwundert.

»Einem Brettspiel«, konkretisierte er hastig, während sein Verstand sie sich bei einer Runde Strip-Poker vorstellte. »Du sagtest selbst, du wolltest dich ablenken, auf andere Gedanken kommen.«

»Sicher, wieso nicht?« Sie richtete sich etwas gerader auf und kicherte leise. »Ich habe schon ewig nichts mehr gespielt. Was hast du denn da?«

Tom stand auf und öffnete den großen Schrank, in dem sie ihre Spiele aufbewahrten.

»Wow!« Sarah trat staunend näher. »Ich hätte wohl eher fragen sollen, was du *nicht* hast.«

»Es kommt halt einiges zusammen, wenn man mit einer Siebenjährigen lebt.« Er musterte seine Auswahl. »Wie wäre es mit Mexican Train?«

»Das kenne ich gar nicht.«

»Die Regeln sind nicht so schwer.« Tom holte den entsprechenden Karton hervor. »Es ist eine Art Domino, bloß besser.«

»Okay.« Sarah grinste erwartungsvoll und folgte ihm zum Esstisch.

Tom konnte sich gar nicht mehr daran erinnern, wann er das letzte Mal so viel Spaß mit einer Frau außerhalb des Bettes gehabt hatte. Natürlich konnte er nicht leugnen, dass er sie noch immer äußert anziehend und sexy fand. Aber er fühlte sich in ihrer Gesellschaft auch erstaunlich wohl. Sie war intelligent, freundlich und hatte einen guten Sinn für Humor. Sie spielten, lachten und redeten den ganzen Nachmittag lang. Als sie Hunger bekamen, schob er einfach zwei Tiefkühlpizzen in den Ofen.

Sarah hatte nichts dagegen einzuwenden. Mit ihr war es so herrlich unkompliziert, sie war anders als die Frauen, mit denen er sich sonst meistens abgab. Diese suchten das Abenteuer, einen Kick, eine Eroberung, von der sie kichernd ihren Freundinnen erzählen konnten. Sarah hingegen schien mit seiner Gesellschaft völlig zufrieden zu sein.

Bloß ihm fiel es immer schwerer, seine unzüchtigen Gedanken im Zaum zu halten, je weiter der Abend fortschritt. Jedes Mal, wenn ihre Finger die seinen zufällig berührten, jagte ein Stromschlag durch seinen Körper. Wenn sie ihre Unterlippe nachdenklich zwischen die Zähne sog, löste das ein sehnsüchtiges Ziehen zwischen seinen Lenden aus. Und mehr als einmal musste er sich zurückhalten, um ihr eine widerspenstige Strähne nicht aus dem Gesicht zu streichen.

Sarah gähnte und schaute auf ihre Armbanduhr. Tom hielt den Atem an. Er wollte nicht, dass sie jetzt schon ging. Sein Entschluss, keinen Annäherungsversuch zu wagen, geriet immer mehr ins Schwanken. Isabella war nicht da, er musste sie erst morgen von Martha abholen. Sarah und er hatten die ganze Nacht für sich alleine. Eine mit Sicherheit ganz wundervolle Nacht.

»Möchtest du noch etwas trinken?«, fragte er rau.

Sie musterte ihn überrascht. Irgendetwas musste sie in seinem Gesicht gesehen haben, denn ein Hauch von Rosa legte sich auf ihre Wangen und ihre Augen begannen zu funkeln. Dennoch schüttelte sie bedauernd ihren Kopf. »Es ist schon spät, ich sollte gehen.«

»Ich würde mich freuen, wenn du bleibst.« Die Worte waren aus seinem Mund heraus, bevor er sie zurückhalten konnte, doch er bereute sie nicht. Selten hatte er etwas so sehr gewollt wie sie in diesem Moment.

Ihre Lippen teilten sich zu einem herrlichen Lächeln.

Tom stand auf und nahm behutsam ihre Hand.

»Ich fand den Tag wirklich schön«, hauchte sie.

Ihr Gesicht war dem seinen so nah, dass er den Kopf nur ein wenig senken musste, um ihre glänzenden Lippen zu küssen.

Sie nahm ihm die Entscheidung ab, indem sie sich zu ihm neigte und seinen Mund ganz kurz mit dem ihren streifte.

Der Effekt war überwältigend. Ein wohliger Schauer rieselte seinen Rücken hinab, das Blut rauschte in seinen Ohren. Er streckte seinen Arm aus, um sie fest an sich zu ziehen.

Ihre Hand auf seiner Brust hielt ihn zurück.

Überrumpelt starrte Tom sie an. Sie hatte nicht vor, sich ihm weiter zu nähern.

Ertappt wich er einen Schritt zurück und ließ seine Arme sinken. »Es tut mir leid«, murmelte er und wischte sich über den Mund.

»Das braucht es nicht.« Sie überwand die Entfernung und nahm seine Hand. »Danke für den wundervollen Tag«, sagte sie mit einem sanften Lächeln. »Wir sehen uns morgen.«

Tom nickte automatisch, bis ihn die Realität schlagartig einholte. »Das geht nicht!«, sagte er bedauernd.

Verwirrt sah sie ihn an.

»Morgen früh hole ich Isa ab.«

Ihr Lächeln gefror. Erkenntnis und Bitterkeit huschten über ihre Züge. Wortlos wandte sie sich ab.

»Sarah!«, versuchte er sie zurückzuhalten. Sie antwortete nicht. Hastig schlüpfte sie in ihre Schuhe und machte sich nicht einmal die Mühe, ihren Overall anzuziehen, riss ihn einfach nur vom Haken und stürmte in die Dunkelheit hinaus.

Betrübt starrte Tom ihr hinterher. Sie hatte keinen Grund, so zu reagieren. Er hatte von Anfang an für Klarheit gesorgt, hatte ihr offen gesagt, dass er strikt zwischen ihr und seiner Tochter zu trennen gedachte. Kein Abend – egal, wie schön er war – würde daran etwas ändern.

Auf der anderen Straßenseite hörte er ihre Tür laut knallen. Sie war also sicher nach Hause zurückgekehrt. Er seufzte und ging langsam zum Tisch hinüber, um aufzuräumen.

Er hatte nichts falsch gemacht und hatte trotzdem das Gefühl, als hätte er soeben etwas Kostbares und Einzigartiges zerbrochen.

***

Sarah ließ sich mit dem Gesicht voran auf ihr Bett fallen. Sie war ja so dämlich! Kaum zu fassen, dass sie tatsächlich mit dem Gedanken gespielt hatte, mit ihm zu schlafen. Er war so verführerisch, so einfühlsam. Der Abend mit ihm war wie ein Traum gewesen – fröhlich, ausgelassen und dennoch mit einem prickelnden Unterton. Sie hatte sich von Tom wirklich verstanden gefühlt und es war ihr unsagbar schwergefallen, nicht auf sein Angebot, die Nacht bei ihm zu verbringen, einzugehen.

Wofür Prinzipien doch alles gut sein konnten. Sie hatte noch nie mit einem Mann beim ersten Date geschlafen. Und dieses Mal hatte sie das vor einem sehr bösen Erwachen bewahrt.

Sie konnte sich lebhaft vorstellen, wie Tom sie am Morgen aus dem Bett gescheucht hätte, damit nichts mehr auf ihre Anwesenheit hindeutete, wenn seine Tochter eintraf.

Sie verstand sehr gut, dass er Isa schützen wollte, ein Teil von ihr bewunderte ihn sogar dafür. Er war ein großartiger Vater. Sie selbst degradierte dies jedoch zu einem bedeutungslosen One-Night-Stand.

Das Schlimme war, dass sie wirklich geglaubt hatte, mit ihm auf einer Wellenlänge zu sein, dass er – auch abseits des körperlichen Begehrens – etwas für sie empfand. Nun, so konnte man sich irren.

Vielleicht gab es sie auch gar nicht – diese vollkommene Verbindung von Frau und Mann, diese große Liebe, von der alle Lieder, Filme und Bücher so schwärmten. Vielleicht war sogar das, was sie mit Ethan hatte, das Beste, was man haben konnte – eine Beziehung, die auf Vernunft aufbaute.

Das wäre auch eine Antwort auf die Frage, wegen der sie hierhergekommen war. Wenn auch nicht die, die sie zu finden gehofft hatte.

Missmutig schaute Sarah aus dem Fenster. Es wollte einfach nicht hell werden, obwohl der Vormittag schon fortgeschritten war. Der Himmel war grau, der Wind fegte heulend ums Haus und es hatte wieder zu schneien begonnen. Zumindest passte das Wetter zu ihrer Stimmung, die sich seit dem Vorabend nicht gebessert hatte.

Sie leerte ihre Kaffeetasse und ging zu der Spüle hinüber. Aus dem Augenwinkel sah sie, wie Toms dunkelroter Wagen an ihrer Einfahrt vorbeibrauste. Natürlich, er musste Isabella von ihrer Großmutter abholen.

Sarah trocknete die Tasse ab und stellte sie zurück in den Schrank. Um nichts in der Welt würde sie noch einen weiteren Gedanken an Tom verschwenden. Er war es schlicht und ergreifend nicht wert. Ein Kerl, der den verantwortungsbewussten, liebevollen Vater mimte und gleichzeitig bei Frauen nur auf das Eine aus war.

Heftiger als nötig knallte sie die Schranktür zu. Mit dem war sie definitiv fertig.

Sie würde heute einen wunderbar gemütlichen Tag vor dem Kamin verbringen, lesen und die Fotos sortieren, die sie gestern geschossen hatte.

Ein Zweig knackte laut im Feuer und Sarah fuhr erschrocken zusammen. Es war ihr gar nicht bewusst gewesen, wie still es in dem Haus war. Kurzentschlossen schaltete sie das Radio ein und verdrehte die Augen, als ein Weihnachtslied ertönte. Sie war gerade ganz bestimmt nicht in Weihnachtsstimmung.

Den Finger bereits am Ausschaltknopf hielt sie plötzlich inne. Sie hatte nie viel mit diesen Feiertagen anfangen können, konnte sich nur vage an die wenigen schönen Feste erinnern, als ihr Vater noch bei ihnen gelebt hatte. Bevor er es bei ihrer Mutter nicht mehr ausgehalten und sich eine andere Frau gesucht hatte.

Sarah konnte es ihm nicht verübeln. Sie besuchte ihn sogar noch immer einmal im Jahr an der Ostküste, wo er nun lebte. Doch Weihnachten war seitdem nie wieder dasselbe für sie gewesen. Jetzt lag es allerdings in ihrer Hand, das zu ändern. Dieses Jahr hatte sie die absolute Freiheit, das zu tun und zu lassen, wonach ihr war. Vielleicht war es an der Zeit für sie herauszufinden, wie sie das Fest in Zukunft feiern wollte.

Sie drehte die Musik ein wenig lauter. Das Lied war gar nicht so schlecht. Im Takt tänzelnd ging sie zu dem gemütlichen Sofa, wo eine kuschelige Decke und ihr Tablet bereits auf sie warteten.

***

»Was ist los, Tom? Du bist heute so schweigsam.« Liv musterte ihn besorgt.

»Nichts Besonderes.« Er zwang sich zu einem Lächeln. Eigentlich hatte er vorgehabt, den Tag zu Hause mit Isabella zu verbringen. Aber Martha hatte auch Liv und Matt zum Essen eingeladen, angeblich weil Isa und sie gestern so viele Plätzchen gebacken hatten. Was das allerdings mit dem großen Braten zu tun hatte, den sie kurz nach seiner Ankunft in den Ofen geschoben hatte, blieb ihm ein Rätsel.

»Kann ich dir irgendwie zur Hand gehen, Mom?«, fragte Matt gerade.

»Nein, nein, mein Schatz«, winkte sie fröhlich ab. Sie liebte es, wenn die ganze Familie um sie versammelt war. »Leiste lieber deinem Schwager Gesellschaft. Er sieht heute in der Tat etwas griesgrämig aus.«

Tom runzelte seine Stirn. Er mochte Martha – die Mutter von Susan und Matt – wirklich gern, aber jetzt kam es ihm vor, als würde sie etwas aushecken. Immer wieder bedachte sie ihn mit einem forschenden Blick und schmunzelte in sich hinein.

Dabei wollte er nichts weiter als seine Ruhe. Die halbe Nacht hatte er wachgelegen und daran war nicht nur das unbefriedigende Ende des Abends schuld. Immer wieder hatte er die Stunden mit Sarah in seinem Kopf durchgespielt. Ihr Lächeln, ihr Duft, ihre ganze Art – alles an ihr ging ihm einfach nicht aus dem Sinn. Ebenso wenig wie die Veränderung, die er an ihr wahrgenommen hatte, als er ihr bezüglich eines Wiedersehens eine Abfuhr erteilt hatte. Hätte er ihr einen Eimer kalten Wassers über den Kopf gekippt, hätte der Effekt wohl nicht durchschlagender sein können. Er hatte sie unvorbereitet erwischt und ihr wehgetan, auch wenn es das Letzte war, was er hatte tun wollen.

»Wer ist eigentlich Sarah?«, fragte Martha unvermittelt.

Überrascht schaute Tom sie an. Konnte sie neuerdings etwa Gedanken lesen?

»Isa hat gestern viel von ihr erzählt«, klärte seine Schwiegermutter ihn auf.

»Dann weißt du ja schon alles«, brummte Tom. Er wollte nicht über Sarah sprechen und schon gar nicht hier, wo alle aus dem Häuschen gerieten, wenn er eine Frau auch nur länger als zwei Sekunden ansah.

»Sarah?«, warf Matt interessiert ein.

Tom schenkte seinem Freund einen vernichtenden Blick. Musste er ihm so in den Rücken fallen? »Sie ist über die Feiertage meine neue Nachbarin. Sie hat das Haus für zwei Wochen gemietet.«

»Und wie sieht sie aus?« Die Frage brachte Matt einen Knuff von seiner Freundin ein. »Pure Neugier«, versicherte er ihr und zog sie schwungvoll auf seinen Schoß. »Dir kann eh keine das Wasser reichen.«

Liv kicherte und kämpfte sich von ihm frei.

»Sarah ist auch sehr schön«, berichtete Isa. »Obwohl sie ganz anders aussieht als Tante Liv.«

»Wirklich, Spätzchen?« Martha beugte sich interessiert vor. »Und wie?«

Isa zog nachdenklich ihre Stirn kraus. »Ein wenig wie eine Barbie«, sagte sie zögernd und Tom prustete entrüstet. Sarah mit einer Barbie gleichzusetzen kam einer himmelschreienden Beleidigung gleich. »Sie hat blonde Haare«, beharrte seine Tochter. »Und ihre Haut ist so schön golden-braun.«

»Sie kommt aus Kalifornien«, erläuterte Tom resigniert, bevor sich Isas Zuhörer noch wer-weiß-was-alles zusammenreimen konnten.

»Ah.« Matt nickte beeindruckt.

»Ich glaube, der Braten ist fertig«, wechselte Tom abrupt das Thema und sprang auf.

»Wir schauen mal nach.« Martha scheuchte ihn in die Küche. »Ihr könnt ja schon den Tisch decken«, warf sie den anderen über die Schulter zu.

Tom beschlich das ungute Gefühl, dass er lieber schleunigst das Weite suchen sollte, doch Martha ging genau hinter ihm her und versperrte somit seinen Fluchtweg.

»Machst du bitte den Ofen auf?«, bat sie und schnappte sich ein paar Topflappen, um den Bräter herauszuholen. »Ist diese Sarah ganz allein gekommen?«, fragte sie und begann, das Fleisch in dünne Scheiben zu schneiden.

»Ja.«

»Vielleicht kannst du sie ja mal mitbringen.«

»Wieso sollte ich das tun?« Seine Stimme klang schroffer als beabsichtigt.

»Na ja. Nach allem, was Isabella mir erzählt hat, scheint sie eine sehr nette junge Frau zu sein.«

Das war sie in der Tat. Und außerdem klug, witzig, charmant und sehr hübsch. »Sie ist eine Fremde«, hielt er trotzig dagegen.

»Sie gefällt dir«, stellte Martha ruhig fest.

»Wie kommst du darauf?«

»Du bist nachdenklich, weichst Fragen über sie aus und Isa sagte, es wäre dir nicht recht gewesen, dass sie bei ihr gewesen war.«

»Und das allein reicht dir, um mir irgendwelche Gefühle anzudichten?«

»Würde es dich sonst so aufbringen?«, wandte sie mit einem wissenden Lächeln ein.

»Ich versuche lediglich, Isabella zu schützen. Sie ist sehr sensibel und außerdem in einer schwierigen Phase.«

Martha seufzte. »Diese *Phase*, wie du es nennst, wird nie vorübergehen, nie leichter werden. Das Mädchen braucht eine Mutter. Keine noch so liebevolle Grandma kann diesen Platz einnehmen.«

»Glaubst du, ich wüsste das nicht? Aber leider sind geeignete Frauen, die zudem noch ungebunden sind, in unserer Gegend nicht wirklich dicht gesät«, schnappte Tom. »Und genau das ist der Grund, Sarah von Isa fernzuhalten. Ich will nicht, dass sie sich einbildet, Sarah wäre eine gute neue Mami für sie.«

»Du solltest deiner Tochter etwas mehr Verstand zutrauen«, wies Martha ihn zurecht. »Wenn zwischen dir und dieser Sarah nichts ist, wird sie auch ganz gewiss nichts hineininterpretieren, nur weil sie ein paar Stunden Zeit mit ihr verbringt. Das macht sie mit ihrer Babysitterin auch. Ich meine es ernst, Tom, ganz egal, wie du zu ihr stehst, du solltest sie einladen.«

»Wann? Wohin?«

»Hierher, zu Weihnachten.«

»Und wieso?«

»Weil niemand die Feiertage ganz allein verbringen sollte.«

Er schnaufte, um das Bild zu verdrängen, das sich vor sein inneres Auge schob. Sarah, wie sie einsam und verlassen in ihrem Haus saß, während alle anderen von Menschen umgeben waren, die sie liebten.

»Sie hat es selbst so gewollt«, sagte er störrisch. »Niemand hat sie gezwungen, alles hinter sich zu lassen und ausgerechnet jetzt herzukommen.«

Martha nickte nachdenklich. »Das stimmt. Und vielleicht lässt diese Entscheidung uns erahnen, wie es ihr ergangen sein muss, dass sie die vollkommene Einsamkeit dem vorzieht, was zu Hause auf sie wartet.«

Tom schluckte. So hatte er es nicht betrachtet. Er wusste wohl, dass sie mit ihrem Leben nicht zufrieden war, aber wie es aussah, hatte sie mit ihrer Erzählung nur an der Spitze des Eisbergs gekratzt.

»Nein.« Er schüttelte entschieden seinen Kopf. Sarah hatte gewiss ihr eigenes Päckchen zu tragen und er wollte nicht auch noch ihre Probleme den seinen hinzufügen. Sie hatte es selbst gesagt, sie wusste nicht genau, was sie vom Leben erwartete.

»Ich werde nicht zulassen, dass Isa ihr Herz an sie bindet.«

Forschend sah Martha ihn an. »Willst du hier wirklich deine Tochter schützen? Oder doch viel eher dich selbst?« Ohne noch etwas hinzuzufügen, verließ sie die Küche mit der Servierplatte in der Hand.

Aufgewühlt starrte Tom ihr hinterher.

Kapitel 7

Die schweren Tragetaschen in ihren Händen vermittelten Sarah ein überraschendes Gefühl der Vorfreude und Zufriedenheit. Gleich am Montagmorgen hatte sie ihr Vorhaben, sich ihr ganz persönliches Weihnachtsfest zu erschaffen, in die Tat umgesetzt und war zu dem Einkaufszentrum marschiert. Jetzt lagen ein paar Duftkerzen, eine Lichterkette und einige glänzende Glaskugeln neben den Zutaten für die allerersten Plätzchen, die sie in ihrem Leben zu backen gedachte. Ein entsprechendes Rezeptbuch hatte sie sich auch gleich besorgt.

Der Schnee knirschte fröhlich unter ihren Stiefeln, der Atem umgab einer weißen Rauchfahne gleich ihr Gesicht, die Luft war klar, frisch und eisig. Und Sarah fühlte sich so frei und unbeschwert wie schon lange nicht mehr.

Das Santa-Claus-Haus kam in Sicht. Zwei Kinder standen mit stockernsten Mienen vor der großen Plastikfigur und redeten eifrig auf sie ein. Sarah schmunzelte. Vermutlich rasselten sie gerade ihre ganze Wunschliste herunter, in der Hoffnung, dass Santa sie erhören würde. Ihre Eltern standen indes mit zunehmender Ungeduld daneben. Sie wirkten gehetzt, vermutlich wollten sie gleich noch weiter – Einkäufe erledigen, Geschenke besorgen. Die Kinder ließen sich jedoch nicht aus der Ruhe bringen.

Und plötzlich wünschte Sarah sich, sie könnte auch noch an Wunder glauben. Wie viel einfacher wäre das Leben, wenn man seine Sehnsüchte einfach jemandem ins Ohr flüstern und darauf vertrauen könnte, dass sie sich erfüllten. Vorausgesetzt, man kannte seine Wünsche bereits. Denn so einfach wie bei den beiden Jungs würde es für sie nicht werden. Selbst wenn der echte Santa vor ihr stehen würde, sie würde nicht wissen, worum sie ihn bitten sollte.

Endlich zogen die beiden Kinder ab. Erleichtert verschwanden ihre Eltern mit ihnen im Inneren des Geschäfts. Einer spontanen Eingebung folgend, schlängelte Sarah sich zwischen den parkenden Autos hindurch. Direkt vor der großen Statue blieb sie stehen und schaute unsicher zu Santas bärtigem Gesicht empor. Es war bloß eine Puppe und sie eine erwachsene Frau. Das Ganze war mehr als nur albern, es war verrückt. Dennoch kam es ihr plötzlich vor, als würde der freundliche, weise Mann wissend auf sie hinabschauen. Sie schluckte. Sie hatte nichts zu verlieren, und je schneller sie das hinter sich brachte, desto schneller konnte sie vergessen, dass sie es überhaupt getan hatte.

Hastig schaute sie sich um. Niemand schien ihr irgendwelche Beachtung zu schenken.

Sarah atmete tief durch. »Bitte«, flüsterte sie leise. »Lass mich erkennen, was ich tief in meinem Inneren will. Lass mich Klarheit und den richtigen Weg für mich finden.« Sie verharrte kurz, als wartete sie auf eine Antwort oder irgendeine andere Reaktion, dann schüttelte sie über sich selbst belustigt den Kopf, drehte sich um und eilte davon.

***

»Schau mal, Daddy, da kommt Sarah!« Isabella ließ die große Schneekugel, die den Bauch ihres Schneemanns bilden sollte, achtlos liegen und rannte zur Straße. »Hallo, Sarah!« Begeistert winkte das Mädchen ihr zu.

Ein erfreutes Lächeln erschien auf Sarahs Gesicht, sie hob ihre Hand und winkte zurück. Zumindest so lange, bis sie ihn entdeckte. Ihr Lächeln verschwand, abrupt riss sie ihren Arm zurück und wandte sich ab.

Mit steifen Schultern und unnatürlich geradem Rücken marschierte sie zu ihrer Haustür.

Verunsichert schaute Isa ihn an. »Was hat sie, Daddy?«

»Ich weiß es nicht«, log Tom, unangenehm berührt. »Vielleicht waren ihre Tüten zu schwer.«

Isabella nickte beschwichtigt. »Ich bin gleich wieder da!«, rief sie ihm zu.

»Wo willst du hin?« Zumindest lief sie zurück ins Haus und nicht hinter Sarah her.

»Die Plätzchen für Sarah holen! Grandma hat mir extra eine Dose für sie mitgegeben.«

»Hat sie das?«, brummte Tom, doch Isa war bereits im Haus verschwunden.

Wenige Minuten später tauchte sie wieder auf.

»Ich weiß nicht, ob das eine so gute Idee ist, Spätzchen«, hielt er Isabella sanft zurück.

»Wieso nicht?«

»Wir wollen sie nicht stören. Vielleicht ist sie beschäftigt.«

»Zu beschäftigt für Plätzchen?« Isabella schüttelte entrüstet den Kopf und Tom musste zugeben, dass das ein ganz dämliches Argument gewesen war. »Ich störe sie auch nicht lange. Ich gebe ihr nur die Box und frage, ob sie den Schneemann mit uns bauen möchte.«

»Isa ...«, setzte Tom mahnend an.

»Ach bitte, Daddy«, bettelte sie. »Du wirst sehen, Sarah ist total nett.«

Als ob er das nicht selber wüsste.

»Bitteeee.« Sie zupfte an seinem Arm und sah ihn aus ihren großen, dunkelbraunen Augen beschwörend an.

»Also gut«, seufzte er. Sie würde ohnehin keine Ruhe geben. »Aber wenn Sarah keine Lust hat, nörgelst du nicht weiter.«

»Danke!« Jubelnd schlang sie ihre Arme kurz um seinen Bauch, dann lief sie los.

»Vorsicht! Achte auf die Straße!«, rief er, auch wenn da so gut wie nie ein Auto vorbeifuhr, dann eilte er ihr hinterher. Zwei Schritte von Sarahs Tür entfernt blieb er zögernd stehen.

Er hatte keine Ahnung, was er sich mehr wünschte, dass Sarah mitkam oder dass sie seine Entscheidung respektierte und sich von Isabella fernhielt. Isa klopfte laut an die Tür. Sarah musste noch im Flur gewesen sein, denn sie öffnete fast sofort.

»Hier, für dich!« Stolz streckte Isabella ihr die Dose mit den Keksen entgegen. »Habe ich selbst gebacken.«

»Danke schön«, sagte Sarah gerührt und ging in die Hocke, um auf Augenhöhe mit dem Mädchen zu sein. »Das ist wirklich unglaublich lieb von dir.« Sie sah aus, als wollte sie das Kind kurz an sich drücken, hielt sich – nach einem Blick auf Tom – jedoch zurück.

Der Ausdruck in ihrem Gesicht schnitt ihm ins Herz. Sie wirkte traurig und verunsichert. Als wüsste sie nicht, welche Reaktion ihr erlaubt war und welche nicht.

»Mach sie mal auf!«, plapperte Isabella fröhlich weiter, ohne irgendwas zu bemerken.

Sarah riss sich zusammen und lächelte. »Oh, die sehen ja toll aus. Ich liebe Schokokekse!«

»Da sind noch Glitzerstreusel drauf«, erklärte Isa eifrig.

»Die sehen besonders schön aus, hast du die alle selbst gemacht?«

»Grandma hat ein bisschen geholfen.«

»Dann richte bitte auch deiner Grandma meinen Dank aus.«

»Vielleicht kannst du es auch mal selber tun.«

»Das glaube ich nicht. Deshalb wäre es schön, wenn du das für mich übernimmst.«

Tom schaute ihr zu, wie sie ernst und liebevoll zugleich mit seiner Tochter sprach. Sie schien die Kleine wahrhaft ins Herz geschlossen zu haben. Und sie wirkte wie ein Naturtalent im Umgang mit Kindern.

»Kommst du mit? Wir wollen einen Schneemann bauen«, sprach Isabella gerade die verhängnisvollen Worte aus.

»Ich würde gern, aber ich … kann nicht.«

Sarah richtete sich wieder auf.

»Komm, Isa«, rief Tom hastig im selben Moment, wie seine Tochter »Wieso nicht?« fragte. Sie klang enttäuscht.

»Ich ...« Sarah suchte sichtlich nach Worten. »Ich glaube, das wäre deinem Daddy nicht recht«, sagte sie schließlich mit einem bösen Blick in seine Richtung. Offenbar hatte sie beschlossen, nicht den Schwarzen Peter für ihn zu übernehmen.

»Nein, das ist schon okay!«, widersprach Isabella. »Er hat mir erlaubt, dass ich dich frage.«

»Hat er das?« Dieses Mal klang Sarahs Stimme wirklich eisig und sie sah dabei ihn an, nicht das Kind.

»Ja.« Tom räusperte sich und trat näher. Was sollte er auch sonst sagen. Er *hatte* es Isa schließlich erlaubt, auch wenn er nicht wirklich dafür war. »Es wird bestimmt lustig.« Zumindest für Isabella. Ihm selbst würde Sarah mit Sicherheit nicht so schnell verzeihen.

»Bitte!« Isabella probierte jetzt auch bei ihr ihren Hundeblick aus.

»Ist gut.« Sarah lachte. »Ich muss mich nur anziehen. Ich komme gleich.«

»Geh schon mal vor, Süße. Ich warte auf Sarah«, warf Tom ein. »Du kannst in der Zwischenzeit in der Küche ja nach einer schönen Möhre für die Nase suchen.«

»Jaaa!« Jauchzend rannte seine Tochter davon.

»Was soll das eigentlich werden?«, fuhr Sarah ihn an, sobald das Mädchen außer Hörweite war.

»Es tut mir leid«, sagte Tom zerknirscht. Obwohl er jede seiner Entscheidungen bisher richtig fand, hatte sich die ganze Situation in eine ziemlich verfahrene Richtung entwickelt.

»Was denn?«, fragte sie herausfordernd und stemmte ihre Hände in die Hüften.

Er seufzte. »Alles ... Und nichts. Kannst du mich denn nicht verstehen? Ich versuche nur, meine Tochter zu schützen.«

»Wovor denn?«

»Davor, verletzt zu werden.«

Sie sah ihn resigniert an. »Verbietest du ihr auch den Kontakt zu anderen Kindern, wenn ihr in Urlaub fahrt, weil sie sich mit irgendwem anfreunden könnte?«

»Das ist nicht dasselbe. Sie hat noch nie eine von den Frauen kennengelernt, mit denen ich ausgegangen bin.«

»Du meinst, mit denen du geschlafen hast«, berichtigte sie ihn verächtlich. »Mehr sind sie für dich doch nicht gewesen.«

Sie hatte direkt ins Schwarze getroffen, dennoch wollte er das so nicht auf sich sitzen lassen. »Woher willst du das wissen?«

»Wäre es anders gewesen, hättest du sie deiner Tochter vorgestellt.«

Tom atmete tief durch. Er wollte nicht zugeben, dass sie recht damit hatte, aber sein Schweigen war ihr wohl Antwort genug. Sie schnaufte. »Isa wartet, ich sollte mich anziehen. Oder hast du schon wieder deine Meinung geändert? Bei der Geschwindigkeit, mit der du das tust, komme ich leider nicht immer mit.«

Tom schüttelte seinen Kopf. Er hatte nicht geahnt, dass sie auch so biestig sein konnte. Überhaupt hatte sich das Gespräch ganz anders entwickelt, als er es vorgehabt hatte. »Natürlich nicht. Isa hat dich eingeladen.«

»Gut.« Sie beugte sich etwas näher zu ihm heran. »Und um dich zu beruhigen, möchte ich eins klarstellen. Ich werde keine deiner Bettgeschichten werden. Für mich bist du lediglich Isas Vater – nicht mehr und nicht weniger.«

»Damit kann ich leben«, brummte Tom und wandte sich ab. Es war gut, dass sie ihr Verhältnis endgültig geklärt hatten. Dennoch konnte er nicht leugnen, dass sie unglaublich sexy war, wenn sie sich aufregte.

***

»Wo wart ihr so lange?«, begrüßte Isabella sie vorwurfsvoll, als sie endlich zu ihr stießen. »Ich habe den Bauch schon fertig.«

»Warte, ich helfe dir, ihn zu befestigen.« Tom eilte zu ihr, während Sarah unsicher etwas abseits stehen blieb.

Die beiden sahen zusammen einfach umwerfend aus, ein wahrhaft eingespieltes Team. Sarahs Herz zog sich sehnsüchtig zusammen und sie verschränkte die Arme vor der Brust. Sie wäre so gerne ein Teil davon. Aber Tom hatte recht, sie gehörte nicht hierher, nicht zu ihnen. Es war nicht ihre Familie. Vielleicht sollte sie sich nicht nur Isabella zuliebe von ihnen fernhalten. Vielleicht wäre es für sie selbst auch besser so.

Isa klopfte mit den dicken Handschuhen den Schnee am Körper des Schneemanns fest und schaute stolz zu Sarah hinüber. »Komm, mach mit!«

»Ich weiß nicht, wie«, gab sie zurück und konnte ein Lächeln nicht zurückhalten. Die Fröhlichkeit des Mädchens war unwiderstehlich.

»Ach ja!« Die Kleine klopfte sich mit der Hand vor die Stirn. »Bei dir gibt's keinen Schnee!« Sie sagte das so, als wäre Sarah damit etwas ganz Entscheidendes entgangen. »Hast du wirklich noch nie einen Schneemann gebaut?«

»Noch nie«, bestätigte sie.

»Dann sollten wir das schleunigst ändern.« Tom hockte sich hin und schob etwas von der weißen Masse zu einer kleinen Kugel zusammen. Dann stand er auf, ging langsam zu ihr herüber und legte den Schneeball in ihre Hand. »Du musst den so lange auf dem Boden herumrollen, bis er groß genug ist.«

Sarah musterte ihn überrascht. Sein Gesicht drückte nichts als Freundlichkeit aus. Machte er seiner Tochter zuliebe gute Miene zum bösen Spiel? Oder hatte er beschlossen, sich nicht mehr zwischen Isa und sie zu stellen, weil die Fronten nun geklärt waren?

»Danke.« Sie klang noch immer brüskiert. Es gelang ihr nicht ganz so gut wie ihm, ihre Emotionen im Zaum zu halten.

Seine Nähe verwirrte sie. Einerseits fühlte sie sich eindeutig zu ihm hingezogen, andererseits hatte er sie in der kurzen Zeit bereits zu oft vor den Kopf gestoßen, als dass sie viel Wert auf seine Gesellschaft legen würde.

»Soll ich dir helfen?« Isa lief zu ihr herüber und nahm ihre Hand.

Sarah löste sich aus ihrer Erstarrung »Ja, bitte.« Sie würde sich den Tag von Tom nicht vermiesen lassen.

»Der ist schon richtig gut geworden«, lobte Isabella eine halbe Stunde später gnädig den schiefen Schneemann, den Sarah zustande gebracht hatte.

»Deiner ist aber viel schöner«, erwiderte sie wahrheitsgemäß.

»Ich habe ja auch oft geübt«, sagte die Kleine. »Wenn du es noch ein paarmal machst, wirst du das auch können.«

Sarah lachte auf und warf Tom einen amüsierten Blick zu. Bei diesem Satz hörte sich das Mädchen genauso an wie ihr Vater.

Schmunzelnd zuckte Tom mit den Schultern. »Wo sie recht hat, hat sie recht.«

Sarah konnte nicht sagen, wann genau es in den letzten dreißig Minuten passiert war, aber die Stimmung zwischen ihr und ihm hatte sich merklich entspannt. Sie benahmen sich fast wie zwei alte Freunde, die einfach Spaß miteinander hatten.

»Komm. Du musst noch einen Schneeengel machen!« Isa nahm ihre Hand und zog sie mit sich fort.

»Muss ich das?«

»Ja! Weil du schon bald wieder wegfährst. Und bei euch gibt es ja keinen Schnee. Dabei sollte jeder in seinem Leben mindestens einmal einen machen!«

»Tatsächlich?«, fragte Sarah grinsend.

»Ja.« Isabella nickte ernst. »Das steht in einem Buch, das ich geschenkt bekommen habe. Da sind lauter Dinge drin, die man gemacht haben sollte.«

»Ich finde, das ist ein sehr schlaues Buch. Ich möchte unbedingt einen Schneeengel machen, bevor ich wegfahre.«

»Da hinten ist ein guter Platz!« Isa deutete auf eine noch unberührte Fläche. »Kommst du mit, Dad?«

»Wieso nicht? Wer als Erster da ist!« Tom sprintete los und bremste kurz vorher scharf ab, sodass Isabella jubelnd an ihm vorbeizog.

Schwungvoll warf sie sich rücklings in den dicken Schnee. Bei ihr sah das so einfach aus. Sarah bezweifelte allerdings, dass sie es ebenso federleicht und elegant hinbekommen würde.

»Soll ich dir helfen?«, erklang Toms warme Stimme an ihrem Ohr.

Das Kribbeln, das bei seinen Worten ihren Körper durchfuhr, traf sie völlig unvorbereitet. Tapfer ignorierte sie es. Wenn sie so tat, als hätte er keinerlei Effekt auf sie, würde es vielleicht irgendwann auch so sein.

»Gerne.« Sie streckte ihm lässig ihre Hände entgegen. »Was soll ich tun?«

»Versuch dich einfach mit geraden Beinen hinzusetzen. Ich sichere dich ab.«

»O-kay.«

Isa kicherte neben ihr. »Das ist wirklich nicht schwer.«

»Das sagst du so leicht.« Sarah grinste und ließ sich in den Schnee fallen. Es fühlte sich komisch an und widersprach dem natürlichen Reflex, den Fall abzufangen. Doch Toms Hände an den ihren gaben ihr Sicherheit.

»Geschafft!«, verkündete Isabella. »Und jetzt leg dich hin und mach so mit den Armen und Beinen.« Sie führte es ihr vor. »Du auch, Daddy!«

Sarah bewegte ihre Arme und Beine auf und ab und ertappte sich dabei, dass sie aus vollem Hals lachte.

»Ich habe doch gewusst, dass es dir Spaß macht!«, bemerkte Isabella altklug.

Sarah wandte den Kopf und sah das Mädchen an. Ihre dunklen Locken hatten sich aus ihrem Zopf gelöst und umgaben ihr Gesicht mit einer Art Heiligenschein, in dem einzelne Schneeflocken funkelten. Ihre Wangen waren vor Kälte und Freude gerötet, ihre Augen strahlten. Sie wirkte wahrhaft wie ein kleiner Engel – der Engel der Lebensfreude und des Glücks.

»Das Schwierigste ist das Aufstehen«, sagte Isa nun und richtete sich vorsichtig auf, um ihren Abdruck nicht zu verwischen. Tom machte es ihr nach. Offenbar hatten die beiden ziemlich viel Übung darin.

Sie selbst hatte keine Ahnung, wie sie wieder hochkommen sollte. Tom streckte ihr erneut beide Arme entgegen, und ohne zu zögern, griff Sarah danach.

Etwas zu schwungvoll riss er sie nach oben, sodass sie gegen seinen Körper flog. Automatisch griff er um ihre Taille, damit sie nicht das Gleichgewicht verlor, ließ sie jedoch abrupt los, sobald sie auf ihren Füßen stand.

»Tut mir leid«, murmelte er verlegen.

»Nichts passiert.« Sarah beglückwünschte sich zu ihrer Nonchalance. Ohne ihn auch nur noch einmal anzusehen, drehte sie sich zu Isabella um, die ihre Schneeengel bewunderte.

Sarahs Kehle wurde mit einem Mal eng. Da waren sie – zwei große Engel und in der Mitte ein kleiner. »Sie sehen schön aus«, entfuhr es ihr gepresst.

»Ja, fast wie …«

»Gute Freunde«, beendete Sarah hastig Isabellas Satz, bevor das Mädchen *Familie* sagen konnte. Denn das war es, was ihr selbst durch den Kopf ging. Und wenn Tom auch nur den Hauch eines Verdachts bekam, dass seine Tochter es ebenso sah, würde Sarah sich schneller auf der anderen Straßenseite wiederfinden, als sie bis drei zählen konnte.

»Ich meinte eigentlich Prinzessinnen«, berichtigte Isabella unbeeindruckt.

»He!«, beschwerte sich Tom. »Zumindest dieser hier ist doch eindeutig ein Prinz!« Er deutete auf seinen Abdruck.

»Und wieso hat er dann ein Kleid an?«, kicherte seine Tochter.

»Das ... hat man früher so getragen«, entgegnete er möglichst würdevoll.

»Bin ich froh, dass das vorbei ist! Männer in Röcken wären wirklich komisch, findest du nicht?«, wandte sie sich an Sarah.

»Ich kann mir auch Schöneres vorstellen«, gab diese verschwörerisch zurück. »Denk nur an all die behaarten Beine.«

»Iihhh.« Isa schüttelte sich gespielt, auch wenn Sarah bezweifelte, dass sie es überhaupt richtig verstand.

»Ich sehe schon, da haben sich zwei gefunden«, brummte Tom. Doch seine Augen funkelten schalkhaft. »Dafür werde ich euch jetzt eine Abreibung verpassen!« Er bückte sich, formte einen Schneeball und warf ihn auf Sarah.

Sie war so perplex, dass sie nicht einmal in Deckung ging. Das Geschoss traf sie mit einem vernehmlichen Klatschen mitten am Bauch. Sarah sog scharf die Luft ein.

»Tut mir leid, habe ich dir wehgetan?« Erschrocken schaute Tom sie an.

»Das schreit nach Rache! Komm, Isa!« Sie bückte sich und formte ihrerseits einen Schneeball.

Eine Zeitlang tobten sie ausgelassen herum und Sarah empfand eine kindliche Freude, wann immer ihr Geschoss auf Tom traf. Schließlich gelang es Isa, ihn zu überrumpeln und zu Boden zu drücken, und Sarah verspürte den absurden Wunsch, sich neben ihn in den Schnee fallen zu lassen, damit er sie ebenso an sich drücken konnte wie sein Kind.

Wenn Isa ein Engel war, dann war er ein Gott.

Abrupt wandte sie ihren Blick von den beiden ab. Sie sollte verschwinden. Und zwar so schnell wie möglich. Doch sie war außerstande, sich von der Stelle zu rühren.

»Ich ergebe mich!«, keuchte Tom lachend unter den Attacken seiner Tochter. »Kann ich meine Freiheit gegen einen Kakao tauschen?«

»Au ja!«

Er rappelte sich auf und klopfte sich den Schnee von der Hose. »Möchtest du auch einen?«, wandte er sich an Sarah.

»Ich weiß nicht.« Sie biss sich auf die Unterlippe. »Ich sollte lieber gehen.«

»Nein!«, rief Isabella protestierend. »Du musst Daddys Kakao probieren, er ist *köstlich*!«

Ich weiß, hätte Sarah beinahe geantwortet. Aber damit hätte sie verraten, dass sie bereits mehr Zeit mit ihm verbracht hatte, als seine Tochter ahnte. »Ich möchte keine Umstände machen.«

»Dad macht eh meistens zu viel!«

Sarah lächelte über ihre unverblümte Ehrlichkeit.

»Und nachher können wir ›Mensch ärgere dich nicht‹ spielen. Das ist zu zweit immer so doof.«

Sarah kämpfte mit sich selbst. Einerseits gab es nichts, was sie lieber tun würde. Die Stunden mit Isabella und Tom waren unbeschreiblich schön. Gleichzeitig mischte sich in all die Freude die bittere Erkenntnis, dass das hier nicht von Dauer war, nicht von Dauer sein konnte. Ganz zu schweigen davon, dass es Tom garantiert nicht recht wäre. Ihr Blick suchte den seinen und sie merkte, wie er ihr auswich.

Ihre Schultern sackten nach vorn. Sie öffnete den Mund, um sich von Isabella zu verabschieden, als Toms Stimme sie innehalten ließ. »Bitte bleib. Alleine habe ich bei dem Spiel keine Chance gegen Isa.«

Verwundert starrte Sarah ihn an, während Freude und Vorsicht in ihrer Brust stritten. Sie hätte zu gern gewusst, was in seinem Kopf vorging, als er, ohne sie auch nur anzusehen, in sein Haus marschierte.

»Komm!« Isa nahm strahlend ihre Hand und Sarah ließ sich von ihr einfach mitziehen.

Während Isabella das Spielbrett aufbaute, machte Tom sich in der Küche zu schaffen, und Sarah verbot sich, ihm dabei zuzusehen. Sie wollte nicht, dass die Erinnerung sie übermannte. Daran, wie nah sie sich ihm hier gefühlt hatte, daran, was beinah passiert wäre.

»Möchtest du noch ein bisschen was Stärkeres, zum Aufwärmen?«, riss Tom sie aus ihren Gedanken.

»Nein, danke.« Sie schüttelte heftig ihren Kopf. Sie trank auch sonst nicht viel Alkohol und gerade jetzt brauchte sie nichts, was ihn womöglich noch attraktiver, noch verführerischer machte. Ihr Herz klopfte auch so schon viel zu schnell in ihrer Brust.

»Wir können starten!«, verkündete Isa.

Sarah atmete tief durch. Was für ein Glück, dass die Kleine jetzt hier war und dafür sorgte, dass sie sich nicht in wilden Tagträumereien verlor.

Tom hatte nicht übertrieben. Seine Tochter war wirklich gnadenlos, wenn es ums Gewinnen ging. Sie gewann drei von vier Runden, bis Tom schließlich vorschlug, das Spiel zu wechseln. Zwischendurch aßen sie Pommes aus dem Backofen und Sarah genoss es, dass alles so unkompliziert, so ungezwungen und gleichzeitig voller Liebe war. Ganz anders als das Familienleben, das sie bisher kennengelernt hatte.

Irgendwann schaute Tom schließlich auf seine Armbanduhr.

»Zeit fürs Bett, junge Dame.«

»Das macht aber grad so viel Spaß.« Isabella klimperte mit ihren Wimpern.

»Morgen ist auch noch ein Tag, Schatz.«

»Hast du morgen auch noch frei?«

»Natürlich. Das Sägewerk bleibt bis Neujahr geschlossen, damit alle Zeit für ihre Familien haben.« Er drückte sie kurz an sich.

»Sägewerk?«, fragte Sarah verwundert. Ihr fiel auf, dass sie noch gar nicht wusste, was Tom beruflich tat.»Du kommst mir gar nicht wie ein Holzfäller vor.«

Er schnaufte belustigt.»Bin ich auch nicht. Ich bin der kaufmännische Leiter.«

»Wow!«, entfuhr es ihr beeindruckt.

»Es hört sich wichtiger an, als es ist. Der Betrieb gehört meinem Schwager. Er kümmert sich um die Technik und die Kunden und ich mich um den Rest. Zumindest war das der Plan«, fügte er mit einem merkwürdigen Unterton hinzu. Aber bevor Sarah nachfragen konnte, was er damit meinte, riss Isabella das Gespräch wieder an sich.

»Wenn wir alle freihaben, kann Sarah morgen ja wieder zu uns kommen!«

»Ähm, ja. Wenn sie das möchte«, sagte Tom. Er wirkte hin- und hergerissen.

»Sicher, ich komme gern«, entgegnete Sarah mit Nachdruck. Merkte er nicht, dass dieses Rumeiern Isabella bloß verwirrte? Wenn es heute okay war, was sollte morgen dagegensprechen?

»Gut. Dann wäre das ja geklärt.« Wenigstens protestierte er nicht.»Jetzt aber nach oben und Zähne putzen. Ich komme nachher hoch, um dir Gute Nacht zu sagen.«

Sarah erhob sich.»Ich werde dann auch gehen. Schlaf gut, Isabella. Und danke für den wirklich schönen Tag.«

Das Mädchen sprang auf, lief um den Tisch herum und drückte sich fest an ihren Bauch.

Sarah versteifte sich für einen Moment. Dann bückte sie sich runter und legte ihre Arme vorsichtig um das Kind. Ihr Herz wurde eng und gleichzeitig unendlich weit. Noch nie war sie von irgendjemandem so umarmt worden – so bedingungslos, so unverfälscht, so süß. Sie schloss die Augen, um die Tränen zurückzuhalten, die ihr plötzlich in die Augen schossen.

»Bis morgen«, raunte sie.»Träum schön.«

»Du auch.«

Isa drückte ihr einen dicken Schmatz auf die Wange, der Sarah mit einem ungekannten Glücksgefühl erfüllte, dann löste sie sich von ihr und lief die Treppe nach oben.

»Du musst noch nicht gehen«, sagte Tom leise.

»Doch, das muss ich«, erwiderte sie fest. Wenn sie noch länger blieb, würde sie sich der Illusion nicht erwehren können, dass sie wahrlich ein Teil dieser Familie war und nicht nur ein vorübergehender Gast.

Tom nickte. »Dann sehen wir uns morgen?« Zum ersten Mal seit Langem schaute er sie direkt an. Und in seinen Augen meinte sie die gleiche Hoffnung und Angst zu erkennen, die auch sie erfüllten.

»Ja.«

Er streckte den Arm aus, als ob er sie berühren wollte, und ließ ihn dann wieder sinken. »Gute Nacht, Sarah.«

»Gute Nacht, Tom.«

***

Isa war schon längst eingeschlafen, Tom hingegen fand einfach keine Ruhe. Seine Gedanken kreisten unaufhörlich um Sarah. Sie war anders als all die Frauen, die er in den letzten Jahren kennengelernt hatte. Sie suchte kein Abenteuer, sie forderte und erwartete nichts, dafür gab sie umso mehr – bereitwillig und ohne dass es ihr überhaupt bewusst war. Die Art, wie sie sich um Isa kümmerte, kam von Herzen, es war nichts aufgesetzt oder falsch daran. Sie betrachtete das Mädchen nicht als Störfaktor, als jemanden, der beschäftigt oder besänftigt werden musste, damit sie ihre Ruhe hatte, sondern als Bereicherung.

Er fuhr sich gequält übers Gesicht. Wenn er sich jemals die Frau vorgestellt hätte, die Isa eine Mutter sein könnte, dann wäre sie genau wie Sarah.

Welch Ironie des Schicksals, dass ausgerechnet das nicht möglich war.

Er hatte nie damit gerechnet, dass es irgendwo eine Frau gab, die an Susans Stelle für Isa da sein könnte. Hatte so fest an diese Unmöglichkeit geglaubt, dass er nicht einmal nach ihr gesucht hatte. Das musste er auch nicht. Sie hatte ihn gefunden.

Er hatte gewusst, dass es keine gute Idee war, mehr Zeit mit Sarah zu verbringen, zuzulassen, dass Isabella sie in ihr Herz schloss, und hatte trotzdem nichts dagegen tun können.

Gern würde er sich einreden, dass er sie nur eingeladen hatte, weil Isa so sehr gedrängelt hatte. Oder weil Sarah ihm leidtat. Sie schien sehr einsam zu sein und es kam ihm fast schon grausam vor, sie auszuschließen und wegzustoßen. Doch die Wahrheit war, dass er sich selbst genauso nach ihrer Gegenwart sehnte wie seine Tochter. Und auch ihre Reserviertheit ihm gegenüber änderte nichts daran.

Er seufzte schwer und drehte sich auf die andere Seite.

Sie hatte ihm deutlich zu verstehen gegeben, dass zwischen ihnen nichts laufen würde. Und überraschenderweise war das für ihn vollkommen okay. Das, was er wirklich von ihr wollte, ging weit über körperliches Begehren hinaus. Er wollte keine Affäre, er wollte *sie*. Für sich und für Isa. Und genau das konnte er nicht haben. Also würde er die Finger von ihr lassen, bevor er Brandwunden davontrug, die womöglich niemals heilten.

Kapitel 8

»Onkel Matt! Tante Liv!«, schrie Isa freudig auf und rannte zur Tür.

»Langsam!«, ermahnte Tom seine Tochter, bevor er ihr verwundert folgte. Durchs Küchenfenster sah er tatsächlich Matts dunkelgrünen Jeep auf der Einfahrt stehen.

Isabella riss die Tür auf.

»Hallo!« Lachend zog Matt, der gerade vermutlich anklopfen wollte, seine Nichte in die Arme. »Das nenne ich mal eine Begrüßung.«

»Überraschung!«, verkündete Liv hinter ihm mit einem entschuldigenden Lächeln.

Tom trat zur Seite, um sie hereinzulassen. »Was macht ihr hier?«

»Ich wollte fragen, ob ich dir Isabella für ein paar Stunden entführen kann.« Liv streckte ihre Arme nach dem Mädchen aus, um sie zu begrüßen.

»Entführen? Wohin?«

»Oh, ich dachte, wir zwei machen eine kleine Shoppingtour. Was meinst du?«, wandte sie sich an das Kind. »Du kannst bestimmt noch etwas Hübsches für Weihnachten gebrauchen.«

»Oh ja!« Isa strahlte. »Darf ich, Daddy?«

Tom zögerte. Sie hatten Sarah gesagt, dass sie sich heute sehen würden. Aber wenn er ehrlich war, war es ihm gar nicht so unrecht, wenn Isabella die Zeit stattdessen mit ihrer Quasi-Tante verbrachte.

Liv würde immerhin noch da sein, wenn Sarah schon längst abgereist war.

»Also gut.« Er lächelte. »Dann werde ich Sarah nachher absagen.«

»Oh.« In ihrer Begeisterung hatte Isa wohl gar nicht an sie gedacht. Sie runzelte ihre Stirn.

»Wenn ihr schon was anderes vorhabt ...« Liv sah ihn fragend an. »Wir wollen euch nicht stören.«

»Nein, nein«, entgegnete er hastig. »Sarah ist nur eine Nachbarin. Wir können uns auch ein andermal mit ihr treffen.«

»Vielleicht kann sie heute Abend wieder rüberkommen«, sagte Isabella fröhlich. »Das war schön gestern.«

»Hm, ja.« Tom räusperte sich unter Matts verwundertem Blick. »Zieh dich rasch um, Schätzchen. Damit ihr gleich loskönnt.«

Liv nickte Matt bedeutungsvoll zu.

»Und wir beide machen uns einen netten Männertag, wie wär's?« Matt grinste ihn auffordernd an.

»Einen Männertag?«, fragte Tom skeptisch. Irgendetwas war hier oberfaul.

»Ja, so wie früher.« Matts Lächeln wirkte eine Spur zu gezwungen. »Ich habe auch ein paar DVDs dabei. Seit Liv bei mir eingezogen ist, komme ich gar nicht mehr dazu, sie zu gucken. Nichts für ungut, Schatz.«

»Kein Thema. Ich kann nun mal nichts mit Filmen anfangen, in denen alle fünf Minuten etwas in die Luft fliegt.«

»O-kay«, erwiderte Tom gedehnt. Er verstand noch immer nicht recht, was hier gerade abging.

»Danke.« Liv hauchte ihm fröhlich einen Kuss auf die Wange. »Oh, Isabella ist fertig. Komm, Süße.«

»Und kauf ihr nicht wieder so viel«, ermahnte Tom.

Liv schüttelte übertrieben ernst ihren Kopf. »Eine Frau kann gar nicht zu viele Anziehsachen haben, nicht wahr, Isa?«

»Stimmt genau«, bestätigte diese wichtigtuerisch.

Tom verdrehte die Augen. »Habt ihr ein Glück, dass ich genau weiß, dass ihr in Wirklichkeit gar nicht so schlimm drauf seid. Viel Spaß, Schatz.« Er gab Isabella einen Kuss und half ihr in ihre Jacke.

Kurz darauf waren Matt und er allein.

»Magst du ein Bier?«, fragte Tom, um das Schweigen zu brechen. Wieso fühlte er sich in der Gesellschaft seines besten Freundes plötzlich so unwohl?

»Ich glaube, ein Kaffee wäre mir lieber.«

Tom nickte und ging zur Kaffeemaschine hinüber. »Verrätst du mir jetzt, was das soll?« Er füllte zwei Becher und reichte einen davon an Matt weiter.

Dieser nahm einen tiefen Schluck, bevor er antwortete. »Im Grunde wollte ich dich das Gleiche fragen. Glaubst du, mir wäre nicht aufgefallen, dass dich irgendetwas bedrückt?«

Tom schnaufte. »Und da dachtest du, du kommst mit ein paar Filmen vorbei, machst auf Kumpel und ich schütte dir mein Herz aus?«

Betroffen sah Matt ihn an. »So war das nicht gemeint ... Ich mache mir wirklich Sorgen um dich.«

»Nicht nötig, mir geht es gut.«

»Bullshit«, widersprach Matt ihm entschieden. »Komm schon, du warst immer für mich da, ich will mich nur revanchieren. Oder soll ich die Whiskyflasche rausholen?«

»Du hast echt eine dabei?«

Matt deutete auf seinen Rucksack, den er neben dem Sofa abgestellt hatte. »Ich bin für alle Eventualitäten gerüstet.«

Tom wusste nicht, ob er lachen oder fluchen sollte. War ja klar, dass es den beiden nicht entgehen würde, dass irgendetwas bei ihm nicht stimmte. Das Problem war, sie konnten nichts dagegen tun.

»Also, was ist jetzt? Spuckst du es freiwillig aus?«

Tom maß ihn mit einem abschätzenden Blick. »Von mir aus. Vielleicht ist dieses Mitarbeitergespräch schon längst fällig.«

Matt runzelte die Stirn. »Wie meinst du das?«

»Seien wir doch ehrlich, im Sägewerk ist kein Platz mehr für mich. Ich weiß, du würdest mich niemals feuern«, fuhr er hastig fort, um Matt keine Möglichkeit zum Sprechen zu geben. »Mich allerdings einfach auf ein Abstellgleis zu schieben, ist auch nicht die feine englische Art. Glaubst du, ich würde nicht merken, wie überflüssig ich dort jetzt bin?«

»Ich habe es jedenfalls nicht bemerkt.«

»Ja, sicher«, brummte Tom. Er atmete tief durch und sah seinem Freund offen in die Augen. »Du weißt, wie sehr das Sägewerk mir am Herzen liegt, wie gern ich dort mit dir zusammengearbeitet habe. Aber die Zeiten haben sich geändert. Und vielleicht muss ich es auch tun.«

»Du willst aussteigen?«, entfuhr es Matt besorgt.

Tom zuckte resigniert mit den Achseln. »Wenn es nur um mich ginge, hätte ich es vermutlich schon längst getan. Doch ich muss auch an Isa denken und passende Jobs sind hier nicht gerade dicht gesät.«

»Wie lange trägst du das schon mit dir herum?«

»Eine ganze Weile. Seit Liv aufgetaucht ist.«

Matt schnappte hörbar nach Luft.

»Versteh mich nicht falsch. Sie ist das Beste, was dir und dem Betrieb überhaupt passieren konnte. Leider macht mich das irgendwie … überflüssig.« Tom nahm einen Schluck seines Kaffees und wünschte plötzlich, er wäre auf Matts Angebot mit dem Whisky eingegangen.

Matt schüttelte fassungslos seinen Kopf. »Puh. Ich hatte keine Ahnung, dass du das so siehst.« Sein Gesicht hellte sich auf. »Zum Glück lässt sich das ganz einfach aus der Welt schaffen.«

»Ach ja?«

Matt grinste. »Und ob.« Er lehnte sich in dem Sofa zurück. »Es tut mir leid, dir das sagen zu müssen, alter Freund, aber du bist hier so was von auf dem Holzweg.«

Tom sah ihn skeptisch an. »Klär mich auf.«

»Also, erstens werden Liv und ich in nächster Zeit ziemlich eingebunden in den Aufbau des neuen Standorts drüben im Osten sein. So eingebunden, dass wir uns überlegt haben, dir die Leitung für das Werk hier ganz zu übertragen.«

»Was?« Tom starrte ihn entgeistert an.

»Ja.« Matt klopfte ihm auf die Schulter. »Du siehst, du hast dir völlig umsonst Sorgen gemacht.«

Tom nickte nachdenklich. Er wusste Matts Vertrauen und die Geste wirklich zu schätzen. Leider löste dies nur vorübergehend sein Problem. »Und was mache ich in zwölf Monaten? Wenn das neue Sägewerk läuft?«

Matts Lächeln wurde breiter. »Tja, das weiß keiner von uns so genau. Ich könnte allerdings einen Tipp abgeben.« Er wirkte überaus zufrieden.

»Sollte ich irgendwas wissen?«, fragte Tom und seine Mundwinkel zuckten unwillkürlich. Die Freude, die Matt ausstrahlte, war regelrecht ansteckend.

Sein Freund holte ein kleines Samtkästchen aus der Hosentasche und warf es Tom zu.

Geschickt fing dieser es auf. Es gab keinen Zweifel, was für ein Ding das war. »Du weißt, dass ich dich wie einen Bruder liebe, aber findest du das wirklich angemessen?«, witzelte er.

»Ha ha«, brummte Matt. »Nun mach schon auf.«

Tom ließ das Kästchen aufschnappen. »Es ist leer«, bemerkte er überrascht.

»Aha.« Matt wirkte, als könnte er vor Glück gleich platzen.

Toms Augen wurden kugelrund. »Du hast sie gefragt?«

»Nicht nur das. Sie hat auch Ja gesagt.«

»Wow! Glückwunsch!« Tom riss ihn an sich und drückte ihn fest. »Ich freue mich ja so für euch.«

»Danke.« Matt lachte. »Es ist ein unvergleichliches Gefühl.«

»Das glaube ich gern. Du wirst also tatsächlich sesshaft.«

»Du tust ja so, als wäre ich sonst ein richtiger Draufgänger gewesen.«

»Na, das vielleicht nicht. Trotzdem ist es schön zu sehen, dass Liv deine raue Schale vollständig geknackt hat.«

»Das hat sie wohl.«

»Darauf müssen wir jetzt wirklich anstoßen.«

Tom stand auf und holte zwei Gläser aus dem Schrank, während Matt die Whiskyflasche aufdrehte.

»Cheers.« Grinsend prosteten sie sich zu.

Tom schloss genüsslich die Augen, während der Whisky sich einen Weg seine Kehle herunter brannte. »Gutes Zeug.«

»Für einen besonderen Anlass.« Verträumt schwenkte Matt die goldbraune Flüssigkeit in seinem Glas herum.

»Habt ihr schon einen Termin?«

»Nicht konkret. Allzu lange wollen wir aber nicht warten. Eine Hochzeit im Frühsommer wäre schön.«

»Passt das denn in euren Terminkalender?«

»Dafür werden wir schon sorgen.«

Das glaubte Tom ihm aufs Wort. Er kannte außer Liv keine andere Frau, die ihre Hochzeit mitten in ein aufwendiges Projekt legen würde. Und keine, die es vermutlich problemlos schaffen würde, beides perfekt zu koordinieren. Er konnte sich nicht vorstellen, dass ihr etwas, was sie sich in den Kopf setzte, nicht auch gelang. Vielleicht würde sie den zweiten Standort bis dahin bereits fertig strukturiert haben. Was ihn wieder zu seiner eigenen, nicht ganz so optimistischen Lage brachte. Sobald das neue Sägewerk lief, wären sie im Prinzip wieder genau da, wo sie jetzt waren.

»Wieso denkst du, dass ihr nach der Hochzeit meine Unterstützung braucht? Im Sägewerk, meine ich.«

»Letztens war Lucy mit ihrem Baby da, weißt du noch?«

»Jaaa«, erwiderte Tom gedehnt, neugierig, wohin das Gespräch noch führen würde.

»Liv hatte einen ganz verzückten Ausdruck im Gesicht, sie konnte ihre Finger kaum von Jonah lassen.«

»Er ist ja auch ein putziges kleines Kerlchen.«

»Ich glaube, es ist mehr als das.«

»Du meinst, sie ist …?«

Tom ließ den Satz bedeutungsvoll ausklingen.

»Nein. Aber ich schätze, da fehlt nicht mehr viel. Ich denke, in den nächsten zwölf Monaten wird sie von ganz allein beschließen, ein wenig kürzerzutreten.« Er hob sein Glas und prostete Tom schweigend zu.

»Wir werden sehen.« Tom schmunzelte besänftigt.

Das Gespräch mit Matt hatte ihm gutgetan, hatte ihn daran erinnert, dass er nicht allein mit seinen Sorgen und Problemen war. Das Sägewerk wuchs, Matt und Liv standen voll hinter ihm. Gemeinsam würden sie es schon schaffen, für alle die beste Lösung zu finden.

»War das wirklich alles?«, fragte Matt plötzlich forschend.

»Was meinst du?«

»War es nur deine berufliche Zukunft, die dich beschäftigt hat?«

»Was denn noch?«

»Keine Ahnung.« Matt fühlte sich sichtlich unwohl, als müsste er ein Thema ansprechen, das er lieber ruhen lassen würde.

»Gib es zu, Liv steckt hinter eurem unverhofften Besuch.«

Matt seufzte resigniert. »Nicht nur. Wir waren uns beide einig, dass bei dir etwas im Busch ist.«

»Was denn?«

»Was ist eigentlich mit dieser Sarah?«, wechselte Matt abrupt das Thema.

»Was soll mit ihr sein?«

»Magst du sie?«

»Das spielt keine Rolle.«

»Wieso nicht?«

»Weil sie bald abreist.«

»Also doch!«, entfuhr es Matt triumphierend.

»Das geht dich nun wirklich nichts an.«

»So schlimm also?«

»Das Gespräch ist jetzt offiziell beendet.« Er wollte nicht über sie reden, wollte nicht einmal über sie nachdenken, weil es nichts an den Tatsachen ändern würde. Sie war seit Langem die erste Frau, die er wirklich kennenlernen, die er um sich haben wollte. Das war jedoch nicht möglich. Und es war müßig, sich darüber zu grämen.

»Du bist schon zu lange alleine, Tom.«

»Das sagt der Richtige. Mr. Ich-lasse-keine-Frau-an-mich-ran.«

»Und wer hat mir den Kopf gewaschen, als ich es nötig gehabt hab? Ich möchte mich jetzt bloß dafür revanchieren. Gib ihr eine Chance.«

»Nein. Ich muss an Isa denken, ich darf keine Risiken eingehen.«

»Das ist eine ganz faule Ausrede und das weißt du.«

»Ist es nicht. Vielleicht wirst du es eines Tages ja verstehen, wenn du selbst ein Kind hast.«

Matt wirkte, als wollte er irgendetwas erwidern, dann schloss er bloß seinen Mund. Es gab nichts, was er dagegen sagen konnte.

Es klopfte an der Tür.

»Verdammt!«, fluchte Tom. Jetzt hatte er vergessen, Sarah Bescheid zu geben. Er hastete zum Eingang. Wie erwartet, stand sie davor und sah genauso umwerfend aus wie am Vortag.

»Hi.« Sie lächelte ihn fröhlich an.

»Hallo.« Tom fuhr sich nervös durch die Haare. »Es tut mir leid, uns ist etwas dazwischengekommen«, murmelte er.

»Oh.« Es war, als hätte sich eine Wolke vor ihr Gesicht geschoben.

»Ja. Isabellas Tante hat sie zu einer spontanen Shoppingtour abgeholt.« Er wollte nicht, dass sie glaubte, er wollte sie bloß wieder auf Abstand halten. Gleichzeitig wusste er nicht, ob er sie hereinbitten sollte. Erwartete sie, dass er den Tag trotzdem mit ihr verbrachte? Er wollte sie nicht erneut vor den Kopf stoßen.

»Tja.« Sie zuckte mit den Schultern. »Dann gehe ich wohl mal.«

Tom zählte innerlich bis zehn, um sie nicht zurückzuhalten. Sie benahm sich gerade deutlich vernünftiger und erwachsener als er. Ihr Verstand funktionierte auch in Isas Abwesenheit offensichtlich einwandfrei. Er selbst hätte nicht die Kraft besessen, sie gehen zu lassen, wenn Matt nicht im Haus gewesen wäre.

»Du bist also Sarah«, ertönte die tiefe Stimme seines Freundes hinter ihm.

Überrascht fuhr sie herum.

Tom fluchte innerlich.

»Sarah – Matt, Matt – Sarah«, stellte er die beiden einander knapp vor.

»Es tut mir leid, dass wir eure Pläne durchkreuzt haben«, fuhr Matt im Plauderton fort, als würde er Toms Anspannung absolut nicht bemerken. »Vielleicht kann ich das ja wiedergutmachen. Komm doch morgen Abend bei uns vorbei. Tom und Isabella werden auch da sein.«

Nur mit Mühe gelang es Tom, seine Gesichtszüge unter Kontrolle zu halten. Matt ging hier eindeutig zu weit. Aber wenn er jetzt die Einladung revidierte, würde er Sarah zutiefst verletzen. Ganz abgesehen davon, dass er ihr dann nie wieder unter die Augen kommen dürfte. Gespannt wartete er auf ihre Antwort und wünschte sich ebenso sehr, dass sie Ja sagte, wie, dass sie ablehnte.

Verwirrung spiegelte sich in ihrem Gesicht. »Morgen ist Heiligabend.«

»Ich weiß.« Matt ließ sein charmantestes Lächeln aufblitzen.

Unsicher sah Sarah Tom an.

Er gab sich einen Ruck. Später würde er Matt zur Rede stellen, jetzt blieb ihm nichts weiter übrig, als gute Miene zu seinem Spiel zu machen. »Wenn du nichts anderes vorhast, kannst du gerne mitkommen. Isabella wird sich bestimmt sehr freuen.«

Aufmerksam studierte sie sein Gesicht.»Ist es dir wirklich recht?«

Da war sie, die Frage aller Fragen. Wäre es klug? Nein. Wünschte er es sich? Ja.

»Sicher.« Wenn er klug gewesen wäre, hätte er den Kontakt mit ihr direkt abgebrochen. Jetzt war es dafür schlichtweg zu spät. Er würde Isabella nur verwirren und gegen sich aufbringen. Von Sarah ganz zu schweigen.

Sie nickte langsam, dann schlich sich ein erschrockener Ausdruck auf ihr Gesicht.»Wer wird denn noch alles da sein? Ich habe gar keine Geschenke ...«, stammelte sie verunsichert.

Tom schoss Matt einen bösen Blick zu. Er hatte sie in eine ganz blöde Lage gebracht.

»Es ist eine kleine Feier«, antwortete Matt überraschend sanft.»Außer euch Dreien«, für diese Wortwahl hätte Tom ihm am liebsten eine gescheuert,»werden nur meine Verlobte, meine Mutter und ich da sein. Und Geschenke sind wirklich nicht nötig. An Weihnachten geht es schließlich nicht darum.«

Sie lächelte ungläubig, wirkte noch immer sehr überrumpelt und irgendwie verloren.

Tom widerstand nur mühsam dem Impuls, sie in den Arm zu nehmen, sie zu trösten und ihr zu versichern, dass sie sich keine Sorgen zu machen brauchte und ganz bestimmt nichts tun musste, was ihr irgendwie nicht behagte.

»Dann sehen wir uns morgen Abend?«, vergewisserte sich Matt, als Tom weiterhin schwieg.

»Wohin soll ich kommen?«

»Sei einfach um fünf bei Tom. Er nimmt dich gerne mit.«

»Ist gut. Danke. Bis dann.« Sarah hob grüßend ihre Hand und ging davon.

Leise machte Matt die Tür hinter ihr zu.»Hast du deine Zunge verschluckt?«, wandte er sich dann mit gutmütigem Spott an seinen Freund.

Das brachte das Fass zum Überlaufen.

»Was sollte das eben?!«, fuhr Tom ihn an.

Von der Wucht seiner Wut überrascht, wich Matt einen Schritt zurück. »Ich wollte nur helfen.« Er hob beschwichtigend seine Hände. »Dich hat niemand um deine Hilfe gebeten! Du hättest dich raushalten sollen!« Er ballte die Fäuste und entfernte sich aufgebracht, bevor er noch Matts Gesicht einen neuen Anstrich verpasste.

Egal, wie gut seine Gründe dafür auch sein mochten, Martha und Liv würden ihm dies bestimmt nicht verzeihen, erst recht nicht einen Tag vor Heiligabend.

»Wenn du so sehr dagegen bist, wieso hast du ihr nicht einfach gesagt, dass du es nicht möchtest?«

Tom stierte seinen Freund finster an. »Ja, sicher. Du lädst sie ein und ich bin der Arsch, der sie wieder auslädt! Glaubst du, sie würde danach auch nur ein Wort mit mir wechseln?«

Matt zuckte provokativ mit den Schultern. »Kann dir doch egal sein. Sie ist nur eine vorübergehende Nachbarin.«

»Argh!« Wutentbrannt versenkte Tom seine Faust in der Sofalehne.

»Sie nimmt dich wirklich ganz schön mit.« Matts Ton wurde leiser, freundlicher. Vorsichtig trat er näher zu ihm. »Hör zu, es tut mir leid. Ich habe es nur gut gemeint.«

Tom schüttelte enttäuscht seinen Kopf. Er fühlte sich überrumpelt und verraten. »Ich habe dir gesagt, dass du dich raushalten sollst. Und dass es hier um viel mehr als nur um mich geht.«

»Du meinst Isa?«

»Ja.«

»Sie weiß genau, dass Sarah bald abreist, hat selbst sehr freimütig darüber gesprochen. Klar wird sie ein paar Tage traurig sein, aber sie wird es verkraften. Vermutlich besser als du.«

Tom atmete tief durch. »Nehmen wir an, du hast recht. Und ich bin es, dem sie fehlen wird. Hättest du als mein Freund nicht auf meiner Seite stehen müssen? Wieso hast du das getan?«

»Zum Einen, um dir möglichst viel Zeit mit ihr zu verschaffen. Wer weiß, wenn sie für dich ähnlich empfindet, bleibt sie vielleicht.« Er schmunzelte. »Sie wäre nicht die Erste.«

Tom seufzte müde. Es hatte keinen Sinn, Matt zu erklären, dass die Sache mit Liv etwas Einzigartiges und Außergewöhnliches war. Und dass sie beide unglaubliches Glück hatten. Sein Freund schwebte gerade auf einer rosaroten Wolke und glaubte, dass Liebe alle Hindernisse überwand.

Leider galt das nur selten in der realen Welt.

»Und zweitens«, fuhr Matt fort, »hast du schon mal an Sarah gedacht? Was meinst du, wie sie sich fühlen wird, wenn sie morgen ganz allein und verlassen in ihrem Haus hockt?«

»Sie hat es selbst so gewollt«, wiederholte er die Ausrede, die er schon Martha gegenüber benutzt hatte.

»Ja, sicher«, brummte Matt sarkastisch. »Vielleicht hat sie es ja nur getan, weil es die beste ihr bekannte Alternative war. Das bedeutet nicht, dass sie es tatsächlich möchte. Weißt du eigentlich, wieso sie hier ist?«, fügte er neugierig hinzu.

»Nicht genau. Sie sagte etwas darüber, dass sich ihr Leben irgendwie in eine andere Richtung entwickelte, als sie es ursprünglich gewollt hat. Sie hat die Notbremse gezogen und ist geflohen, um nachzudenken. Um zu erkennen, wie es nun weitergehen soll.« Er dachte daran, wie unglücklich und verloren sie an ihrem ersten Abend gewirkt hatte. Und wie strahlend und voller Kraft in den Stunden, die sie zusammen verbrachten.

Matt hatte recht. Er hatte die ganze Zeit nur an sich selbst und an Isa gedacht.

»Es ist Weihnachten, Tom«, setzte Matt noch einen drauf. »Wenn sie einfach eine einsame Nachbarin wäre, wenn du dich nicht zu ihr hingezogen fühlen würdest, hättest du sie, ohne zu zögern, eingeladen.«

Das Brummen eines Motors enthob ihn einer Antwort. »Die Post ist da.«

Tom schnappte sich seine Jacke und lief nach draußen. Er hoffte sehr, dass der Brief für Isabella endlich ankam. Wenn nicht, würde er gleich beim Santa-Haus vorbeifahren müssen, um ihn persönlich abzuholen. Sie freute sich schon sehr darauf. Erleichtert holte er den großen, mit Stechpalmenzweigen bedruckten Umschlag aus dem Briefkasten. Und plötzlich hatte er eine Idee. »Ich muss kurz weg!«, rief er Matt aufgeregt zu. Er musste noch ein Geschenk für Sarah besorgen.

***

Sarah nippte an ihrem Tee und starrte gedankenverloren in die tanzenden Flammen des Kaminfeuers. Trotz der Wärme, die es verströmte, fühlte sie sich kalt. Sie sollte sich über die Einladung freuen. Und vielleicht hätte sie es auch getan, wenn Tom sie ausgesprochen hätte. Wenn er sie angelächelt und ihr das Gefühl vermittelt hätte, dass sie wirklich willkommen war.

So sah sie nun mit mehr als gemischten Gefühlen einem Abend inmitten fremder Menschen entgegen, ohne zu wissen, was von ihr erwartet wurde. Sie hatte sich bereits damit arrangiert, die nächsten drei Tage allein zu verbringen. Sie wollte backen, fernsehen, lesen.

Sie hatte mit Weihnachten und Weihnachtsfeiern keine besonders schönen Erfahrungen gemacht. Gleichzeitig konnte sie sich nicht vorstellen, dass es in Toms Familie genauso ablaufen würde wie in ihrer. Sie dachte an die schönen Stunden mit ihm und Isabella und sofort kehrte die Wärme in ihre Brust zurück. Vielleicht war das ja ihre Chance, etwas anderes, etwas Besseres zu erleben.

Selbst wenn Tom sie nicht wirklich dabeihaben wollte, Isabella wollte es bestimmt. Und auch Matt schien sehr nett zu sein. Das, was er über Geschenke gesagt hatte, hatte sie berührt, denn es hatte ehrlich geklungen, nicht bloß höflich. Natürlich würde sie trotzdem nicht mit leeren Händen ankommen, auch wenn sie keine Ahnung hatte, was sie für all diese fremden Menschen besorgen sollte.

Seufzend leerte Sarah ihre Tasse und stand auf. Sie hätte gern etwas mehr Zeit zur Vorbereitung gehabt. Erneut spürte sie die wohlbekannte Unsicherheit in sich aufsteigen, etwas falsch zu machen, Erwartungen zu enttäuschen. Vielleicht sollte sie das doch lieber abblasen, sich im Haus verkriechen und kein Risiko eingehen. Wenn sie zu daheimblieb, würde sie sich nicht den ganzen Abend lang fragen müssen, ob ihre Anwesenheit Tom wirklich recht war, ob sie Isabella damit womöglich schadete. Und sie würde auch nicht etwas kennenlernen, das sie ohnehin nicht haben konnte.

Gleichzeitig wusste sie, dass sie – wenn sie ablehnte – die ganze Zeit nur herumsitzen und sich ausmalen würde, was Tom und Isabella gerade taten, sie würde sich nach Isas hellem Lachen sehnen und nach Toms warmen, blauen Augen.

Sarah straffte ihre Schultern und zog ihren Overall an. Sie war hergekommen, um zu sich zu finden. Und gerade wusste sie ganz genau, was sie tief in ihrem Inneren und mehr als alles andere wollte. Sie schlüpfte in ihre Stiefel, nahm den Schlüssel und marschierte entschlossen nach draußen.

Kapitel 9

Sarah löffelte gerade Kaffeepulver in die Maschine, als Isabellas rote Zipfelmütze vor ihrem Küchenfenster vorbeihüpfte. Gleich darauf klopfte es an der Tür.

»Sarah!« Fröhlich schlang die Kleine ihre Arme um Sarahs Körpermitte, sobald sie ihr öffnete.

»Guten Morgen.« Lächelnd schaute sie auf das Mädchen herab. »Was machst du denn hier?«

»Ich soll dich fragen, ob du mit uns frühstücken möchtest.« Sarah zögerte überrascht. Damit hatte sie wirklich nicht gerechnet. »Weiß dein Vater, dass du hier bist?«

»Sicher! Er hat mich ja selbst geschickt.« Sie senkte verschwörerisch ihre Stimme. »Er macht gerade Rühreier und Speck.«

»Hmm. Da kann ich nicht Nein sagen.« Sarah warf sich ihre dicke Strickjacke über – für die wenigen Meter wollte sie auf den Schneeanzug gern verzichten – und folgte dem Mädchen neugierig nach draußen. Erst die Einladung für den Abend und dann das. Hatte Tom etwa seine Meinung geändert? Oder wollte er die Gelegenheit nutzen, um ihr die Weihnachtsfeier wieder auszureden?

Der leckere Duft nach frisch aufgebackenem Brot und knusprigem Speck schlug ihr entgegen, sobald sie sein Haus betrat, und ließ sie fast all ihre Bedenken vergessen.

»Schön, dass du da bist.« Tom lächelte ihr vom Herd aus aufrichtig zu.

»Danke für die Einladung.« Sie streifte Stiefel und Strickjacke ab und trat vorsichtig näher. »Auch wenn ich zugeben muss, dass sie mich sehr überrascht hat.«

»Wieso?«

Sarah schaute sich schnell um, doch Isabella war noch zu weit entfernt, um ihr Gespräch über dem Brutzeln der Pfanne mitzubekommen. »Na ja, immerhin schien dir meine Gegenwart bisher nicht sehr recht zu sein. Und wenn ich ehrlich bin, hatte ich auch nicht das Gefühl, dass dein Freund gestern in deinem Sinne gehandelt hat.«

Er fixierte sie aufmerksam mit einem Blick, den sie nicht zu deuten wusste. »Und warum hast du dann zugesagt?« Er präzisierte nicht, welchen der aufgeführten Gründe er genau meinte, vermutlich, weil es beide gleichermaßen betraf.

Sie hatte sich also nicht geirrt. Sarah wahrte eine undurchdringliche Miene. Um nichts in der Welt wollte sie ihn sehen lassen, wie sehr seine Haltung sie verletzte. »Weil es hier nicht nur um dich geht«, sagte sie langsam und deutlich.

Er nickte ernst. »Du hast recht und es tut mir leid.«

»Was denn?«

Er machte eine ausholende Geste. »Alles. Ich fürchte, wir hatten einen etwas holprigen Start. Es ist nicht leicht als alleinerziehender Vater und manchmal geht mein Beschützerinstinkt mit mir durch. Aber ich merke, dass du Isa wirklich ins Herz geschlossen hast.« Er holte tief Luft und streckte ihr seine Hand entgegen. »Freunde?«

Ungläubig starrte Sarah ihn einen Moment lang an, bevor sie ihre Finger zögernd in die seinen legte. Er schien es tatsächlich ernst zu meinen. Und *Freunde* hörte sich nach einer guten Idee an. Wenn seine Augen bloß nicht diese überwältigende Wirkung auf sie hätten.

Sein Lächeln vertiefte sich.

Hastig entzog Sarah ihm ihre Hand. »Kann ich dir irgendwie helfen?«

Er schaute sich prüfend um. »Du könntest mit Isa das Besteck verteilen.«

»Gerne.« Sie eilte zu dem Mädchen, froh darüber, Toms beunruhigender Gegenwart zu entkommen.

Leider wurde es im Verlauf des Vormittags nicht besser. Je mehr Zeit sie mit Tom und Isabella verbrachte, desto mehr wollte sie. Ihr entging auch nicht, wie er sie ansah. Was auch immer da zwischen ihnen war, er fühlte es ebenfalls. Dessen war sie sich sicher. Und die Tatsache, dass sie dem nicht nachgeben würden, nicht nachgeben durften, machte es für sie leider nur noch verlockender. Fast schon erleichtert bemerkte sie irgendwann, wie spät es inzwischen war. Nach dem üppigen Frühstück, das schon eher ein Brunch gewesen war, hatten sie das Mittagessen ausfallen lassen. Zumal Tom ihr zu verstehen gegeben hatte, dass sie abends ein opulentes Mahl erwartete.

»Ich muss jetzt los, mich fertig machen«, sagte sie und legte den Stift zur Seite. Sie hatte mit Isabella eine wunderschöne Winterlandschaft gemalt.

»Es ist erst drei«, bemerkte Tom verwundert. »Wie lange brauchst du denn, um dich umzuziehen?«

Sie zwinkerte Isabella verschwörerisch zu. »Dein Dad hat echt keine Ahnung von Frauen, was?«

Sie kicherte. »Das sagt Tante Liv auch immer.«

»Hey!«, protestierte Tom lachend. »Ich weiß sogar eine ganze Menge.«

»Und was?«

»Dass sie nicht halb so viel Aufwand nötig haben, um wunderschön auszusehen, wie sie offenbar glauben.« Der Blick, der diese Worte begleitete, zog Sarah beinahe den Boden unter den Füßen weg. Sie räusperte sich verlegen und ignorierte tapfer das Kribbeln in ihrem Bauch. »Ich geh dann mal.«

»Kommst du nachher ein bisschen früher und machst mir wieder einen so tollen Zopf?«, bat Isabella.

»Das mache ich sehr gern.« Sie lächelte dem Mädchen aufmunternd zu. »Bis später.«

Ohne Tom noch einmal anzusehen, schlüpfte sie in ihre Schuhe, warf sich die Strickjacke über die Schultern und verschwand durch die Tür.

Eine Stunde später stand Sarah frisch geduscht, mit rasierten Beinen und lackierten Fingernägeln unschlüssig vor ihrem Koffer. Dummerweise hatte sie beim Packen mehr auf die Zweckmäßigkeit ihrer Kleidung als auf Schick und Eleganz geachtet.

Irgendwo musste doch noch ihre schwarze Lederhose sein! Diese und der dünne, weinrote, mit Silberfäden durchwirkte Pulli waren die beiden einzigen Elemente ihrer derzeitigen Garderobe, die sie nicht extra für ihren Ausflug in die Wildnis gekauft hatte.

Natürlich fand sie beides zu allerletzt, nachdem sie ihren gesamten Koffer durchwühlt hatte.

Rasch zog sie sich um und warf einen prüfenden Blick in den Spiegel. Ihre hellen Haare bildeten einen schönen Kontrast zu den dunklen Tönen der Kleidung. Sarah lächelte. Sie sah elegant, lässig und eine kleine Spur sexy aus. Es würde Tom mit Sicherheit gefallen.

Ertappt verzog sie das Gesicht. Es spielte keine Rolle, ob es Tom gefiel, rief sie sich nachdrücklich in Erinnerung.

Doch das stimmte nicht. Sie freute sich darauf, sein Gesicht zu sehen, wenn er sie erblickte. Wollte wissen, wie er auf sie reagieren würde, da er sie nur weitgehend ungeschminkt und von Kopf bis Fuß eingemummelt kannte.

Zum Glück hatte sie, irgendeinem damals völlig unsinnigen Impuls folgend, auch ein paar hochhackige, dunkelrote Pumps eingepackt, die ihr Outfit nun perfekt vervollständigten. Sie waren zwar nicht für Spaziergänge im Freien geeignet, aber sie ging nicht davon aus, dass sie mehr als ein paar Meter damit würde laufen müssen.

Sarah bürstete ihre Haare, bis sie seidig glänzten, und nahm sie mit einer schlichten, mit dunkelschimmernden Splittern besetzten Haarspange zusammen. Dann machte sie sich an ihr Make-up. Zum Schluss trug sie noch einen Hauch ihres Lieblingsparfüms auf und warf ihrem Spiegelbild eine Kusshand zu. Bei all dem Schnee und Frost hatte sie fast vergessen, wie gut es tat, sich manchmal richtig schick zu machen.

Die Geschenke, die sie am Vortag besorgt hatte, lagen ordentlich verpackt auf dem Tisch. Musste sie sie eigentlich verstecken, sie irgendwie heimlich in Toms Wagen schaffen? Sie hatte ganz vergessen, ihn danach zu fragen, ob Isabella noch an den Weihnachtsmann glaubte. Und natürlich konnte sie ihn auch nicht anrufen, weil sie es bisher versäumt hatten, ihre Handynummern auszutauschen. Überhaupt hatte sie das kleine Ding in den letzten Tagen gar nicht mehr angemacht und fühlte sich damit unglaublich frei.

Nun gut, dann würde sie ihn eben gleich fragen müssen. Sie sah auf ihre Armbanduhr. Im Prinzip konnte sie jetzt schon rübergehen, um genügend Zeit für Isabellas Frisur zu haben.

Automatisch griff sie an den Haken, wo ihr warmer Overall hing, und schüttelte lachend ihren Kopf. In das Ding konnte sie jetzt auf keinen Fall steigen. Stattdessen nahm sie wieder die Strickjacke zur Hand, schlang sie fest um sich und trat hinaus.

Eine Windbö fegte um ihren Körper und Sarah fröstelte. So schnell sie auf ihren hohen Schuhen konnte, lief sie die freigeräumte Einfahrt entlang. Vereinzelte Flocken segelten um sie herum zu Boden. Anscheinend kippte das Wetter gerade. Die letzten Tage waren zwar eisig, aber voll Sonnenschein und ohne nennenswerten Schneefall gewesen.

An der Straße rutschte ihr Fuß unter ihr weg, sie ruderte mit den Armen und schaffte es nur mit viel Mühe, das Gleichgewicht zu wahren. Ein kurzer Schmerz zuckte durch ihren Oberschenkel. Sarah verzog das Gesicht. Vermutlich hatte sie sich gerade eine leichte Zerrung eingehandelt. So vorsichtig wie möglich stakste sie weiter. Ein Sturz war jetzt definitiv das Letzte, was sie gebrauchen konnte.

Zum Glück spendete das helle Rechteck von Toms Küchenfenster zumindest ein wenig Licht. Ohne das wäre es bereits stockfinster gewesen.

Sie schaffte es, seine Haustür ohne weitere Zwischenfälle zu erreichen, und klopfte vor Kälte zitternd an.

»Komm rein.« Tom machte ihr auf. Sofort umfing sie wohlige Wärme. Instinktiv lehnte sie sich ein Stückchen nach vorn, trat jedoch nicht ein.

»Was ist los?«, fragte Tom verständnislos, als sie ihren Hals reckte, um an ihm vorbeischauen zu können. Sie wollte sicher sein, dass Isabella nicht in Hörweite war, bevor sie ihn auf die Sache mit den Geschenken ansprach.

»Ich habe die Päckchen für euch drüben im Haus liegen. Ich wusste nicht, ob Isa sie sehen darf oder ob sie noch an den Weihnachtsmann glaubt.«

Sprachlos starrte Tom sie an.

***

So viele Gedanken huschten ihm bei ihrem Anblick gleichzeitig durch den Kopf, dass er nicht wusste, was er zuerst sagen oder tun sollte.

Sie war wirklich gekommen.

Sie sah so unglaublich schön aus.

Wieso zum Teufel hatte sie nicht ihren warmen Overall an? Es war bitterkalt und sie zitterte.

Hatte sie etwa Stöckelschuhe an?

Waren ihre Beine schon immer so lang und so atemberaubend sexy?

Wieso kam sie nicht endlich herein? Suchte sie etwas?

»Was ist los?« Seine Stimme klang viel zu heiser für seinen Geschmack.

Ihre Antwort haute ihn förmlich um. Er konnte nichts weiter tun, als sie überwältigt anzustarren. Noch nie – wirklich niemals – hatte er eine Frau getroffen, die sich so viel Gedanken um das Wohlergehen eines Kindes gemacht hatte, das nicht das ihre war. Er atmete hörbar durch. Sie war nicht nur schön, charmant, witzig, sexy und klug – sondern auch so warmherzig, fürsorglich und aufmerksam.

Und in etwas über einer Woche musste er sie gehen lassen. Für immer.

»Tom?« Sie klang verunsichert. »War eine doofe Frage, vergiss es. Isa ist bestimmt schon viel zu alt für so etwas.«

»Nein«, krächzte er. Er räusperte sich und zwang sich zu einem freundlichen Lächeln, obwohl er sie viel lieber an sich gezogen hätte, um sie nie wieder loszulassen. »Ist sie nicht«, fügte er erklärend hinzu, als er Sarahs verwirrten Gesichtsausdruck bemerkte. »Sie glaubt felsenfest an Santa.«

Das Sprechen half ihm, seine plötzlich so aufgewühlten Emotionen in den Griff zu bekommen. Er schaffte sogar ein Schmunzeln. »Jedes Jahr schreibt sie ihm ganz brav einen Brief. Dieses Jahr wird er sie allerdings ein wenig enttäuschen.«

Er merkte, dass er ins Plappern kam.

»Wieso denn das?«

»Sie hat sich ein echtes Einhorn gewünscht.«

»Oh.« Ein Lächeln erschien auf Sarahs fein geschwungenen Lippen. »Vielleicht bekommt sie ja etwas, um die Enttäuschung zu lindern.«

»Wie meinst du das?«

»Wart's ab.« Sie grinste geheimnisvoll und zog ihre Strickjacke noch enger um ihren Körper.

Oh Gott, sie musste ja erbärmlich frieren und er stand bloß da und versank in seiner Bewunderung.

»Sarah!«, ertönte Isas Stimme plötzlich hinter ihm. Die Kleine rannte fröhlich auf sie zu.

»Hier, mein Schlüssel.« Sarah reichte ihm den Bund. Ihre Finger, die die seinen streiften, waren eisig kalt. »Ich kümmere mich derweil um Isas Haare.«

»Ist gut.« Tom drückte fest ihre Hand. Er konnte der Versuchung einfach nicht widerstehen.

Sie hob ihren Kopf und sah ihn an, schaute mit ihren großen, himmelblauen Augen direkt in die seinen. Es tanzte ein warmer, strahlender Funke darin, der im direkten Gegensatz zu ihrer kalten Haut stand. Tom schluckte und riss seinen Blick widerwillig von ihr los. Jetzt war weder die richtige Zeit noch der Ort, die Empfindungen und Gedanken zu sortieren, die sie in ihm auslöste.

»Ich geh dann mal.«

»Wohin willst du, Daddy?«

»Ich muss nur was ins Auto bringen. Sarah macht dir inzwischen die Haare.«

»Ist gut.«

»Wo hast du denn deine Haarbürste?«, fragte Sarah gutgelaunt.

Irgendwie ärgerte es ihn, dass sie von seiner Gegenwart nicht halb so beeindruckt zu sein schien wie er von ihrer.

»Oben, in meinem Zimmer. Komm, ich zeige es dir.« Isabella nahm Sarah bei der Hand und zog sie mit sich fort.

Tom konnte nicht umhin, ihr noch einen Blick hinterherzuwerfen.

Ihre Beine in der engen, schwarzen Lederhose, die sie wie eine zweite Haut umgab, schienen endlos zu sein. Der Pulli endete genau über der verführerischen Rundung ihres perfekten, festen Pos und die dunkelroten Pumps gaben dem Ganzen noch einen besonders unwiderstehlichen Touch.

Ein Bild flackerte in seinem Geist auf – eine Wunschvorstellung, wie sie nur mit diesen Schuhen bekleidet in seinem Schlafzimmer stand. Toms Mund wurde trocken, seine Lenden zogen sich fast schmerzhaft zusammen.

Abrupt wandte er sich ab und lief ohne Jacke in die Kälte hinaus. Eine kleine Abkühlung kam ihm gerade recht.

***

»Fertig!«, verkündete Sarah zufrieden.

Isabella sprang auf und rannte zum Spiegel.»Wow!« Strahlend drehte das Mädchen sich wieder um, lief zu ihr und schloss sie dankbar in ihre Arme.»Das sieht so schön aus! Wie bei einer echten Prinzessin.« Sarah lachte.»Da hast du völlig recht.« Es stimmte. Das Mädchen trug ein hübsches, wadenlanges Strickkleid, das in verschiedenen Blautönen gehalten war und ab der schmalen Taille glockenförmig auseinanderlief. Dazu hatte Sarah ihr die langen dunklen Haare wie eine Krone um ihren Kopf geflochten und ein paar glitzernde Haarspangen hineingesteckt.

»Das muss ich sofort Daddy zeigen!«, rief Isa begeistert und stürmte die Treppe nach unten.

»Vorsicht!«, ermahnte Sarah sie streng. Es fehlte noch, dass die Kleine in ihren schicken Lackschühchen auf dem glatten Holz ausrutschte. Doch Isabella war nicht zu halten.

Als Sarah – deutlich langsamer – unten ankam, drehte Tom seine Tochter gerade schwungvoll im Kreis.»Ich wusste gar nicht, dass man mit Haaren so etwas anstellen kann«, bemerkte er und seine Augen funkelten dankbar.

Sarah zuckte mit den Schultern.»Ich wurde vor besonderen Anlässen früher immer zum Friseur geschleift, damit meine Haare nicht so langweilig herunterhingen.« Sie merkte selbst, wie bitter sie sich anhörte, und bemühte sich um einen fröhlicheren Klang.»Da habe ich einiges aufgeschnappt.«

»Das kann man wohl sagen. Falls es mal mit der Schönheitschirurgie nichts mehr sein sollte, kannst du immer noch einen Friseursalon eröffnen«, witzelte Tom, brach jedoch abrupt ab und deutete verlegen auf die Küchenplatte.»Ich habe dir was zum Aufwärmen gemacht.«

Erfreut eilte Sarah zu dem großen Becher, den eine herrlich cremige Milchschaumhaube zierte. Obendrauf hatte er sogar ein paar Schokosplitter gestreut.

»Du hast mich echt verdorben, weißt du das eigentlich?«, sagte sie und konnte der Versuchung nicht widerstehen, mit der Fingerspitze etwas von dem herrlichen Milchschaum in ihren Mund zu befördern. Ihre Mutter hatte ihr das schon als kleines Kind abgewöhnt und sie genoss ihre alberne, kleine Rebellion. Erst als sie Toms große Augen und seinen fast elektrisiert wirkenden Gesichtsausdruck bemerkte, fiel ihr auf, dass die Geste nicht ganz so unschuldig wirkte, wie sie gemeint war.

Schnell nahm sie ihre Hand herunter.

»Inwiefern verdorben?«, fragte Tom und seine Stimme jagte ihr eine Gänsehaut über den Körper.

Hastig nahm Sarah einen tiefen Schluck und musste plötzlich husten. »Ist da etwa Alkohol drin?«

»Ein wenig Irish Cream, du warst so eisig kalt, da dachte ich, es würde nicht schaden. Gefällt's dir nicht?«

»Doch. Es schmeckt anders, aber gut.« Es stimmte. Der Likör verlieh dem Getränk noch ein gewisses Extra – eine Süße, der ein leichtes Brennen nachfolgte.«

Langsam trat Tom näher. Sarahs Knie wurden weich.

»Ich möchte auch Kakao!«, holte Isabellas Stimme sie auf den Boden der Tatsachen zurück.

»Natürlich, Spätzchen.« Tom nahm einen kleineren Becher und füllte ihn mit warmer Schokomilch. »Aber sei bitte vorsichtig, ich möchte nicht, dass du kleckerst.«

»Ich bin doch kein Baby mehr.«

»Trotzdem trinkst du lieber am Tisch.« Sein Ton duldete keinen Widerspruch und Isa folgte ihm murrend zum Esstisch, wo er die Tasse vor ihr abstellte, bevor er zu Sarah zurückging. Offenbar wollte er ihr Gespräch gerne fortsetzen – und zwar ohne seine Tochter.

Nervös nahm Sarah noch einen Schluck. Der Alkohol zog eine warme Spur von ihrer Kehle bis in ihren Bauch. Dabei war ihr auch so gar nicht mehr kalt.

»Ich werde nie wieder Kakao trinken können, ohne an das hier zu denken«, sagte sie leise.

Tom lehnte sich seitwärts neben sie an die Küchenplatte, so nah, dass er nur seine Finger bewegen müsste, um sie berühren. »Ich auch«, stimmte er ihr zu.

Leise Wehmut griff nach Sarahs Herz. »Genauer gesagt, werde ich wohl nie wieder welchen trinken.«

»Wieso denn das?« Seine Hand zuckte, als wollte er nach der ihren greifen, aber er tat es nicht.

»Im Grunde mag ich Kakao gar nicht. Und erst recht nicht warm.«

»Was?« Tom fasste sich in gespielter Entrüstung an die Brust.

Sarah schnaufte belustigt. »Zu Hause trinke ich kaum etwas ohne Eiswürfel darin. Und bei der Hitze war mir das immer viel zu süß.« Nachdenklich sah sie ihn an. »Vielleicht gibt es für alles einen richtigen Ort und eine richtige Zeit. Den Moment, in den es einfach perfekt hineinpasst. Nirgendwo sonst würde mir dieses Getränk jemals so gut schmecken wie hier, ganz egal, wie sehr ich es auch versuchen sollte.« Sie biss sich auf die Unterlippe und sprach schnell weiter. »Für mich ist es untrennbar mit Schnee, Frost und Alaska verbunden.« Und mit dir, fügte ihr Herz stumm hinzu, auch wenn ihr Verstand sich weigerte, dies laut auszusprechen.

Toms Fingerknöchel strichen sanft über ihre Hand. Er sah sie ernst und zugleich fragend an. Die ganze Welt schien sich zusammenzuziehen, bis es nur noch sie beide gab. Seine Brust hob und senkte sich mit seinem schnellen Atem. Er lehnte sich noch näher zu ihr heran und sie wünschte sich so sehr, dass er sie küsste. Ihr Herz trommelte ihr bis zum Hals. Sie öffnete ihre Lippen, weil sie sonst nicht genug Luft bekam. Ihr ganzer Körper kribbelte vor Anspannung und Erwartung.

»Können wir jetzt fahren?«

Sarah zuckte zurück, als hätte sie sich verbrannt.

Isabella stand mit ihrer leeren Tasse in der Hand vor ihnen und schaute die Erwachsenen aufmerksam an.

»Natürlich!« Tom fuhr sich aufgewühlt durch die Haare und vermied es, auch nur in Sarahs Richtung zu sehen. »Komm, Isa.«

Zitternd atmete Sarah aus und schloss für einen Moment die Augen. Das war knapp gewesen, zu knapp. Was auch immer da zwischen Tom und ihr geschah, sie wussten beide, dass sie dem nicht nachgeben durften. Dennoch hatten sie es beinah getan. Und das auch noch direkt vor Isabellas Augen. Das durfte nicht noch einmal passieren. Das Mädchen war klein, aber nicht so klein, um nicht zu wissen, was es bedeutete, wenn zwei Menschen sich küssten.

Langsam folgte sie Tom und seiner Tochter in den Flur. Das Mädchen hatte die Jacke bereits an.

»Keine Mütze!«, protestierte Isa entschieden. Stattdessen zog sie sich behutsam ihre Kapuze über den sorgfältig frisierten Kopf.

»Die Schuhe ziehst du aber um.« Tom reichte ihr die Winterstiefel.

»Muss das wirklich sein?«, maulte Isa. »Sarah hat auch keine Stiefel an.«

»Aber gleich!«, erklärte er triumphierend.

Verwundert erkannte Sarah, dass ihre eigenen Stiefel ebenfalls bereitstanden. Er musste sie zusammen mit den Geschenken geholt haben. »Das war wirklich nicht nötig ...«

»Doch, war es. Hast du mal aus dem Fenster gesehen? Es hat wieder zu schneien begonnen.«

»Also gut. Aber nur wenn Isabella auch ihre Stiefel anzieht.« Sie zwinkerte dem Mädchen verschwörerisch zu.

Tom verdrehte die Augen. Doch der Erfolg gab Sarah recht. Seine Tochter wechselte ohne weitere Proteste ihr Schuhwerk.

»Hier.« Tom legte Sarah eine dicke Jacke über die Schultern. Sofort hüllte sie sein Duft nach Kaminrauch und Aftershave ein.

»Was ist das?«, fragte sie verdattert.

»Eine Jacke.« Sie hörte das Lachen in seiner Stimme.

»Das sehe ich!« Sie schüttelte amüsiert ihren Kopf. »Ich verstehe nur nicht, wieso.«

»Du glaubst doch nicht, dass ich dich in diesem *Überwurf* nach draußen lasse.«

»Du brauchst deine Jacke selbst!« Sie zog sie sich entschieden herunter. Sie würde nicht zulassen, dass er nur mit einem Hemd bekleidet aus dem Haus ging.

Dieses Mal lachte er ganz offen. »Das ist Alaska, Baby! Selbst Männer besitzen hier mehr als nur einen Anorak.« Er öffnete den Garderobenschrank und holte eine weitere Jacke hervor. »Sind jetzt alle Kleidungsfragen geklärt?«, erkundigte er sich belustigt. »Gut, dann können wir ja endlich los.«

Die Fahrt dauerte nicht lange. Trotz des Schneefalls lenkte Tom den Wagen sicher und ruhig durch die Straßen. Isabella hatte darauf bestanden, dass Sarah hinten neben ihr saß, und hielt aufgeregt ihre Hand. »Ich bin so gespannt, was Santa mir bringen wird!«, raunte sie. »Und dir erst!«

»Wieso sollte er mir etwas bringen?«, tat Sarah lächelnd ab. Sie wollte nicht, dass das Mädchen ihren Glauben an Weihnachtswunder verlor, bloß weil sie – Sarah – leer ausging. Die Einladung war schließlich erst gestern ausgesprochen worden. Und sie konnte sich vorstellen, dass alle Beteiligten Dringenderes zu tun gehabt hatten, als Geschenke für eine völlig Fremde zu besorgen. Bei dem Gedanken daran, dass zumindest Tom es vielleicht gemacht haben könnte, vollführte ihr Herz einen kleinen Sprung. Egal was es wäre, sie würde sich darüber freuen, denn es würde sie für immer an ihn erinnern.

»Natürlich bringt Santa Sarah auch etwas mit, oder, Daddy?«

»Selbstverständlich, mein Schatz.« Tom lächelte ihr über die Schulter beruhigend zu.

Glücklich drückte Sarah Isas Hand. Das war seit Ewigkeiten das erste Weihnachtsfest, auf das sie sich wirklich freute.

Tom parkte den Wagen vor einem hübschen Haus, das dezent mit Lichterketten dekoriert war. Es wirkte weihnachtlich und unaufdringlich zugleich. Er stieg aus und öffnete Isabellas Tür. Sarah schwang ebenfalls ihre Beine hinaus und war sehr froh, dass sie auf Tom gehört und ihre Stiefel angezogen hatte. Ihre Füße versanken bis zu den Knöcheln im pulvrig weichen Schnee.

»Komm.« Tom war um den Wagen herumgelaufen und streckte ihr seine Hand entgegen.

Ihre Finger schlossen sich wie von selbst um die seinen. Die Berührung jagte einem Stromstoß gleich durch Sarahs Körper. Tom musste es auch gespürt haben, denn er schaute sie überrascht, fast schon ein wenig erschrocken an. Offenbar hatte auch er ganz impulsiv gehandelt, ohne darüber nachzudenken.

Er stockte kurz und festigte dann seinen Griff. Er hatte nicht vor, sie loszulassen.

»Kommt ihr jetzt?«, fragte Isa ungeduldig.

»Ja. Lauf schon zur Tür.«

Das ließ sie sich nicht zweimal sagen. Sarah schaute in Toms vertrautes Gesicht, das dem ihren plötzlich so nah war. Sie sehnte sich danach, ihn zu berühren, seine Wange zu streicheln, seine Lippen zu küssen, und sah in seinen Augen, dass er dies genauso sehr wollte wie sie.

Seufzend senkte sie ihren Kopf. »Wir sollten reingehen.«

Dieses Mal war es nicht Rücksicht auf Isa, die sie zurückweichen ließ. Wenn sie diese Linie überschritten, war keine Umkehr mehr möglich. Und es würde sie alle bloß unglücklich machen.

»Ja.« Tom nickte, rührte sich jedoch nicht von der Stelle.

Entschieden setzte Sarah sich in Bewegung. Die Haustür wurde bereits geöffnet und sie wollte nicht, dass Toms Familie sich fragte, wo er auf einmal blieb.

Sein Griff um ihre Hand lockerte sich. Es tat ihr fast schon körperlich weh, als seine Finger aus den ihren glitten. Aber natürlich wäre es völlig unangemessen, wenn sie Hand in Hand bei seiner Schwiegermutter ankämen. Es war sowieso schon mehr als erstaunlich, dass sie überhaupt eingeladen worden war.

»Da seid ihr ja!« Matt stand in der offenen Tür und warf Tom einen sehr aufmerksamen Blick zu, den dieser ungerührt erwiderte. »Hallo Sarah, schön, dass du da bist.« Matt streckte ihr freundlich die Hand entgegen.

Hinter ihm wartete eine sehr hübsche junge Frau. »Hi, ich bin Liv.« Sie lächelte Sarah voller Wärme an. »Ich freue mich sehr, dass du es einrichten konntest.«

Sie schmunzelte. »Ich bin Sarah. Und ich hatte noch nichts Besonderes vor.«

»Was Besseres als den Truthahn meiner Mutter hättest du heute ohnehin nicht finden können«, bemerkte Matt und zog die Tür hinter ihr zu.

Tom griff nach den Schultern ihrer Jacke, um ihr beim Ablegen zu helfen. Liv nickte Matt bedeutungsvoll zu und beide verzogen sich ins Hausinnere.

»Danke.« Sarah schlüpfte aus der Jacke. Dann zog sie rasch ihre Schuhe um.

Die gegenüberliegende Tür ging auf. Eine ältere Frau eilte auf sie zu. Im Gehen nahm sie ihre Schürze ab und ordnete ihre Haare. Isabella folgte ihr fröhlich kauend.

»Tom, mein Lieber.« Die Frau streckte ihren Arm aus und hauchte Tom einen Kuss auf die Wange. »Schön, dass ihr endlich da seid. Und wie ich sehe, hast du auf mich gehört. Du musst Sarah sein.« Neugierig musterte sie sie.

»Vielen Dank für die Einladung, Mrs …?« Sarah verstummte unsicher, als ihr auffiel, dass sie nicht einmal den Nachnamen ihrer Gastgeberin kannte.

»Coleman. Aber du kannst mich gern Martha nennen. Ich habe schon viel von dir gehört.«

»Wirklich?«

»Ja. Du kennst doch Isabella«, warf Tom hastig ein. »Sie plappert immerzu.«

Sarah schmunzelte. Dennoch wurde sie das Gefühl nicht los, dass hier noch etwas anderes im Busch war.

»Kommt rein ins Esszimmer, ich habe Punsch gemacht.« Martha nahm Isabella an der Hand und huschte durch die angelehnte Tür.

Sarah wollte ihr folgen, Tom jedoch zögerte. Irgendetwas schien ihm auf der Seele zu brennen.

»Was ist los?«, fragte sie überrascht.

»Ich weiß nicht genau, wie ich das sagen soll«, setzte er vorsichtig an. »Vielleicht hätte ich dich ja vorwarnen sollen ...«

Das hörte sich nicht gerade vielversprechend an. Mit einem unguten Gefühl im Bauch wartete Sarah, dass er fortfuhr.

Tom atmete hörbar durch. »Ich dachte, ich hätte es gestern mit Matt genügend ausdiskutiert ...«

»Was ist los, Tom?«, wiederholte sie, von seinem Gestammel zunehmend verunsichert.

»Ich glaube, Matt hat es sich in den Kopf gesetzt, dass wir beide ein gutes Paar abgeben. Und ich fürchte, die Frauen stehen auf seiner Seite.«

Sarah wusste nicht recht, was sie von dieser Offenbarung halten sollte. Ganz abwegig war Matts Vermutung nun wahrlich nicht – irgendetwas ging definitiv zwischen Tom und ihr vor. Tom klang allerdings nicht sehr angetan.

»Hat er mich deshalb eingeladen?«

Tom schaute betreten zu Boden.

Sarah nickte enttäuscht. Es war ihr natürlich klar, dass Matts Einladung nicht seiner Sympathie für ihre Person entsprungen sein konnte – immerhin kannte er sie gar nicht –, trotzdem hatte sie geglaubt, dass er einfach freundlich war. Aber anscheinend hatte er bloß – aus welchen Gründen auch immer – seinen Freund überrumpeln wollen.

»Wieso erzählst du mir das?« Noch vor wenigen Minuten hatte sie sich deutlich mehr auf den Abend gefreut als jetzt.

»Ich wollte dich vorwarnen, damit du nicht irritiert bist, falls er irgendwelche Andeutungen macht. Es ist nicht meine Absicht, dich in Verlegenheit zu bringen.«

»Danke«, entgegnete sie steif. »Das ist sehr freundlich von dir. Und keine Sorge, wir beide haben unser Verhältnis schon vor Tagen geklärt. Aus meiner Sicht hat sich da nichts dran geändert.«

»Dann ist ja gut«, murmelte Tom, schien aber nicht wirklich glücklich darüber zu sein.

***

Tom hätte sich am liebsten in den Hintern getreten. Er hatte es nur gut gemeint und es trotzdem geschafft, Sarah schon wieder zu verstimmen. Er konnte es ihr nicht verübeln. Seine Worte hatten ganz anders geklungen, als er sie gemeint hatte. Jetzt würde sie vermutlich denken, dass er sie gar nicht hierhaben wollte. Aber das stimmte nicht.

Ihre Anwesenheit machte alles viel komplizierter und stürzte ihn in einen verwirrenden Taumel von Gefühlen. Selten waren sein Herz und sein Verstand so unterschiedlicher Meinung. Wobei sein Körper sich eindeutig auf die Seite des Herzens schlug. Dennoch würde er keine Minute auf Sarahs Gesellschaft verzichten wollen. Sie machte ihn glücklich.

Überrascht hielt er inne, als ihn diese Erkenntnis traf. Das war es, was er fühlte, – er war glücklich. Wann immer sie ihn anlächelte oder sich ganz selbstverständlich Isabellas annahm. Wann immer er sie sehen und hören konnte, war ihm, als ob alles andere, alle Sorgen und Probleme in den Hintergrund rückten.

Er lehnte sich an die Wand des Flurs und schloss die Augen. Wieso nur? Wieso?!

Wieso musste sie von so weither kommen? Wieso musste sie schon in wenigen Tagen fahren? Wieso hatte das Schicksal sie zusammengeführt, ihm gezeigt, dass er tatsächlich noch einmal glücklich sein könnte, um sie ihm dann wieder zu entreißen?

Tom atmete tief durch und öffnete seine Lider.

Es hatte keinen Sinn, darüber zu grübeln. Manche Dinge geschahen einfach – das wusste er besser als irgendjemand sonst. Und ganz egal, wie sehr man sich dagegen sperrte, sie leugnete oder daran verzweifelte, es änderte nichts an der Realität.

Er hatte Susans Tod überwunden. Da würde ihn ein kleiner Flirt nicht aus der Bahn werfen. Außerdem hatte er Isabella – was auch immer geschah.

Das Erste, das Tom sah, als er in den geräumigen Wohn- und Essraum trat, war der große Weihnachtsbaum, der in der Ecke stand. Goldene, silberne und rote Kugeln glänzten auf seinen dichten, üppigen Zweigen und der Duft nach Tannengrün lag in der Luft.

Isa war bereits davor und versuchte die versteckten Kleinigkeiten zu finden, die Martha immer für sie platzierte – kleine Schokoladentäfelchen, Lutscher oder glitzernden Krimskrams. Sarah stand etwas abseits und beobachtete schweigend das Geschehen. Ein verträumtes Lächeln lag auf ihren schönen Lippen. Sie wirkte einsam und zufrieden zugleich.

Tom wollte gerade zu ihr hinübergehen, als Matt leise neben ihn trat. »Lass uns den Sack vorbereiten, solange Isa abgelenkt ist.«

Tom nickte und folgte seinem Freund nach draußen.

***

»Sarah, sieh mal!« Aufgeregt lief Isa zu ihr. In der Hand hielt sie eine funkelnde Haarspange.

»War die etwa auch im Baum?«

143

Das Mädchen nickte begeistert.

»Wie sie da wohl hineinkam? Hat die vielleicht ein Eichhörnchen verloren?«

Isa kicherte. »Nein!«, sagte sie kopfschüttelnd. »Granny hat die für mich versteckt.«

»Dann hast du eine wirklich liebe Grandma.«

»Ja, die habe ich. Steckst du mir das bitte in die Haare?«

»Sicher.« Sarah befestigte die Spange an Isas Frisur.

»Und, wie sehe ich aus?«, wandte sich das Mädchen fragend an Liv.

»Wie eine Prinzessin«, erwiderte diese schmunzelnd. »Aber das wusstest du schon, nicht wahr?«

Sarah konnte nur staunen, wie ungezwungen und liebevoll alle miteinander umgingen. Isabella war ein rundum glückliches Mädchen. Und auch Liv fühlte sich in dieser Familie sichtlich wohl.

»Ich schau mal, ob ich Santa sehe!«, rief Isa plötzlich aus und wollte zum Fenster stürmen.

»Schau lieber hinten raus«, fing Liv das Mädchen ab. »Wenn Santa kommt, dann bestimmt nicht über die Straße, oder?«

»Nee«, stimmte Isa ihr vergnügt zu.

»Ich dachte, der kommt über das Dach und durch den Kamin«, wandte Sarah ein.

Isa blieb stehen und schenkte ihr einen Blick, der deutlich machen sollte, dass sie überhaupt keine Ahnung hatte. »Da brennt ein Feuer. Und der Schornstein qualmt ganz schön. Nein, meistens lässt er die Geschenke einfach vor der Tür liegen, klingelt einmal und fliegt weiter.«

»Ach so.« Sarah fuhr sich mit den Fingern über den Mund, um ihr Lächeln zu verbergen. »Aber ist es nicht noch viel zu früh? Ich habe gehört, er kommt in der Nacht, wenn alle schlafen.«

»Bei euch vielleicht, in *Kalifornien*. Wir sind hier viel näher an ihm dran. Also fängt er bei uns an, sonst schafft er es doch gar nicht um die ganze Welt. Und es ist ja schon dunkel.«

Liv, auf Isabellas anderer Seite, biss sich auf die Lippe, um ihr Lachen zurückzuhalten.

Auch Sarahs Mundwinkel zuckten verräterisch. »Du kennst dich wirklich aus.«

Zum Glück schien Isabella sich nicht daran zu stören. »Das muss man wohl, wenn man in North Pole wohnt.«

»Das Essen ist fertig!«, verkündete Martha in diesem Moment. »Alle an den Tisch, bitte.«

»Brauchst du Hilfe?«, fragte Liv und auch Sarah kam näher.

»Nein, nein«, winkte die ältere Frau ab. »Ihr Mädchen könnt euch schon hinsetzen. Ich schnappe mir diese beiden da.« Sie deutete auf Matt und Tom, die gerade ins Zimmer traten.

»Immer wir«, maulte Matt scherzhaft und warf seiner Verlobten einen flammenden Blick zu.

»Ich sitze neben Sarah!«, bestimmte Isabella, nahm ihre Hand und zog sie zu dem festlich gedeckten Tisch.

»Sie hat dich wirklich ins Herz geschlossen«, bemerkte Liv.

Sarah zuckte schuldbewusst zusammen. »Wir verstehen uns gut«, erwiderte sie zurückhaltend.

Liv nickte. »Sie ist ein tolles Mädchen, wenn auch manchmal etwas zu eigensinnig«, fügte sie an Isa gewandt liebevoll hinzu.

Sarah entspannte sich wieder. Liv war eine tolle Tante und bestimmt würde Isa sie selbst bald vergessen, wenn sie erst abgereist war. Auch wenn der Gedanke daran ihr wehtat, wusste sie, dass es das Beste für das Mädchen wäre.

Martha kam mit einer dampfenden Schüssel herein, gefolgt von Tom und Matt, die ebenfalls voll beladen waren. Ein herrlicher Duft nach geschmorten Äpfeln und gebratenem Truthahn erfüllte die Luft. Sarahs Magen knurrte erwartungsvoll. Tom hatte wirklich nicht übertrieben, als er ihr ein Festmahl versprochen hatte. Die Männer stellten die Platten ab und setzten sich ebenfalls hin. Sarah hatte erwartet, dass Tom sich auf Isas andere Seite setzte, doch er nahm wie selbstverständlich neben ihr selbst Platz.

»Schön, dass ihr alle da seid«, verkündete Martha. »Und jetzt, guten Appetit!«

»Und, wie gefällt es dir in Alaska?«, fragte Liv, nachdem alle Schüsseln herumgereicht und alle Teller gefüllt waren.

»Es ist … anders«, entgegnete Sarah vorsichtig.

Liv lachte auf. »Das ist es in der Tat! Du hättest mich mal sehen sollen, als ich hier angekommen bin. Ich habe es gehasst und dachte, ich würde niemals zurechtkommen.«

Überrascht sah Sarah sie an. Die junge Frau gehörte so selbstverständlich an Matts Seite und schien ein so fester Teil dieser Familie zu sein, dass sie stillschweigend davon ausgegangen war, dass sie auch aus der Gegend stammte. »Du bist nicht von hier?«

»Oh nein. Ich lebe noch keine acht Monate in North Pole. Aber wenn man daran denkt, dass ich nur ein paar Tage bleiben wollte …« Sie schnaufte belustigt. »Es war definitiv anders geplant.« Sie schenkte ihrem Verlobten einen tiefen Blick. »Das Leben hält sich nun mal nicht immer an Pläne.«

»Zum Glück«, stimmte er ihr zu und drückte einen Kuss auf ihre Hand.

»Was ist geschehen?«, fragte Sarah neugierig.

Liv zuckte leicht mit den Schultern. »Matt«, war alles, was sie dazu sagte.

Sarah nickte und sah auf ihren Teller hinab. Aus ihrem Mund hörte sich das so einfach an. Zwei Menschen trafen sich, verliebten sich und wurden glücklich zusammen. Doch so leicht war das nicht.

Ganz abgesehen davon, dass es absurd war, auch nur darüber nachzudenken, würde sie ihr ganzes Leben aufgeben müssen, um bei Tom und Isa zu sein – vorausgesetzt, dass die beiden das überhaupt wollten. Wäre sie wirklich bereit dazu? Oder würde sie ihn irgendwann dafür hassen, dass sie seinetwegen in dieser eisigen Einöde festsaß? Ohne eine Aufgabe oder Perspektive. Nicht alles in ihrem alten Leben war gut, genau deshalb war sie ja hierhergekommen. Sie wollte einen Schnitt, einen Neuanfang – aber zu ihren Bedingungen. Denn nicht alles war schlecht. Und sie wollte sich nicht schon wieder verbiegen.

***

Eigentlich mochte Tom seine Schwägerin in spe sehr gern. Gerade hätte er ihr allerdings den Hals umdrehen können. Was zur Hölle sollte diese Geschichte? Glaubte sie echt, dass Sarah daraufhin seufzend in seine Arme sinken würde, um mit ihm glücklich und zufrieden bis ans Ende aller Tage zu sein?

Sie und Matt hatten unglaubliches Glück gehabt. Bei ihnen hatte einfach alles gepasst.

Sarah und er waren in einer ganz anderen Situation. Und sie durften nicht nur an sich denken. Isabella würde am meisten leiden, wenn sie etwas anfingen, was dann in die Brüche ging.

Sarah gehörte nicht hierher. Ihr Leben – über das er noch immer erstaunlich wenig wusste – spielte sich Tausende von Meilen von ihm entfernt ab.

Dennoch sah er, wie Livs Worte sie beschäftigten. Allein das zeigte, wie viel bereits unausgesprochen zwischen ihnen war. Wenn sie nichts für ihn fühlen würde, würde sie Livs Erzählung als amüsante Anekdote abtun, anstatt sie als den Fingerzeig zu begreifen, als der sie gemeint war.

Er hätte wirklich mehr Feingefühl und Verstand von Liv erwartet. Bei ihr klang das so leicht. Als könnte Sarah einfach hierbleiben, um alternden Holzfällern ein Augenlifting oder eine Nasenkorrektur zu verpassen. Oder kleinen Mädchen die Haare zu flechten.

Nein. So bitter es für ihn auch sein mochte, hier würde sie niemals glücklich werden.

Kapitel 10

»Ich geh schon!«, rief Isa aufgeregt, als die Türglocke läutete. Wie von der Tarantel gestochen, sprang das Mädchen auf und hastete zur Tür.

Sarah grinste. Ihr war nicht entgangen, dass Martha vorhin mit einem Stapel schmutzigen Geschirrs das Zimmer verlassen hatte und bisher nicht wieder aufgetaucht war.

Das Essen war wirklich ein Traum gewesen und nun hatte sie das Gefühl, sich kaum noch rühren zu können. Dennoch erhob sie sich mit allen anderen und folgte Isabella in den Flur.

Das Mädchen hatte die Tür weit aufgerissen und starrte eifrig in die Dunkelheit. Vor ihr lag – völlig unbeachtet – ein großer, leinener Sack.

»Und, hast du ihn gesehen?«, fragte Tom.

»Nein.« Enttäuscht schlug Isa die Tür zu.

»Vielleicht klappt es ja beim nächsten Mal.« Er machte die Tür wieder auf und holte den Sack mit den Geschenken herein. »Den wollen wir nicht draußen stehen lassen, oder?«

»Natürlich nicht.« Isa schien noch immer leicht geknickt. »Hast du Santa schon mal gesehen, Daddy?«

Tom warf sich den Sack über die Schultern und zog nachdenklich die Stirn kraus. »Ich habe mal einen Zipfel seines roten Mantels erblickt, als ich ein kleiner Junge war.«

»Wirklich?« Ihre Augen leuchteten auf.

»Wirklich. Und jetzt lass uns reingehen und nachschauen, was er uns gebracht hat.«

Er stellte den Sack mitten auf den Wohnzimmerboden und überließ Isabella das Feld. »Hier, setz dich.« Er schob für Sarah und sich je einen Stuhl heran, während Isabella sich mit der Schleife abmühte, die den Sack zuhielt.

Neugierig beobachtete Sarah die Kleine. Sie war sich Toms Nähe überaus bewusst, doch sie war fest entschlossen, ihm nicht mehr als flüchtige Aufmerksamkeit zu schenken. Wenn sie ihn nicht ansah, fiel es ihr leichter, sich vorzumachen, dass sie lediglich einen schönen Abend bei Freunden verbrachte. Denn schön war es in der Tat.

Sie dachte an ihre eigene Familie. Ihre Mutter ließ gerade bestimmt sündhaft teure Häppchen herumreichen, die nicht halb so gut schmeckten, wie sie aussahen, und von denen man ganz gewiss nicht satt wurde. Aber das war auch gar nicht beabsichtigt, immerhin mussten alle auf ihre Linie achten – ob sie wollten oder nicht.

Sie stellte fest, dass sie sie überhaupt nicht vermisste. Weder sie noch Joseph, nicht einmal Ethan. Nicht so, wie sie Isabella und Tom, sogar Matt und Liv vermissen würde, wenn sie von hier fortfuhr. Sie hatten sie – obwohl sie sie gar nicht kannten – ganz selbstverständlich in ihrer Mitte aufgenommen und ihr das Gefühl gegeben, willkommen zu sein.

»Soll ich dir helfen, Schatz?«, bot Tom Isabella an, die sich noch immer mit dem Knoten der Schleife abplagte.

»Nein, ich schaffe das schon«, presste sie entschlossen hervor. »Fertig!«, verkündete sie kurz darauf stolz und öffnete den großen Sack. Dann begann sie damit, nacheinander die in buntes Papier eingewickelten Päckchen hervorzuholen und die darauf stehenden Namen vorzulesen, bevor sie sie an ihre Empfänger weitergab.

»Oh! Das ist für mich!«, rief sie aus und hielt triumphierend ein in schillerndes Papier eingepacktes Geschenk in die Höhe. Sarahs Geschenk. Ungeduldig begann sie damit, es auszupacken, und Sarah stellte fest, dass sie mindestens genauso aufgeregt wie Isabella war. Würde es ihr gefallen?

»Ein Einhorn!«, rief das Mädchen begeistert und drückte das kuschelige, blendend weiße Pferd an sich, auf dessen Stirn ein glitzerndes, rosafarbenes Horn prangte. »Ich habe mir zwar ein echtes gewünscht, aber das passte wohl nicht in den Sack«, stellte sie pragmatisch fest.

»Wohl nicht«, stimmte Tom ihr schnell zu. »Woher hast du das gewusst?«, fügte er, lächelnd an Sarah gewandt, leise hinzu.

Sie zuckte mit den Schultern. »Intuition«, flüsterte sie, erleichtert darüber, dass Isa sich wirklich freute. Und darüber, dass es Tom nichts auszumachen schien, wenn seine Tochter ein Andenken an sie behielt. Auch wenn sie nie erfahren würde, dass es von ihr kam.

»Danke«, raunte er. Seine Hand zuckte, als wollte er sie auf die ihre legen.

Hastig schaute Sarah wieder nach vorn.

»Und das hier ist für dich!« Isa reichte Sarah ein Päckchen. »Ich habe doch gesagt, dass du auch was kriegst.«

Vorsichtig nahm Sarah es entgegen. Es war schwer, rechteckig und hart. Wie ein Buch. Neugierig zerriss sie das Papier. Ein Bildband über Alaska kam zum Vorschein. Sarah schluckte. War der von Tom? Sie lächelte gezwungen. Das Buch war schön. Aber irgendwie hatte sie sich etwas Persönlicheres erhofft, etwas, das mit ihm und ihr zu tun hatte.

»Gefällt es dir?«, fragte Liv von der gegenüberliegenden Seite des Zimmers.

»Ja.« Dieses Mal war ihr Lächeln echt. »Eine sehr schöne Erinnerung.« Sie strich über die Titelseite, die eine verschneite Waldlandschaft zierte.

Danach kamen die Weinflaschen und die Pralinen zum Vorschein, die sie für Matt, Liv und Martha besorgt hatte. Es war nicht einfach für sie gewesen, für völlig fremde Menschen einzukaufen. Zum Glück schienen sie sich nicht daran zu stören.

Isabella war inzwischen von einem ganzen Berg Geschenke umgeben. Man merkte deutlich, dass sie die einzige Tochter, Enkelin und Nichte war.

Sarah hielt den Atem an, als Isa das kleine Päckchen rausholte, das für Tom bestimmt war.

Er schielte fragend zu Sarah hinüber, als wollte er wissen, ob es von ihr kam. Sie nickte leicht und ein erwartungsvoller, gespannter Ausdruck trat auf sein Gesicht. »Es ist nur eine Kleinigkeit«, raunte sie schnell. Es war ein Fehler, die Becher zu kaufen, er würde sie bestimmt albern finden. Aber als sie dieses Set gesehen hatte, musste sie sofort an Tom und Isa denken – ein großer Becher und ein kleinerer, beide mit dem gleichen, verspielten Rankenmuster geschmückt und so geformt, dass sie sich perfekt aneinanderschmiegten. Selbst die Ranken schienen von dem einen auf den anderen überzulaufen. Das Set bildete eine Einheit, so wie Isabella und Tom.

»Der große ist für dich und der kleine für Isa«, erklärte Sarah leise, während Tom sich die Becher besah.

»Die sind wunderschön.« Er schaute ihr in die Augen und das Drumherum verlor jegliche Bedeutung. »Danke.« Er schien noch etwas sagen zu wollen, kämpfte um Worte und fand doch nicht den Mut dazu.

»Sarah, das ist für dich«, riss Isas Stimme sie in die Gegenwart zurück.

»Jetzt bin ich an der Reihe«, wisperte Tom ihr zu, als seine Tochter ihr das Päckchen reichte.

Ihre Hände zitterten leicht, als sie es auspackte. Die ganze Zeit spürte sie Toms Blick auf sich ruhen und wagte nicht, ihre Augen zu heben, um sich nicht erneut in seinem strahlenden Blau zu verlieren. Fast wünschte sie sich, dass es ein Schal oder eine Sonnenbrille wäre, egal was, solange es bewies, dass er sie nicht wirklich kannte, sich keine Gedanken über sie gemacht hatte. Irgendetwas, das es ihr leichter machen würde, ihn nicht zu wollen.

Ihre Finger strichen über kühles Metall. Zögernd entfernte sie die letzten Papierreste und blinzelte, als ihr Tränen in die Augen schossen.

Toms Wange war der ihren plötzlich ganz nah. »Du hast gesagt, dass du immer an mich denken würdest, wenn du Kakao trinkst«, flüsterte er. »Da konnte ich nicht widerstehen ...«

Sarah atmete tief durch und schaute auf die Dose hinunter. Es war ein Zubereitungsset mit echtem Kakaopulver und ausgewählten Gewürzen. Ihr Herz zog sich schmerzhaft zusammen. Auf einmal wollte sie nur noch fort. »Danke«, hauchte sie und wusste, dass sie diese Dose niemals öffnen würde.

»Hey!«, entfuhr es Isa plötzlich enttäuscht. Sie hielt ratlos einen Umschlag in die Höhe, der wohl zuallerunterst im Sack gelegen hatte. »Da ist nur einer drin.«

»Wie viele Briefe hast du denn erwartet?«, fragte Tom überrascht.

»Einen für mich und einen für Sarah.« Sie schnaufte und schob ihre Unterlippe nach vorn. Ihr Kinn begann zu zittern.

»Oh, Schätzchen.« Liv ging plötzlich neben ihr in die Knie und zog sie tröstend an sich. »Ich habe dir gesagt, dass es zu spät sein könnte.«

»Wovon redet ihr bitte?«, fragte Tom.

Sarah war also nicht die Einzige, die absolut nicht verstand, worum es hier ging.

»Ich habe gestern noch einen Brief an Santa geschrieben, als ich mit Tante Liv unterwegs war. Wir haben ihn auf dem Rückweg von der Mall eingeworfen.«

»Ihr habt was?«

Liv zuckte entschuldigend mit den Schultern.

»Ja. Weil Sarah doch so weit weg von ihrem Zuhause ist. Und ganz allein hier. Ich dachte, sie würde sich freuen, wenn sie auch einen Brief von Santa bekommt. Er ist doch der Freund aller Menschen.«

Dieses Mal konnte Sarah ihre Tränen nicht zurückhalten. Sie ließ sich neben Isabella auf den Boden sinken und drückte sie fest an sich. »Es ist nicht wahr, dass ich allein hier bin. Ich habe dich.« Sie lächelte und wischte sich über die Wangen, bevor sie dem Mädchen einen vorsichtigen Kuss auf die Stirn gab. »Und du bist die beste Freundin, die ich mir wünschen kann.«

»Wirklich?«

»Großes Ehrenwort.«

»Dann bist du nicht traurig, dass Santa dir nicht geschrieben hat?«

»Nicht im Geringsten.«

»Und wieso weinst du dann?«

»Weil ich so glücklich bin, dich zu kennen.«

Isabella schmiegte sich an sie und Sarah wischte sich die letzten feuchten Spuren aus dem Gesicht.

»Wo ist das Bad?«, fragte sie Liv leise, als das Mädchen sich schließlich von ihr löste. Sie sah bestimmt ganz verschmiert aus.

»Im Flur, die erste Tür links.«

»Danke.« Sarah stemmte sich hoch.

»Na, dann lass uns deinen Brief mal lesen«, sagte Tom betont jovial, doch seine Stimme klang belegt.

Sarah hastete hinaus, schloss die Badezimmertür hinter sich ab und lehnte sich schwer auf den Waschtisch.

Dieses Weihnachtsfest glich einer Achterbahn der Gefühle. Die wunderschön und aufregend und einfach nur atemberaubend fantastisch hätte sein können, wenn sie nicht in neun Tagen wieder abreisen müsste.

Sie dachte an Isa und ihren unerschütterlichen Glauben an Santa Claus. Hoffentlich würde die Kleine ihn nie verlieren, nie einen Grund bekommen, an ihm zu zweifeln.

Sie selbst hatte der alte Mann mit dem roten Mantel stets nur enttäuscht. Dieses Jahr hatte er dem Ganzen allerdings noch die Krone aufgesetzt. Seit Langem hatte sie sich zum ersten Mal etwas wirklich gewünscht. Sie hatte vor dieser albernen Plastikstatue gestanden und ihn um Klarheit angefleht, darum, den richtigen Weg zu erkennen. Stattdessen fühlte sie sich zerrissener als je zuvor. Es war, als hätte das Leben, das

Schicksal sie absichtlich missverstanden. Es hatte sie an der Nase herumgeführt, ihr das gezeigt, was sie wollte, was sie *wirklich* wollte und was sie dennoch niemals haben konnte.

Sarah schloss die Lider und rang um ihre Fassung. Sie konnte sich nicht ewig hier verstecken und wusste zugleich nicht, woher sie die Kraft nehmen sollte, da rauszugehen, zu lächeln, sich zu freuen.

Das hatte sie nun von Weihnachtswünschen, die sich auf grausamste Art erfüllten, von dem Versuch, zu sich selbst zu finden. Vor ihrem Aufbruch war sie bloß latent unzufrieden gewesen, hatte sich gefragt, ob ihr nicht irgendetwas in ihrem Leben entging. Jetzt hatte sie ihre Antwort und wünschte sich, sie hätte sie nie gesucht. Denn der Gedanke, Tom und seine Tochter bald wieder verlassen zu müssen, war beinahe mehr, als sie ertragen konnte, – und doch hatte sie keine andere Wahl.

Es klopfte leise an der Badezimmertür.»Sarah? Alles in Ordnung bei dir?« Toms Stimme drang besorgt zu ihr durch.

»Ja.« Sie schniefte und spritzte sich etwas Wasser auf die Wangen. Dann trocknete sie sich sorgfältig ab.»Ich komme gleich.« Mit einem Kosmetiktuch entfernte sie die schwarzen Schlieren, die ihre verwischte Mascara hinterlassen hatte, und warf einen prüfenden Blick in den Spiegel. Als Party-Queen würde sie wohl nicht durchgehen können, war aber zumindest nicht als das Häufchen Elend zu erkennen, als das sie sich im Inneren gerade fühlte.

Sie öffnete die Tür und trat hinaus.

Tom stand direkt davor.»Was ist los? Geht es dir nicht gut?«

»Nein, alles bestens.« Sie machte Anstalten, sich an ihm vorbeizudrängen, doch er hielt sie am Arm zurück.

Wieso machte er es ihr so schwer?

»Etwas bedrückt dich. Ich sehe das genau.«

Sie zuckte mit den Schultern und reckte trotzig ihr Kinn.»Ist nicht so wichtig. Lass uns zu den Anderen gehen.«

»Vermisst du deine Familie?«, wagte er einen Schuss ins Blaue.

»Nein.« Das kam so entschieden, dass es sie selbst überraschte.

Tom musterte sie forschend.

Sarah seufzte. »Meine Familie ist … *anders* als deine«, versuchte sie, es ihm zu erklären.

Er nickte langsam, auch wenn sie nicht glaubte, dass er es wirklich verstand. »Mach dir darüber keine Gedanken«, winkte sie ab. Sie musste so schnell wie möglich aus diesem schummrigen Flur verschwinden. Jede Sekunde, die sie hier mit ihm verbrachte, ließ ihr Verlangen stärker werden, sich einfach an seine Brust zu schmiegen, zu spüren, wie seine starken Arme sie tröstend umschlangen, seinen heißen Atem auf ihrer Haut zu fühlen.

Tom räusperte sich und befeuchtete seine Lippen. »Wie du meinst«, sagte er rau. »Lass uns gehen.«

***

Tom konnte nicht fassen, wie nah er dran gewesen war, Sarah in seine Arme zu reißen. Und wenn sie ihn durch ein noch so winziges Zucken dazu ermutigt hätte, hätte er nicht an sich halten können.

Aber sie hatte es nicht getan. In ihren Augen hatte eine so abgrundtiefe Traurigkeit gelegen, dass es ihm das Herz zerschnitt. Er hätte sie nicht mitbringen dürfen. Er hatte geglaubt, dass es ihr guttun, dass sie Spaß haben würde, hatte sich selbst auf die Stunden mit ihr gefreut. Stattdessen hatte er alles irgendwie nur noch schlimmer gemacht.

Langsam folgte er ihr ins Wohnzimmer. Sie schaute sich nicht einmal nach ihm um. Er wünschte, er wäre ebenso stark wie sie.

»Spielst du mit mir, Daddy?«, fragte Isabella fröhlich.

»Jetzt nicht, Spätzchen. Spiel noch ein bisschen mit Onkel Matt und Tante Liv.« Er sah auf die Uhr. »Außerdem ist es schon spät, wir sollten gleich los.«

»Was? Nein!« Entrüstet sah sie ihn an. »Und ich will heute gar nicht weg. Ich will bei Grandma bleiben!«

Er schnaufte »Du möchtest bloß ganz lange aufbleiben.«

Isa ignorierte seinen Einwand und schaute Martha fragend an. »Darf ich, Grandma? Bitte?«

»Wenn dein Vater nichts dagegen hat, dann sehr gerne, mein Schatz. Das weißt du doch.«

Nun richteten sich schon zwei Augenpaare erwartungsvoll auf ihn.

»Also gut«, seufzte Tom.

»Juhuu!« Isabella strahlte ihn an. »Dafür darfst du auch den Namen für mein Einhorn aussuchen.«

»Wie wär's mit Sarah?«

Täuschte er sich oder folgte tatsächlich eine Sekunde absoluten Schweigens seinen Worten? Ihm entging weder Matts wissender Blick, noch Sarahs schockierter. Er hatte einfach gesprochen, ohne groß darüber nachzudenken. Irgendwie wollte er wirklich, dass Isa ein Andenken an sie zurückbehielt. Wollte selbst eins haben.

Isabella zog nachdenklich ihre Stirn kraus. »Sarah als Name für ein Einhorn?«

»War nur eine Idee«, ruderte er zurück und wusste, dass er sich damit endgültig zum Affen machte. Sein Gehirn schien nicht mehr auf der Höhe zu sein, obwohl er nichts von Marthas berüchtigtem Eierpunsch probiert hatte.

»Das geht«, entschied Isa schließlich. »Sarah Lilly vielleicht. Oder mit Sparkle als Nachnamen. Was meinst du?«, wandte sie sich an die Namensvetterin.

»Ich finde beide sehr hübsch. Wobei Sparkle mir noch besser gefällt, weil ihr Horn so schön glitzert.«

Isa grinste und stellte das Einhorn auf Sarahs Schoß. »Dann

stelle ich dir jetzt Sarah Sparkle vor, das beste Einhorn von North Pole.«

»Hallo«, begrüßte sie das Kuscheltier. Dann beugte sie sich vor und zog das Kind in eine feste Umarmung.

»Ist das zwischen euch etwas Ernstes?«, fragte Martha.

»Was?« Vor Schreck ließ Tom beinah die Tasse fallen, die er gerade in die Spülmaschine einräumen wollte. Er hatte es Matt, Liv und Sarah überlassen, mit Isabella zu spielen, und war lieber Martha in der Küche zur Hand gegangen. Was sich nun als keine so gute Idee entpuppte. »Da ist überhaupt nichts zwischen uns«, beteuerte er.

»Ja, sicher.« Sie lachte auf. »So, wie ihr euch anseht, glaube ich dir das natürlich sofort.«

Tom schaute zu Boden. »Es ist kompliziert und das weißt du.«

»Ja«, sagte sie unerwartet ernst. »Ich weiß allerdings auch – zumindest vermute ich es stark –, dass du es sehr bereuen würdest, sie einfach gehen zu lassen, ohne etwas dagegen zu unternehmen.«

»Und was sollte das sein?«, entfuhr es ihm gereizt. Wieso konnten sie ihn damit nicht einfach in Ruhe lassen? Es war auch so schon schwer genug. »Sie wohnt in Kalifornien, verdammt noch mal!«, zischte er. »Wie stellst du dir das vor? Soll ich eine Ferienbeziehung mit ihr führen? Selbst wenn ich bereit dazu wäre, fändest du es Isa gegenüber fair? Ist es das, was du dir für sie wünschst – eine Ersatzmutter, die sie nur ein paar Tage im Jahr sehen kann?«

»Natürlich nicht.« Mitfühlend drückte Martha seine Schulter. »Ich sehe bloß, wie gern du sie bereits nach wenigen Tagen hast. Und dass es ihr genauso ergeht.«

»Das mag wohl stimmen. Aber im Leben gibt es nicht immer ein Happy End«, sagte er bitter.

Martha schwieg. Sie wussten beide, wie recht er damit hatte.

Kapitel 11

»Danke fürs Nachhausebringen«, sagte Sarah, als Tom den Wagen in seiner Einfahrt parkte. Es war kurz vor Mitternacht. Isabella war irgendwann auf dem Sofa eingeschlafen und Tom hatte das zum Anlass genommen, ebenfalls das Feld zu räumen.

Die ganze Fahrt über hatte Sarah gegrübelt, ob sie ihn zu sich hereinbitten sollte. Sie wusste es noch immer nicht.

»Es war ein sehr schöner Abend«, sagte sie und löste ihren Sicherheitsgurt.

»Wirklich?« Er musterte sie aufmerksam. »Du hast die meiste Zeit eher traurig gewirkt.«

»Das lag aber nicht an euch.« Zumindest nicht direkt.

»Woran denn?«

»An verschiedenen Dingen.« Sie fasste sich ein Herz und schaute ihm ins Gesicht. »Ich möchte, dass du weißt, dass es die schönste Weihnachtsfeier war, die ich seit sehr langer Zeit hatte. Ich wünsche dir eine gute Nacht, Tom.« Sie öffnete ihre Tür.

»Warte!«

Ihr Herz setzte einen Schlag aus. »Ja?«

»Ich bringe dich zum Haus.«

»Danke.«

Vielleicht sollte sie es einfach wagen. Alle Vorsicht und Vernunft vergessen und einfach das tun, wonach sie sich so sehr sehnte. Mit weichen Knien stieg sie aus dem Wagen. Sofort war Tom an ihrer Seite und bot ihr stützend seinen Arm.

Der Schneefall hatte inzwischen aufgehört. Der Mond schien hell aus dem klaren Himmel und tauchte alles in sein unwirkliches, silbernes Licht. Sarah fühlte sich wie in einem glitzernden

Zauberland, als sie mit Tom zusammen auf die Straße ging. Und so abwegig war der Vergleich gar nicht. Sie hatten ein paar magische Stunden nur für sich, eine Nacht abseits der Realität.

Ihr Fuß geriet ins Rutschen. »Vorsicht!«, rief Tom erschrocken und hielt sie fest. Verwundert schaute Sarah auf die dünne Schicht pulvrigen Neuschnees herab. Versuchsweise ließ sie ihren Fuß leicht hin- und hergleiten. Es war, als befände sie sich auf einer Eisbahn. »Es ist zu kalt, der Schnee ist trocken und pappt nicht zusammen«, erklärte Tom. »Mir war gar nicht aufgefallen, dass die Straße an dieser Stelle so vereist ist. Ich werde morgen etwas Sand und Salz streuen, damit sich keiner verletzt.«

Sarah nickte und klammerte sich stärker an ihn. Langsam, eng aneinandergeschmiegt überquerten sie die Straße. An der Haustür blieben sie stehen. Während sie nach ihrem Schlüssel suchte, überlegte Sarah, wie sie ihn hereinbitten konnte, ohne dass es plump wirkte. Er kam ihr zuvor.

»Ich habe noch etwas für dich.«

»Was denn?«, fragte sie neugierig und öffnete die Tür. Wie selbstverständlich folgte Tom ihr hinein.

»Es scheint, als hätte Isabella nicht ganz recht gehabt.« Er griff in die Innentasche seiner Jacke und holte einen weißen Umschlag hervor, der mit grünen Tannenzweigen und roten Kugeln bedruckt war. »Santa hat dir doch einen Brief geschrieben.«

»Santa?« Sarah zog schmunzelnd ihre Augenbrauen hoch.

»So steht es zumindest hier drauf, siehst du?« Er deutete auf einen Stempel.

»Offizielle Santa-Post?«, las Sarah ungläubig vor.

»Hier steht sogar seine Adresse. Santa Claus House, 101 St. Nicholas Drive, North Pole. Er muss also von Santa stammen.«

Kichernd nahm Sarah den Brief in die Hand. »Und was schreibt Santa mir so?«

»Woher soll ich das wissen? Ich bin nur der Überbringer.«

»Dann wollen wir das mal herausfinden.« Sarah zog ihre Stiefel und Toms warme Jacke aus und ging zum Sofa hinüber. »Kommst du nicht mit?«, fragte sie verwundert, als Tom unschlüssig neben der Eingangstür verharrte.

»Doch, natürlich.« Ein ganz besonderes Lächeln trat auf sein Gesicht, während er ebenfalls seine warmen Sachen ablegte.

Sarahs Bauch begann zu kribbeln. Er verstand genau, dass ihre Einladung sich nicht nur auf das Lesen des Briefes bezog.

Tom setzte sich neben sie und dieses Mal achtete er nicht darauf, irgendeinen Sicherheitsabstand einzuhalten. Sein Knie berührte das ihre und sie spürte die Wärme seines Körpers durch ihre Kleidung hindurch.

Er wandte sich ihr zu. Sein Gesicht war so nah, dass sie die kleinen Bartstoppeln auf seinen Wangen sehen konnte. Sarahs Kehle wurde eng, das Bedürfnis ihn zu küssen fast überwältigend.

»Willst du den Brief denn gar nicht lesen?«, raunte er.

Tatsächlich hatte sie ihn bereits vergessen, so sehr brachte Toms Gegenwart sie durcheinander.

Sie nahm den Umschlag hoch und machte ihn auf. Ein zusammengefaltetes Blatt lag darin – mit Santas fröhlichem Gesicht, lustigen Elfen, einer zugeschneiten Hütte und dem Rentierschlitten bedruckt. Die Bilder sahen genauso aus wie auf dem Santa-Haus. »Scheint echt zu sein«, kommentierte sie.

»Sage ich doch.« Tom hob die Hand und strich ihr behutsam eine Strähne hinter das Ohr.

Sarah stockte. Ein Schauer rieselte ihren Rücken hinab, aber sie sah den Mann neben sich nicht an. Jetzt wollte sie wirklich wissen, was in diesem Brief stand. Und wenn sie sich ihm zuwandte, würde sie nicht mehr dazu kommen, die Post zu lesen. Sie biss sich lächelnd auf die Lippe und hörte, wie Tom neben ihr scharf die Luft einsog.nun, da sie fest entschlossen war, diesen Schritt tatsächlich zu gehen, steigerte jede Verzögerung bloß ihre Vorfreude darauf.

Liebe Sarah, stand in geschwungenen Lettern auf dem Blatt.

Ich schreibe jedes Jahr unzählige Briefe, an Jungen und Mädchen in der ganzen Welt. Aber ich weiß, dass es auch Erwachsene gibt, die einen Brief von mir nötig haben, – und ich glaube, du bist eine davon.

Dieses Jahr ist Weihnachten für dich mit Sicherheit ganz anders verlaufen, als du es erwartet hast. Ob es gut oder schlecht war, kannst nur du entscheiden. Ich weiß bloß, dass du nicht ohne Grund hier bist. Und ich glaube ganz fest an dich. Du wirst deinen Weg finden, solange du auf dich selbst vertraust und deiner inneren Stimme folgst.

Und solltest du jemals einen Freund brauchen, Hilfe oder Trost, denk immer daran, dass er in North Pole auf dich wartet.

Frohe Weihnachten, Sarah.

Dein Santa Claus.

Fassungslos ließ sie den Brief sinken. Ihr Herz klopfte ihr bis zum Hals, ihre Brust fühlte sich so eng an, dass sie kaum noch Luft bekam. Rührung, Traurigkeit und bittersüßes Glück stritten in ihrem Inneren.

Sie merkte, dass Tom sie wie gebannt anstarrte.

»Santa Claus, hm?«, versuchte sie die Spannung zwischen ihnen zu mildern, was ihr mit ihrer dünnen, krächzenden Stimme nur mäßig gelang. »Santa Tom trifft es wohl besser.«

»Ich habe den Brief nicht geschrieben«, wehrte er halbherzig ab. »Nur den Text dafür geliefert«, fügte er mit einem verschmitzten Achselzucken hinzu.

»Danke«, sagte sie leise.

»Wofür?«

Dafür, dass er die richtigen Worte gefunden hatte. Dafür, dass sie verstand. »Für deine Freundschaft«, sagte sie lang-

sam. »Oder stammte der letzte Satz etwa wirklich von Santa?«
Sie schniefte und atmete zitternd durch.

»Nein.« Er schüttelte erst seinen Kopf und legte dann seine
Hand an ihre Wange. »Der kommt von mir und ich meine es
genauso.«

Sarah schmiegte ihr Gesicht an seine Handfläche. Eine Trä-
ne löste sich von ihren Wimpern und tropfte auf seine Haut.
»Woher wusstest du, was in mir vorgeht?«

Er streichelte einen zweiten salzigen Tropfen mit seinem
Daumen fort und brachte sein Gesicht ganz nah an das ihre.
»Weil ich dich kenne, Sarah«, raunte er und streifte ihre Lippen
zärtlich mit den seinen.

***

Es hatte ein langsamer, tröstender Kuss werden sollen, doch sie
erwiderte ihn mit der gleichen verzweifelten Leidenschaft, die
auch in ihm tobte. Die Worte, die ihm auf der Zunge gelegen hatten, brannten in seinem Geist. *Weil ich dich liebe*, wäre die richti-
gere Antwort gewesen, aber er hatte sich nicht getraut, sie auszusprechen, wollte ihr diese Bürde nicht auch noch aufladen, wollte
nicht, dass sie sich zu irgendetwas verpflichtet fühlte. Also ließ er
seinen Körper sprechen, jeden Blick, jede Berührungen das aus-
drücken, was nicht über seine Lippen kommen durfte.

Er küsste sie, wie er seit Jahren keine Frau mehr geküsst
hatte, voller Zärtlichkeit und Verlangen, und spürte, wie sein
Herz überquoll. Er ließ seinen Mund an ihrem Hals hinabwan-
dern und spürte zufrieden, wie sie erschauerte.

»Warte!« Atemlos löste Sarah sich ein wenig von ihm, ihre
Augen suchten die seinen. »Bist du sicher, dass du das willst?«

Die Frage erwischte ihn unvorbereitet. Hätte nicht *er* sie
normalerweise stellen müssen?

Mühsam zwang Tom seine aufgepeitschten Emotionen zurück. »Wir müssen nicht …«, setzte er keuchend an.

162

»Darum geht es nicht.«

Sie legte ihm einen Finger auf die Lippen und er konnte der Versuchung nicht widerstehen, ihn in seinen Mund zu ziehen. Sarah schnappte hörbar nach Luft, ihre Augen verdunkelten sich vor Erregung, doch ihre Stimme klang seltsam beherrscht. »Du hast gesagt, dass du die Frauen, mit denen du schläfst, von deiner Tochter fernhältst.«

Mit dir ist es völlig anders, hätte er am liebsten erwidert. Aber das konnte er nicht. Er würde Isabella nicht merken lassen, wie verliebt er in Sarah war. Sie würden nicht eine Woche lang glückliche kleine Familie spielen.

Sarah nickte. »Das hier ändert nichts zwischen uns, oder?«, wisperte sie.

Gequält sah er sie an. »Es tut mir leid.«

»Das braucht es nicht.« Sie legte ihre Hand an seinen Hinterkopf und zog ihn näher zu sich heran. »Ich verstehe das. Ich verstehe das wirklich. Und wenn Erinnerungen alles sind, was mir von dir bleibt, möchte ich so viele wie möglich davon«, raunte sie und strich mit ihrer Zunge verführerisch über seine Oberlippe.

Tom zog sie stürmisch an sich, vergrub sein Gesicht an ihrem Hals und atmete den sonnigen Duft ihrer Haare ein. Er wusste genau, wie sie das meinte. Sie würden das Beste aus diesen gestohlenen, gemeinsamen Stunden machen und er würde jede Sekunde davon wie einen Schatz in seinem Herzen verwahren.

Er erhob sich und streckte die Hand nach ihr aus. Sie schlang ihre Arme um seinen Hals und küsste ihn voller Hingabe. Hand in Hand stiegen sie die Treppe zum Schlafzimmer hinauf.

***

163

Es war bereits hell, als Sarah ihre Augen aufschlug. Erinnerungen an die vergangene Nacht stürmten auf sie ein und sie wandte glücklich lächelnd ihren Kopf. Tom lag neben ihr auf der Seite und schaute sie an.

»Guten Morgen.« Er schob sich näher zu ihr heran und gab ihr einen zärtlichen Kuss. »Gut geschlafen?«

»Und wie.« Sie schmiegte sich wohlig an ihn und runzelte überrascht die Stirn, als sie seine Erregung spürte. »Hast du immer noch nicht genug?«

»Von dir? Niemals.« Er schluckte, als wäre ihm gerade erst bewusst geworden, was er da sagte. »Außerdem ist das letzte Mal schon mindestens«, er schaute demonstrativ auf den Wecker hinter ihr, »schon mindestens fünf Stunden her.«

»Wie spät ist es denn?«, entfuhr es ihr erschrocken. Sie konnte sich vage daran erinnern, dass sie irgendwann gegen sechs endlich eingeschlafen waren. Die Zeit war ihnen viel zu kostbar erschienen, um sie mit Schlafen zu vergeuden.

»Kurz nach elf. Entspann dich«, fügte er lächelnd hinzu, als sie aufstehen wollte. »Oder hast du heute noch irgendwas vor?«

»Nein.« Sie ließ sich wieder in das Kissen sinken.

»Wirklich nicht?« Er beugte sich über sie. »Das ist schade. Ich hätte da nämlich ein paar Ideen.«

Sie kicherte, als seine Lippen neckisch die ihren streiften, bevor sie sich auf den Weg nach unten zu ihren Brüsten machten.

Sarah schloss die Augen und genoss seine Liebkosung. Sie wusste, dass sie eigentlich reden sollten über das, was zwischen ihnen geschehen war. Es war so viel mehr als nur Sex gewesen, sie hatten wahrlich Liebe gemacht. Es war die schönste Nacht, die sie jemals erlebt hatte. Sie hatte nicht einmal gewusst, dass sie zu solchen Empfindungen fähig war wie die, die Tom in ihr geweckt hatte.

Seine Lippen zogen ihre brennende Spur weiter zu ihrem Becken. Sarah stöhnte und vergrub die Finger in seinen Haaren. Das Reden konnte warten. Es würde ohnehin nichts bringen, ganz egal, wie sehr sie es sich auch wünschen mochte.

Die Mittagszeit war schon längst vorüber, als sie schließlich das Bett verließen. Sarah wäre am liebsten noch liegen geblieben, hätte sich in Toms Arm eingekuschelt und einfach seine Gegenwart und Wärme genossen. Nach diesen gemeinsamen Stunden war ihr sein Körper – war *er* ihr – so vertraut wie sie sich selbst. Noch nie hatte sie sich einem Mann so nah gefühlt wie ihm.

Doch das Grummeln in ihrem Magen ließ sich nicht viel länger ignorieren.

Tom hauchte ihr kleine Küsse auf die Schulter, als sie sich aufsetzte, und versuchte, sie protestierend wieder an sich zu ziehen. Sarah lachte, drehte ihren Kopf und küsste ihn tief und innig. »Wie wäre es mit ein paar Pancakes?«, fragte sie, als er ihre Lippen schließlich freigab. »Oder ist es schon zu spät dafür?«

»Für Pancakes ist es nie zu spät.« Tom grinste spitzbübisch. »Und wenn ich dir helfe, geht es bestimmt schneller.« Sein Blick ließ keinen Zweifel daran aufkommen, was er nach dem Essen mit ihr vorhatte.

Kichernd verdrehte sie die Augen. »Du bist wirklich unersättlich.«

»Willst du dich etwa beschweren?«

Sie schüttelte ihren Kopf. »Nein. Ganz und gar nicht.«

»Du brauchst dich nicht allzu sorgfältig anzuziehen«, bemerkte er, als sie sich ein Longshirt überstreifte. »Es lohnt die Mühe nicht.«

»Ich habe aber nicht vor, nackt in der Küche zu stehen.«

»Schade.« Tom legte seinen Kopf schief, als würde er sich gerade genau das vorstellen.

Sie wusste, dass er nur versuchte, vom Unvermeidlichen abzulenken, keinen Gedanken daran zuzulassen, was heute

Abend oder morgen sein würde. Denn auch wenn es sich – zumindest für sie – wie etwas fürs Leben anfühlte, war ihnen beiden bewusst, dass es nichts weiter als ein ausgedehnter One-Night-Stand war.

Entschieden stand Sarah auf. Sie würde nicht zulassen, dass die Angst vor der Zukunft ihr diese letzten Momente der Zweisamkeit vergällte.

»Hmm, das riecht gut.« Tom trat hinter sie und legte seine Hand auf die ihre. In der anderen hielt sie die den Pfannenwender, bereit, die brutzelnden kleinen Pfannkuchen umzudrehen. Seine Lippen streiften ihren Hals.

Kichernd versuchte Sarah ihm auszuweichen. »In der Küche wird nicht gespielt, hat dir das deine Mutter nicht beigebracht?«

»Schon.« Er küsste die empfindliche Stelle hinter ihrem Ohr. »Aber seit ich erwachsen bin, weiß ich, dass sie nicht ganz recht damit hatte.«

»Lass mich wenigstens noch die Pancakes fertig braten, sonst verbrennen sie noch«, beschwerte sich Sarah, während sich ein angenehmes Ziehen zwischen ihren Schenkeln ausbreitete. Vielleicht sollte sie den Herd einfach ausschalten.

Die Eingangstür wurde plötzlich aufgestoßen. Überrascht fuhr Sarah herum. Ein Mann erschien auf der Schwelle. Er war groß, trug eine kurze, helle Jacke und hatte sich einen Schal um Kopf und Gesicht gewickelt.

Sie erstarrte vor Schreck und drückte sich instinktiv näher an Tom heran. »Wer sind Sie und was wollen Sie hier?«, fuhr sie den Eindringling an, im selben Moment, als eine viel zu bekannte Stimme erstaunt »Sarah?« rief.

Der Mann zog sich Schal und Kapuze vom Kopf.

Eiseskälte breitete sich in ihrem Inneren aus. Ethan.

Er hatte ihr jetzt gerade noch gefehlt.

Langsam trat er näher. Fassungslosigkeit und Schock spiegelten sich in seinen Augen.

»Kennst du den Kerl?«, fragte Tom leise und stellte sich neben sie, als wollte er sie vor ihm beschützen.

Sarah nickte stumm. Ihr Verstand raste, dennoch fiel ihr nichts ein, um Tom sein Erscheinen plausibel zu erklären. Sie wusste ja selber nicht, was er hier suchte.

Ethan baute sich nur einen Schritt von ihnen entfernt bedrohlich auf. Sein Blick klebte an Toms Hand, die besitzergreifend und schützend zugleich auf Sarahs Taille ruhte. Sein Kiefer mahlte.

»Finger weg von meiner Verlobten«, presste er leise, aber deutlich hervor.

Sarah wünschte, die Erde möge sich auftun und sie – oder noch viel besser Ethan – verschlucken. Tom ließ sie los, als hätte er sich verbrannt.

»Ist das wahr?«, fragte er mühsam beherrscht.

»Es, ... es ist kompliziert«, stammelte sie.

»Ist ... das ... wahr?«, wiederholte er langsam.

»Nein. Ich habe die Verlobung gelöst!«, beteuerte sie erschrocken.

»Du wolltest etwas Freiraum, etwas Zeit!«, widersprach Ethan ihr heftig. »Wie ich sehe, hast du beides hervorragend genutzt.«

»Das reicht!« Fassungslos wich Tom vor ihr zurück. Er wirkte wütend und unglaublich verletzt. Ohne noch etwas hinzuzufügen, schnappte er sich Jacke und Schuhe und lief barfuß hinaus.

»Tom, warte!«, rief Sarah verzweifelt.

Mit einem lauten Knall fiel die Tür hinter ihm zu. Sie wollte ihm hinterherstürmen, doch Ethan stellte sich ihr entschlossen in den Weg.

»Was zur Hölle machst du hier?«, fuhr sie ihn wutentbrannt an.

»Ich überrasche meine Verlobte.« Aufgebracht ging er zum Herd, auf dem es heftig qualmte, und stellte ihn ab.

Mechanisch nahm Sarah die Pfanne und packte sie in die Spüle. Die verkohlten Überreste darin waren ein perfektes Sinnbild für ihr Leben. Noch vor wenigen Minuten war alles so schön gewesen, jetzt war nichts mehr davon übrig.

Ethan atmete tief durch. »Hallo Sarah.« Er setzte eine freundlichere Miene auf und machte Anstalten, sie zu umarmen.

Entsetzt wich sie vor ihm zurück. Wollte er etwa so tun, als wäre nichts gewesen?

Ein betroffener Ausdruck erschien auf seinem Gesicht. »Ich bin mitten in der Nacht aufgebrochen, habe den ersten Flug in diese gottverlassene Gegend genommen, habe mich durch den Schnee gekämpft und mir fast die Finger abgefroren, um mit meiner Verlobten Weihnachten zu feiern. Und du willst mich nicht mal begrüßen?«

»Es tut mir leid«, sagte Sarah fahrig. Sie musste ihn so schnell wie möglich loswerden, damit sie zu Tom gehen und ihm alles erklären konnte.

»Ist schon gut. Ich verzeihe dir.« Er streckte erneut seinen Arm nach ihr aus.

»Du verzeihst mir?«, wiederholte sie verdattert. »Was denn?«

»Das alles.« Er machte eine ausholende Geste. »Ich verstehe, dass du kalte Füße gekriegt hast.«

»Es war mehr als nur das, Ethan.« Sie sah ihn irritiert an. »Wir waren uns doch einig. Du hast mir diese SMS geschickt.«

»Ich wollte dich bloß nicht bedrängen. Ich dachte, wenn ich dir Zeit lasse, kommst du von allein zurück.«

Sarah seufzte und wischte sich über das Gesicht. Es würde wohl ein längeres Gespräch werden. »Magst du einen Kaffee?«, fragte sie bemüht freundlich. Immerhin mochte sie Ethan und irgendwie tat er ihr sogar leid. Vielleicht hatte sie seine Gefühle für sich falsch eingeschätzt. Diese Aktion war mit Sicherheit das Außergewöhnlichste, was er je getan hatte. Hätten die Dinge anders gestanden, wäre sie mit Sicherheit dahingeschmolzen. Doch Tom hatte jeden anderen Mann aus ihren Gedanken verdrängt. Und auch wenn es für sie kein Happy End mit ihm gab, wusste sie jetzt genau, was sie wollte. Sie würde nie mit jemandem zusammen sein können, der in ihr nicht das Gleiche auslöste wie er.

»Sarah?«

»Ja, was?«, sie schüttelte verwirrt ihren Kopf.

»Du hast mir Kaffee angeboten und ich habe Ja gesagt.«

»Ach so, natürlich. Tut mir leid. Kommt sofort.«

Die Kaffeemaschine war längst durchgelaufen. Eigentlich war der Kaffee für Tom und sie gedacht gewesen. Sarah atmete tief durch und holte zwei Becher heraus, dabei fiel ihr die kleine Metalldose mit dem Kakaopulver ins Auge – Toms Weihnachtsgeschenk. Sie hatte vorgehabt, nach dem Essen welchen für sie beide zu machen. Unter seiner Anleitung selbstverständlich. Ihr Herz zog sich schmerzhaft zusammen. Hastig räumte sie die Dose nach ganz hinten ins Regal. Dann füllte sie die Becher mit Kaffee und stellte sie auf den Esstisch. Um nichts in der Welt würde sie es sich mit Ethan auf dem Sofa bequem machen, wo er gerade äußerst umständlich seine Oberbekleidung ablegte.

»Was tust du da?«, fragte sie skeptisch.

Er hatte seine leichte Jacke und einen dünnen Pulli bereits beiseitegelegt und zog sich nun einen weiteren Longsleeve aus. Darunter kam ein Rollkragenshirt zum Vorschein. »Ich zieh mich aus«, brummte er. »Wonach sieht es denn aus?«

»Wie viele Lagen hast du denn noch an?«

»Nur noch ein T-Shirt. Was ist?«, verteidigte er sich, als sie ihn belustigt musterte. »Ich musste improvisieren. Hast du eine Ahnung, wie kalt es da draußen ist?«

»Durchaus, ja. Hier, dein Kaffee.« Sie deutete auf seinen Becher, während ihr Verstand noch um seine Worte kreiste. Er hatte improvisieren müssen. Seine Reise war also nicht geplant.

»Woher hast du meine Adresse?«, fragte sie tonlos, als ein Verdacht in ihr aufkeimte. Eigentlich kannte sie die Antwort bereits, es gab nur einen Menschen, dem sie sie gegeben hatte. Zur Sicherheit, für alle Fälle.

»Von deiner Mutter.«

Genervt schloss Sarah die Augen. Sie hätte es wissen müssen. »Warst du gestern bei ihr?«

»Natürlich. Wir waren schließlich beide eingeladen.«

»Und habt ihr da zufällig über mich geredet?«

»Das ließ sich wohl kaum vermeiden.« Er nahm einen Schluck von seinem Kaffee.

»Hat sie dich auch auf die glorreiche Idee gebracht, Hals über Kopf nach Alaska zu fliegen?«

Ertappt stellte er seinen Becher ab. »Sie hat mich in meinem Wunsch bestärkt, dich wiederzusehen.«

»Wirklich? Oder hat sie ihn dir vielleicht erst eingeredet?«

Ethan atmete tief durch und sah sie ernst an. »Kann sein, dass sie die Idee geäußert hat. Aber das ändert nichts daran, dass ich dich vermisst habe.«

»Bist du sicher, dass es dir tatsächlich um mich ging und nicht bloß um die Bequemlichkeit, eine weibliche Begleitung zu haben?«

»Du bist viel mehr als nur das!«, brauste er auf. »Und das weißt du auch.«

»Ich meinte das gar nicht böse«, besänftigte sie ihn hastig. »Worauf ich hinauswill, ist, dass ich nicht unersetzlich für dich bin. Es gibt mit Sicherheit einige, die meinen Platz in deinem Leben einnehmen könnten, ohne dass du einen größeren Unterschied bemerkst.«

»Woher willst du das wissen?«

»Ich habe jemanden kennengelernt.« Allein bei dem Gedanken an Tom erfüllten unzählige Empfindungen ihr Herz – Wärme, Geborgenheit, Sehnsucht, Schmerz.

»Du meinst diesen Typen, mit dem du hier ins Bett gestiegen bist?«, entfuhr es ihm bitter.

»Es ist mehr als das.«

»Und das kannst du nach einer Handvoll Tagen beurteilen?«

»Ja, das kann ich.« Die absolute Gewissheit, die aus ihrer Stimme sprach, schien ihm den Wind aus den Segeln zu nehmen.

Verwundert sah er sie an, bevor er fast schon trotzig fortfuhr.»Und was wirst du jetzt tun? Für immer und ewig bei ihm bleiben? *Hier?*« Abgrundtiefer Abscheu klang in seinem letzten Wort.

»Nein.« Traurig schüttelte sie ihren Kopf.»Ich denke nicht, dass wir wirklich eine Zukunft haben. Vermutlich werde ich ihn nach meiner Abreise nie wiedersehen.«

»Was ist dann das Problem?«

Sie lächelte wehmütig.»Durch ihn habe ich erkannt, wie es sein könnte. Dass ich keinem Wunschtraum und keiner Kleinmädchenfantasie hinterherjage, sondern dass es tatsächlich existiert.«

»Was denn?«

»Die Liebe und das Glück.«

»Das verstehe ich nicht. Du hast gesagt, dass du nicht mit ihm zusammen sein wirst.«

»Das bedeutet nicht, dass ich mich mit weniger zufriedengeben werde.«

»Auch wenn du dadurch alles verlierst und am Ende einsam und allein dastehst?«

»Ich hoffe, dass wir beide es trotzdem schaffen, Freunde zu bleiben, Ethan. Aber um deine Frage zu beantworten: ja, auch dann.«

Er leerte seine Tasse und stellte sie schwungvoll auf den Tisch.»Dann war's das also?«

»Ich fürchte, ja.« Es brachte nichts, die Lage zu beschönigen.

»Und was soll ich jetzt machen?«

»Es tut mir leid.« Zum ersten Mal seit seinem Erscheinen näherte sie sich ihm und legte ihren Arm auf seine Schulter.

»Sehr, sehr leid. Ich wollte dir nicht die Feiertage verderben. Aber glaube mir, langfristig ist es für uns beide wirklich besser so. Und du solltest meiner Mutter ausrichten, dass du dir von ihr nicht mehr in dein Leben hineinreden lässt. Ich werde es ganz sicher tun.«

Er nickte langsam. »Weißt du, wo ich vielleicht für die Nacht unterkommen kann?«

Sie bemerkte die leise Hoffnung in seinem Gesicht, dass sie ihn zum Bleiben einladen würde, ging jedoch nicht drauf ein. »Es gibt ein Hotel, direkt hinter dem Einkaufszentrum.« Sie hatte es bei ihren Streifzügen entdeckt. »Wenn du magst, fahre ich dich hin.«

Er schüttelte bedächtig seinen Kopf. »Ich glaube, ein Spaziergang würde mir jetzt ganz guttun.«

»Bist du sicher?« Sie musterte ihn besorgt.

»Ja.« Er wirkte, als wollte er sie umarmen, hielt dann jedoch unsicher inne.

Sarah nahm ihm die Entscheidung ab und drückte ihn fest an sich.

»Mach's gut, Sarah.« Er löste sich von ihr.

»Wir sehen uns, Ethan.« Es sollte eine Feststellung werden, aber es hörte sich mehr nach einer Frage an.

Er schnaufte freudlos und begann, sich all seine Pullover wieder anzuziehen.

Nachdem er verschwunden war, nahm Sarah sich ein paar Minuten Zeit, um ihre Gedanken zu ordnen und tief durchzuatmen. Ihr war bewusst, dass sie sich Ethan gegenüber nicht ganz fair verhalten hatte. Auch wenn die Hauptschuld für diesen verpatzten Tag eindeutig bei ihrer Mutter lag.

Wieso konnte sie Sarah nicht einfach ihren eigenen Weg gehen lassen?

Wie anders wäre alles ohne ihre Einmischung gewesen. Ethan würde jetzt halbwegs zufrieden und vergnügt Weihnachten feiern, anstatt gedemütigt durch den Schnee zu waten. Und sie selbst ...

Sie biss sich auf die Unterlippe und weigerte sich, diesen Gedanken weiterzuspinnen. Die Wahrheit war, sie wusste nicht, was geschehen wäre. Würde sie jetzt in Toms Armen liegen oder sich schweren Herzens von ihm verabschieden? Sie waren sich einig, dass ihre Affäre ohne Bedeutung bleiben und Isabella niemals etwas davon erfahren sollte.

Daran änderte auch Toms Eifersuchtsanfall nichts. Denn dass er eifersüchtig gewesen war, stand für sie außer Frage. Wenn er nichts für sie empfunden hätte, wäre er nicht so verletzt abgerauscht, sobald Ethan auf der Türschwelle erschienen war.

Vielleicht wäre es sogar besser so, würde ihnen beiden helfen, einen Schlussstrich unter ein Verhältnis zu ziehen, das ohnehin keine Zukunft besaß. Dennoch konnte sie das nicht zulassen. Selbst wenn sie Tom nie wiedersehen sollte, wollte sie nicht, dass er ein falsches Bild von ihr in Erinnerung behielt. Sie war weder treulos noch auf der Suche nach Abenteuern nach North Pole gekommen. Es war nicht ihre Schuld, dass sie hier so viel mehr gefunden hatte als geplant.

Sie schlüpfte in ihre Stiefel und warf sich die Jacke über, die er ihr gestern geliehen hatte und die noch immer an der Garderobe hing. Sein Duft stieg ihr in die Nase und ließ sie beinah schwindeln. Es war unglaublich, wie vertraut Tom ihr inzwischen war, als würden sie wahrhaft zusammengehören. Sie schüttelte entschieden ihren Kopf und drängte die Tränen zurück, die in ihr aufzusteigen drohten. Dann eilte sie auf die Straße hinaus.

»Was willst du hier?«, brummte Tom. Er hatte die Tür gerade mal so weit geöffnet, dass er sie sehen konnte.

»Mit dir reden, bitte, Tom.«

»Solltest du nicht lieber bei deinem Verlobten sein und *ihm* die Sache erklären?«

»Das habe ich schon. Und er ist nicht mein Verlobter.«

Er schnaufte bitter.»Das hatte er vorhin aber ganz anders gesehen.«

»Kann ich reinkommen?« Es hatte wieder zu schneien begonnen und ihre nackten Beine schlotterten in den Stiefeln. Sie trug noch immer bloß das Longshirt unter seiner Jacke.

Etwas wie Sorge flackerte in dem Blick, mit dem er ihre zitternde Gestalt bedachte. Dann wurde seine Miene wieder starr. »Du solltest heimgehen, Sarah, bevor du dich noch erkältest. Hier gibt es nichts mehr zu sagen.«

Entgeistert starrte sie ihn an. Das konnte unmöglich sein Ernst sein.»Findest du nicht, dass du ein wenig übertreibst?«

Seine Nasenflügel blähten sich, als er aufgebracht durchatmete.»Du hast mir deinen Verlobten verschwiegen«, zischte er.

»Na und?«, warf sie ihm trotzig entgegen. Er schwang sich da auf ein ziemlich hohes Ross.»Es war ja nicht gerade so, als hättest du eine Zukunft mit mir geplant! Letzte Nacht ändert nichts zwischen uns, schon vergessen?«

Sein Kiefer mahlte, sein Blick wirkte gequält.»Ich habe jetzt echt keine Zeit für so etwas. Und keinen Nerv!«, sagte er schließlich barsch.»Es wurde ein Schneesturm für heute angesagt und ich muss jetzt Isabella abholen.« Er zwängte sich aus der Tür und drückte sie hinter sich zu. Er war zum Weggehen angezogen, es war also keine bloße Ausrede.

»Tom …« Sarah schlang die Arme um ihren Körper und sah ihn unglücklich an.

»Lass gut sein, Sarah. Du bist mir keine Rechenschaft schuldig.« Ohne sie noch ein weiteres Mal anzusehen, lief er die Verandatreppe hinunter und kletterte in den Wagen.

Unfähig, sich auch nur zu rühren, stand Sarah da und schaute zu, wie er davonfuhr, während die Tränen eisige Spuren über ihre Wangen zogen.

Kapitel 12

Wie betäubt ging Sarah zu ihrem Haus zurück. Ein Streit mit Tom war das Letzte, womit sie gerechnet hatte. Er hatte ihr nicht einmal die Möglichkeit gegeben, es ihm zu erklären. War er wirklich so wütend oder bedeutete sie ihm so wenig, dass er sie jetzt einfach aus seinem Leben strich, nun, da es sich wieder um seine Tochter drehte? Hatte er bloß seinen Spaß mit ihr gehabt und wandte sich jetzt wichtigeren Dingen zu?

Sie wollte das nicht glauben. Und doch ließ die Kaltschnäuzigkeit, mit der er sie abserviert hatte, kaum einen anderen Schluss zu. Vermutlich war ihm die Sache mit Ethan sogar recht gekommen. So konnte er ihr den Schwarzen Peter zuschieben und sich elegant aus der Affäre ziehen.

Sie schleppte sich die Treppe hoch und füllte heißes Wasser in die Badewanne. Zumindest funktionierte der medizinische Teil ihres Verstandes noch einwandfrei. Sie musste dringend etwas gegen ihre Unterkühlung tun. Was hatte sie überhaupt geritten, in der Kälte halb nackt herumzulaufen?

Sie zog sich hastig aus und stieg in das herrlich dampfende Wasser, spürte, wie die Wärme von ihrem Körper Besitz ergriff, und wünschte sich so sehr, sie könnte auch ihr Innerstes erreichen.

Doch das blieb leer, kalt und stumpf.

Was für ein beschissener Tag.

Irgendwann stieg sie schließlich aus der Wanne, wickelte sich in ein großes Handtuch und ging ins Schlafzimmer. Der Anblick des großen, zerwühlten Bettes jagte ihr einen schmerzhaften Stich durch die Brust. Auf dem Kissen konnte sie noch immer den Abdruck sehen, den Toms Kopf hinterlassen hatte, zwischen den Laken noch immer seinen Duft riechen.

Entschieden packte sie die Decke und zog sie ab. Sie würde sich nicht mit Erinnerungen an ihn quälen.

***

»Schau mal, dieses Bild habe ich für Sarah gemalt«, sagte Isabella vergnügt auf dem Beifahrersitz.

»Aha«, erwiderte Tom abgelenkt, ohne es auch nur zu betrachten. Abgesehen davon, dass die Wettersituation seine ganze Aufmerksamkeit erforderte, hatte er im Moment nicht die Kraft, so zu tun, als ob alles in Ordnung wäre.

Er konnte es noch immer nicht fassen. Er hatte sein ganzes Leben vor ihr ausgebreitet, hatte sie an Isabella herangelassen, sie seiner Familie vorgestellt, ihr von Susan erzählt. Und sie hatte es nicht einmal für nötig gehalten, ihren Verlobten zu erwähnen. Er dachte, er würde sie kennen, dabei wusste er im Grunde nichts über sie. Er hatte geglaubt, sie wäre anders. Aber auch sie war bloß auf der Suche nach einem Abenteuer, einem Kick gewesen. Vielleicht wollte sie noch einmal die große Freiheit genießen, bevor sie diesem Typen das Jawort gab. Er schnaufte grimmig. Zumindest in dieser Hinsicht dürfte sie auf ihre Kosten gekommen sein.

»Was ist los, Daddy?«

»Gar nichts, Spätzchen. Wir sind schon fast da.«

»Und warum guckst du so böse?«

Er zwang sich zu einem Lächeln. »Tu ich gar nicht.«

Wie sollte er Isabella bloß erklären, dass Sarah nicht mehr mit ihr spielen würde? Isa wusste genau, dass sie erst in einer Woche abreisen sollte.

Er lenkte den Wagen in die Einfahrt und würgte den Motor ab. Der Wind pfiff und heulte. Es wurde allmählich dunkel.

Isabella hüpfte aus dem Wagen und er beeilte sich, es ihr gleichzutun.

Er hatte schon fast die Veranda erreicht, als ihm auffiel,

176

dass Isabella nicht folgte. Irritiert drehte er sich nach ihr um. Er hatte keine Lust, noch viel länger hier draußen zu bleiben.

»Isa! Was machst du denn?«, schrie er, als er ihre kleine Gestalt am Ende der Auffahrt entdeckte.

»Ich bringe Sarah nur eben ihr Bild!«, rief sie zurück und lief auf die Straße.

»Isa, nein!«, brüllte er scharf und rannte ihr hinterher. Er hätte ihr das mit Sarah sagen müssen, irgendwie.

Sie verschwand hinter den Bäumen. Tom fluchte. Er hatte die Straße beinah erreicht, als ein lauter Schrei ertönte. Isa! Sein Herz setzte einen Schlag aus und machte dann mit doppelter Geschwindigkeit weiter. Er schlitterte um die Ecke.

Isa lag weinend am Boden, das Bild achtlos neben ihr im Schnee. Wimmernd presste sie ihren linken Arm an sich. »Es tut weh, Daddy«, jammerte sie. »So weh.«

Atemlos ließ Tom sich neben seine Tochter sinken, richtete sie auf und schlang tröstend seine Arme um sie. »Es wird alles gut, Süße«, versprach er ihr zitternd und drückte einen Kuss auf ihre dunklen Locken.

»Mein Arm«, schluchzte sie.

Tom zwang sich zur Ruhe. »Lass uns erst mal reingehen.«

Als er aufstehen wollte, rutschte sein Fuß unter ihm weg. Er versuchte es noch einmal, vorsichtiger. Dann zog er Isa auf die Beine. Ihre Lippen waren bläulich, ihr Gesicht weiß. Sie stand unter Schock und weinte unablässig.

Oh Gott! Was, wenn sie sich ernsthaft verletzt hatte? Die Angst schnürte ihm die Brust zu und machte das Atmen schwer. »Kannst du gehen?«

Sie nickte zögernd.

»Dann komm.« Er wollte es nicht riskieren, sie zu tragen. Die Gefahr, dass er ausrutschen und das Gleichgewicht verlieren würde, war zu groß. Wieso hatte er bloß die Straße nicht geräumt?

Langsam erreichten sie das Haus.

Tom führte Isabella hinein und setzte sie auf einen Stuhl. Behutsam zog er ihr die Stiefel von den Füßen. Als er sich am Reißverschluss ihrer Jacke zu schaffen machte, schüttelte sie wild ihren Kopf.

»Nein! Das tut zu weh.«

Tom schluckte. Das hörte sich nicht gut an. »Kannst du deinen Arm ausstrecken?«

Isa biss sich wimmernd auf die Lippe.

»Bitte, du musst es versuchen, mein Schatz.«

»Ist er gebrochen?« Panik klang in ihrer Stimme.

»Ich weiß es nicht, … es könnte sein.«

»Ich habe Angst!«, schrie Isa verzweifelt.

»Ich weiß, mein Schatz.« Er streichelte tröstend ihr Gesicht. »Doch das brauchst du nicht. Ich werde jetzt den Arzt anrufen«, sprach er beruhigend auf sie ein.

»Muss ich ins Krankenhaus?«, fragte sie zitternd.

Es brach ihm das Herz, wie sehr sie sich bemühte, tapfer zu sein. »Vielleicht, aber nur ganz kurz. Nur bis dein Arm wieder heil ist.« Er lächelte ihr noch einmal aufmunternd zu, dann wählte er die Nummer des Notrufs.

Es dauerte ewig, bis jemand ranging. Jede Sekunde zog sich ins Unermessliche, während das Herz laut in seiner Brust pochte. Noch nie hatte er solche Angst um Isabella gehabt.

Endlich erklang eine routinierte Frauenstimme am anderen Ende der Leitung.

»Meine Tochter, sie ist sieben, sie ist gefallen und hat sich den Arm gebrochen, glaube ich«, berichtete er hastig. Isa saß wie ein eingefallenes Häuflein Elend neben ihm. Seine Hand ruhte auf ihrer Schulter. Es schien ihm unmöglich, den Körperkontakt zu ihr zu unterbrechen, als könnte er ihr damit irgendwie helfen, ihr den Schmerz nehmen.

»Wo sind Sie, Sir?«

»North Pole, 2319 Shady Lane. Sie müssen sofort einen Wagen schicken. Oder noch besser einen Hubschrauber.«

»Ist das Kind bei Bewusstsein?«

»Ja.« Er verstand nicht, was diese Frage sollte.

»Blutet sie? Hat sie eine Kopfverletzung?«

»Nicht, dass ich wüsste.«

Sicherheitshalber schaute Tom sich Isabella noch einmal von allen Seiten an, betastete ihren Schädel, schob ein paar Haarsträhnen beiseite. »Nein«, bestätigte er. »Keine Kopfverletzung.«

»Das ist gut.«

»Wann kommt der Arzt?«

»Es tut mir leid.« Die Frau zögerte. »Wir können derzeit niemanden entbehren.«

»Was?«, entfuhr es ihm entgeistert. »Sie verstehen nicht, meine Tochter hat einen gebrochenen Arm, sie muss ins Krankenhaus!« Seine Stimme wurde immer lauter.

»Daddy?« Erschrocken klammerte Isa sich an ihn.

Er rang sich ein Lächeln ab und mäßigte seine Stimme. »Sie schicken jetzt auf der Stelle jemanden her, der ihr helfen kann.«

»Es tut mir leid. Es hat ein Lawinenunglück gegeben. Alle verfügbaren Rettungskräfte sind vor Ort. Und auch die Hubschrauber.«

»Dann fahre ich sie eben selber hin!«

»Bitte beruhigen Sie sich«, setzte die Frau am Telefon an.

»Nein!«, widersprach er ihr heftig. Er konnte sich nicht beruhigen und er wollte es auch nicht. Seine Tochter war verletzt und er würde, verdammt noch mal, dafür sorgen, dass ihr jemand half. »Wir sind in einer halben Stunde da!«

»Nein, Sir!« Die Stimme am Telefon wurde scharf. »Der Schneesturm nimmt an Stärke zu. Sie werden niemals hier ankommen. Wenn Sie Ihrer Tochter helfen wollen, sorgen Sie dafür, dass sie es warm und bequem hat. Ich werde so schnell wie möglich jemanden zu Ihnen schicken. Bis dahin bewahren Sie bitte Ruhe.«

Ernüchtert ließ Tom das Handy sinken. *So schnell wie möglich* bedeutete in diesem Fall wohl nicht vor morgen. Und das nur, wenn er Glück hatte.

»Daddy?« Isa sah ihn aus weit aufgerissenen Augen an.

»Du musst doch nicht ins Krankenhaus«, versuchte er, es positiv zu verpacken.

Isa atmete auf. »Dann ist es also nichts Schlimmes?«

Tom biss sich auf die Lippe. Er hatte keine Ahnung, was er darauf erwidern sollte. Er wollte ihr weder Angst machen, noch sie belügen. »Das wird schon werden, Schatz. Jetzt müssen wir dir erst die Jacke ausziehen, sonst schwitzt du dich noch halb tot.«

»O-kay.«

Vorsichtig befreite er erst ihren unverletzten Arm. Isa biss die Zähne zusammen und kniff ganz fest die Augen zu, als er es auch mit dem anderen machte, dennoch konnte sie einen spitzen Schrei nicht unterdrücken. Tränen schossen ihr erneut in die Augen. Noch nie hatte Tom sich so hilflos gefühlt.

»Ich will, dass Sarah hier ist«, schluchzte sie.

Er schluckte. »Schatz, *ich* bin doch bei dir.« Das, was er auf keinen Fall hatte zulassen wollen, war geschehen. Isabella hatte die junge Frau so sehr in ihr Herz geschlossen, dass sie sich von ihr Trost und Schutz erhoffte. Er hätte es verhindern müssen. Aber die Wahrheit war, dass sie ihn genauso eingewickelt hatte wie seine Tochter.

Sarah war dabei fein raus, ihr konnte das alles egal sein. Sie würde einfach wieder verschwinden, dort weitermachen, wo sie aufgehört hatte, doch ihr Leben – das seiner Tochter und seines – hatte sie gehörig durcheinandergewirbelt.

»Bitte, Daddy«, flehte Isa. »Ich muss ihr noch das Bild geben.«

Ach ja, das vermaledeite Ding. Ohne es wäre das alles nicht passiert.

»Wo ist es überhaupt?« Suchend sah Isabella sich um.

Erfreut bemerkte Tom, dass sie endlich etwas lebhafter wurde. Ihre Wangen waren nicht mehr so blass, ihre Pupillen nicht mehr so sehr geweitet. Nach wie vor hielt sie ihren verletzten Arm umklammert, aber sie interessierte sich plötzlich für andere Dinge. Vielleicht war alles doch nicht so schlimm.

»Wo ist das Bild?«, wiederholte sie drängend.

»Das ... Das liegt vermutlich noch draußen.«

»Ich habe mir solche Mühe damit gegeben.« Ihr Kinn begann zu zittern. »Bitte, du musst es holen. Und Sarah herbringen.«

»Ist gut, Schatz.« Tom nickte resigniert. Er würde alles tun, um ihr weiteren Schmerz zu ersparen.

»Danke, Daddy.«

»Du musst dann kurz alleine hierbleiben, schaffst du das?«

»Ja.«

»Na schön. Bis gleich, Liebling.« Er gab ihr einen festen Kuss auf die Stirn, dann verließ er das Haus.

Das Bild lag, halb unter dem Schnee begraben, noch immer da, wo Isa es hatte fallen lassen. Tom hob es auf, klopfte die Eiskristalle ab und schaute es sich zum ersten Mal richtig an.

Es zeigte Isa, Sarah und ihn vor ihrem Haus. Ein schiefer Schneemann stand daneben und vor ihnen waren drei Schneeengel eingezeichnet. Ein kleiner in der Mitte und zwei große am Rand. Sofort blitzte die Erinnerung an diesen wunderschönen Tag, den sie gemeinsam verbracht hatten, in ihm auf. Isa hatte ihn perfekt in ihrem Bild eingefangen. Er meinte sogar, Sarahs glückliches Lachen und Isabellas glockenhelle Stimme hören zu können. Sein Herz zog sich schmerzhaft zusammen.

Er hatte Sarah vertraut, hatte gedacht, dass sie etwas für ihn empfand. Dass ihr das, was sie erlebt hatten, genauso viel bedeutete wie ihm.

Er hatte sich geirrt.

Aber jetzt es ging nicht um ihn. Es ging um Isa.

Hastig lief er Sarahs Einfahrt hinauf. In der Küche brannte kein Licht. Beunruhigt stürmte Tom auf die Veranda. Was, wenn sie gar nicht da war? Sie hatte gesagt, ihr Verlobter wäre fort. Vielleicht war sie ihm nachgerannt. Ihr Auto stand wie immer da, doch das musste nichts bedeuten. Sie fuhr nicht gern durch den Schnee, viel lieber ging sie zu Fuß. Oder war ihr Verlobter gar bei ihr? Hatten sie sich im Schlafzimmer verkrochen, um ihr Wiedersehen zu feiern? Küsste er gerade ihre Lippen, streichelte ihren wunderschönen Körper? Lächelte sie ihn gerade so voller Hingabe an, wie sie ihn selbst einige Stunden zuvor angelächelt hatte?

Laut hämmerte Toms Faust gegen die Tür. Entschieden drängte er die quälenden Bilder zurück. Sie ging ihn nichts an. Er war nur wegen Isa hier. Und wie auch immer die Dinge zwischen Sarah und ihm stehen mochten, er konnte sich nicht vorstellen, dass sie seine Tochter im Stich lassen würde.

Er hörte hastige Schritte auf der Treppe. Sie war also tatsächlich im Schlafzimmer gewesen. Tom machte sich auf alles gefasst.

Die Tür wurde aufgerissen.

»Tom?«, entfuhr es Sarah überrascht.

Sie wirkte traurig und mitgenommen. Vielleicht hatte dieser Typ wirklich Schluss mit ihr gemacht und sie hatte gehofft, er wäre zurückgekommen.

»Ist etwas passiert?«, fügte sie beunruhigt hinzu.

»Ja. Isa ist gestürzt.«

»Oh mein Gott!« Ohne noch eine weitere Erklärung abzuwarten oder Fragen zu stellen, schnappte Sarah sich ihre Strickjacke und rannte hinaus.

Eine Welle der Zuneigung und Dankbarkeit schwappte über Tom. Sie war einfach unglaublich.

***

Sarah konnte kaum einen klaren Gedanken fassen. Tom sah so besorgt, so durcheinander aus, dass es sich definitiv um etwas

Ernsteres handeln musste als um einen blauen Fleck oder eine Beule.

»Wo ist sie?« Sarah stürmte in sein Haus und schaute sich suchend um.

Tom erstarrte. »Eben war sie noch hier.« Er deutete auf den leeren Stuhl.

»Sarah?«, erklang eine leise Stimme vom Sofa herüber.

Erleichtert eilte sie darauf zu.

»Hey, Spätzchen.« Sie ließ sich auf die Knie neben Isa sinken und strich ihr mit der Hand über die Stirn. Sie fühlte sich klamm und etwas kühl an, vermutlich die Nachwirkung eines leichten Schocks.

»Was machst du denn hier?« Tom hockte sich neben sie.

»Ich sagte doch, du solltest sitzen bleiben.«

»Es war unbequem«, raunte die Kleine.

»Und hier ist es besser?« Sarah streichelte ihre Hand, die den linken Unterarm fest umklammert hielt.

»Ein wenig.« Isa atmete schnaufend durch. »Aber es tut immer noch weh.«

»Was ist passiert?«, fragte die junge Frau sanft.

»Ich bin ausgerutscht und auf meinen Arm gefallen.« Isa schniefte.

»Auf diesen hier?« Sarah berührte ihn behutsam mit ihren Fingern.

»Ja.«

»Kannst du ihn bewegen?«

»Nein!« Sie schüttelte heftig ihren Kopf. »Wenn ich hier loslasse, tut es weh.«

»Dann halte einfach fest. Du machst das toll, Süße.« Sie lächelte das Mädchen beruhigend an, dann wandte sie sich leise an Tom. »Wann kommt der Arzt?«

»Gar nicht«, flüsterte er entmutigt.

Sarah erhob sich und zog ihn ein paar Schritte beiseite. »Der Arm ist vermutlich gebrochen. Sie muss ins Krankenhaus.«

»Das weiß ich selbst.« Er klang regelrecht verzweifelt. »Aber die Rettungskräfte sind überlastet. Es hat ein Lawinenunglück gegeben.«

Sarah atmete scharf ein. Die Vorstellung musste furchtbar für ihn sein, immerhin hatte er seine Frau auf diese Weise verloren. Doch er schien zu sehr in seiner Sorge um Isabella gefangen zu sein, um an diese andere Tragödie, die sich irgendwo in der Nähe abspielte, denken zu können.

»Und wegen des Schneesturms kann ich sie nicht hinfahren. Wir müssen einfach durchhalten, bis die Lage sich wieder entspannt. Man hat mir versprochen, so schnell wie möglich Hilfe zu schicken.«

»Hast du mich deshalb geholt?« Sie hatte gehofft, dass er sie in dieser Situation einfach bei sich und Isabella hatte haben wollen. Die Sorge und den Schmerz mit ihr teilen. Aber das konnte sie wohl nicht von ihm erwarten.

Verwundert sah er sie an. »Isabella hat nach dir gefragt. Sie hat ein Bild für dich gemalt. Sie war auf dem Weg zu dir, als es passierte.«

»Es tut mir leid.« Hätte sie sich von ihr ferngehalten, wie Tom es gewollt hatte, wäre das nicht geschehen.

»Es ist nicht deine Schuld«, widersprach Tom mit Nachdruck. »Es ist meine.«

»Wieso das?«

»Ich wusste, dass diese Stelle vereist war. Habe versprochen, mich darum zu kümmern. Doch heute Morgen war ich zu … abgelenkt und danach zu sehr mit meinem Groll auf dich beschäftigt.«

Sarah senkte den Kopf. Obwohl er die Verantwortung auf sich nahm, hörte sie den unausgesprochenen Vorwurf in seinen Worten. Jetzt war jedoch nicht die richtige Zeit, sich damit auseinanderzusetzen. Erst musste sie sich um Isabella kümmern.

»Ich werde mir ihren Arm mal ansehen.«

»Du?«, fragte er skeptisch.

»Ich bin Ärztin«, erinnerte sie ihn.

»Nichts für ungut, aber sie braucht nicht gerade eine Schönheits-OP.«

Sarah warf ihm einen vernichtenden Blick zu. War es das, was er von ihr dachte? Dass sie zu nichts in der Lage war? Er hatte wahrlich keine Ahnung, wie kompliziert und empfindlich eine Nase war.

»Ich bin Chirurgin«, klärte sie ihn kühl auf. »Und vor meiner Anstellung in der Klinik habe ich zwei Jahre in der Sportchirurgie gearbeitet. Glaub mir, ich weiß genau, was zu tun ist.«

»Wirklich?« Grenzenlose Erleichterung machte sich in seinem Gesicht breit. Es strahlte förmlich vor Dankbarkeit und Liebe zu seiner Tochter, sodass sie ihm jedes Vorurteil auf der Stelle verzieh.

»Ja.« Sie lächelte. Dann wandte sie sich wieder Isa zu, die sie aus erschrocken aufgerissenen Augen betrachtete.

Nachdenklich zog Sarah die Unterlippe zwischen die Zähne. Das würde nicht einfach werden. Sie hatte Tom die Wahrheit gesagt, sie wusste genau, wie man einen Armbruch behandelte. Zumindest, wie man das in einem Krankenhaus tat. Hier allerdings, ohne Betäubung und Röntgengerät, würde sie improvisieren müssen. Sie atmete tief durch und ließ sich wieder neben Isa nieder.

»Ich habe dir doch mal erzählt, dass ich Ärztin bin«, setzte sie an und wartete ab, bis die Kleine bestätigend nickte. »Ich werde deinen Arm jetzt versorgen. Dafür musst du mir vertrauen und das machen, was ich dir sage. Verstanden?«

»Tut es nicht weh?«

»Doch«, es hatte keinen Sinn, das Mädchen zu belügen, »ein wenig. Aber danach geht es dir viel besser.«

»Versprochen?«

»Großes Ehrenwort.«

»Okay.« Isas Stimme zitterte und sie biss tapfer die Zähne zusammen.

Sarah widerstand nur mühsam dem Impuls, sie an sich zu drücken und einfach festzuhalten, bis alles vorbei war.

»Hast du Fiebersaft?«, wandte sie sich an Tom.

»Ja, wieso?«

»Er wird ihr ein wenig gegen die Schmerzen helfen.«

»Ich hole ihn!« Tom stürmte los. Er schien froh zu sein, endlich irgendetwas tun zu können.

Sarah maß die richtige Dosis ab und hielt den Löffel Isabella hin, die angewidert das Gesicht verzog.

»Ich mag den nicht.«

Sarah setzte ein übertrieben strenges Gesicht auf. »Ich bin die Ärztin, schon vergessen? Du musst tun, was ich sage.«

Isabella kicherte leise und öffnete schicksalsergeben ihren Mund.

»So ist es gut, Schätzchen. Bald tut dein Arm nicht mehr so weh.« Sarah schaute zu Tom hoch. »Ich brauche eine Schere, um ihren Ärmel aufzuschneiden, wenn das in Ordnung ist.«

»Sicher.« Er verschwendete keinen zweiten Gedanken an das schöne Strickkleid, das sie damit verschandelten.

»Und wir sollten sie nach oben in ihr Zimmer tragen. Auf dem Bett hat sie es bequemer als hier.«

Tom kniete sich neben seine Tochter und schob behutsam seine Arme unter ihren Körper. Dann stand er vorsichtig auf. Sarah folgte ihm schweigend nach oben.

Kapitel 13

Auf Sarahs Zeichen hin schlang Tom seine Arme fest um Isabellas Oberkörper, hielt ihre Schultern und Arme umschlossen, damit sie nicht zu viel zappelte. Der Fiebersaft schien bereits zu wirken. Obwohl Isa noch immer zitterte, glaubte er, dass das auf den Schock und die Angst zurückzuführen war. Sie wimmerte nicht mehr und zuckte auch nicht bei jeder Bewegung schmerzerfüllt zusammen.

Er war so froh, dass Sarah hier war. Sie strahlte so eine Souveränität, so eine kompetente Ruhe aus, dass Isa sich allein durch ihre Anwesenheit schon viel besser fühlte. Ohne Sarah wäre er heute wahrlich verloren gewesen. Was auch immer sonst zwischen ihnen stehen mochte, dafür würde er ihr ewig dankbar sein.

»Das wird jetzt wehtun, Schätzchen«, warnte Sarah leise vor und Isa nickte.

Vorsichtig strichen Sarahs Finger über den verletzten Arm. Tom konnte kaum hinsehen. Auch ohne Medizinstudium konnte er die Bruchstelle genau erkennen. Der Knochen war verschoben und drückte von innen gegen die Haut.

Isa sog scharf die Luft ein und Tom verfestigte seinen Halt um ihre Schultern, senkte seine Lippen an ihre Stirn. »Du schaffst das, Liebling. Es wird alles gut.«

»Der Bruch scheint glatt zu sein«, erklärte Sarah erleichtert. »Ich kann keine Splitter ertasten.« Sie atmete tief durch und sah Tom fest in die Augen. »Jetzt«, raunte sie.

Isa biss die Zähne zusammen und kniff ihre Augen zu. Ein spitzer Schrei entwich ihrer Kehle, als Sarah mit einem schnellen Ruck den Knochen richtete.

»Das hast du ganz toll gemacht«, lobte Sarah sie und streichelte liebevoll ihre Wange. »Das Schlimmste hast du jetzt hinter dir. Ich muss den Arm nur noch verbinden.«

»Und dann ist alles gut? Ich muss nicht ins Krankenhaus?«, fragte Isa hoffnungsvoll.

»Doch, Schatz«, murmelte Tom an ihrem Ohr. »Aber vielleicht müssen sie dort nicht mehr viel tun.«

»Und dein Daddy wird dich begleiten, du brauchst also gar keine Angst zu haben«, warf Sarah ein, während sie den Arm geschickt schiente.

»Kommst du nicht mit?«

»Ich?« Sie stockte und vermied es, Tom anzusehen. »Ich warte hier auf dich«, sagte sie schnell und verknotete die Enden des Verbands. »Fertig«, verkündete sie zufrieden.

Aufmerksam betrachtete Isa ihr Werk. »Darf ich den Arm jetzt heben?«

»Versuch's einfach mal.«

Zögernd bewegte Isa erst ihre Finger, dann knickte sie ihren Ellbogen ein. »Das tut ja fast gar nicht mehr weh!«, entfuhr es ihr erfreut.

Sarah lachte. »Das habe ich dir doch versprochen. Und du hast es wirklich super gemacht. Ich hatte noch nie eine Patientin, die so tapfer war wie du.«

»So schlimm war das gar nicht«, winkte Isa großspurig ab.

Tom zog sie erleichtert an sich. »Du solltest dich jetzt ein wenig ausruhen, Liebling. Soll ich dir ein Hörspiel anmachen?«

»Nein.« Sie drückte ihren Kopf gegen seinen Bauch, um ihn am Aufstehen zu hindern, und streckte ihre gesunde Hand nach Sarah aus. »Ich möchte, dass ihr bei mir bleibt.«

»So lange du möchtest, Süße.« Sarah strich ihr zärtlich ein paar Haare aus dem Gesicht. »Aber dein Dad hat recht, du solltest wirklich ein wenig schlafen.«

Isa schloss gehorsam die Augen, gab die Erwachsenen jedoch nicht frei.

Schweigend blieben Sarah und er an Isas Bett. Die plötzliche Stille dröhnte in seinen Ohren, es war keine von der angenehmen Art. Zu viel stand unausgesprochen im Raum. Die gemeinsame Sorge um seine Tochter hatte alles andere in den Hintergrund treten lassen, nun kam es mit aller Wucht zurück.

Sarah hielt ihren Blick starr auf Isa gerichtet, ihre Schultern waren angespannt. Von der Ruhe und Souveränität, die sie nur wenige Minuten zuvor ausgestrahlt hatte, war kaum etwas übrig. Sie wirkte verunsichert und bedrückt.

Es tat ihm weh, sie so zu sehen. Und noch mehr schmerzte die Erkenntnis, dass er dafür verantwortlich war. Seit sie sich kennengelernt hatten, hatte er sie – aus dem besten aller Gründe und ohne es zu wollen – immer wieder verletzt. Er atmete tief durch.

»Es tut mir leid«, sagte er leise, im selben Moment, wie sie »Ich bin nicht mit Ethan verlobt, nicht mehr zumindest.« flüsterte.

Tom stutzte. Aller Vernunft zum Trotz breitete sich unbändige Freude in ihm aus. Sie hatte ihrem Verlobten den Laufpass gegeben. Er räusperte sich und versuchte, nicht allzu zufrieden zu klingen. »Das tut mir leid, ich hoffe, es war nicht meinetwegen.«

Erst als sie die Lippen fest zusammenkniff, fiel ihm auf, wie sich das für sie anhören musste. Als würde er es nicht zu schätzen wissen. Als würde es ihm nichts bedeuten. Als ob es ein Fehler wäre.

»War es nicht, keine Sorge«, entgegnete sie kühl, bevor er seine Aussage abschwächen konnte. »Ich habe mit ihm Schluss gemacht, *bevor* ich hergekommen bin.«

Oh.

»Deshalb habe ich dir auch nichts von ihm erzählt. Es war schlichtweg nicht mehr relevant.«

Tom fuhr sich mit der Hand über das Gesicht. Wenn es nur

189

eine Möglichkeit gäbe, die Zeit zurückzudrehen und zu verhindern, dass er sich wie ein eifersüchtiger Blödmann aufführte.

»Es hatte also rein gar nichts mit dir zu tun«, stellte sie eisig klar.

»Was ist geschehen?«, fragte er sanft und sie schaute überrascht auf.

Stumm wartete er ab. Eine Verlobung löste man schließlich nicht ohne Grund, er wollte verstehen, was in ihr vorging, ihr Trost spenden, sollte sie welchen benötigen. So lange konnte die Trennung schließlich nicht her sein, war womöglich sogar der Grund für ihre Flucht in die Wildnis.

Sie zuckte mit den Achseln. »Ich schätze, wir haben uns einfach nicht richtig geliebt.«

»Das verstehe ich nicht«, entfuhr es ihm.

Ein leichtes Lächeln erschien auf ihren Lippen. »Das glaube ich gern«, raunte sie. Sie holte tief Luft und zog ihre Hand behutsam aus Isas entspannten Fingern. Versonnen schaute Sarah auf das schlafende Kind. »Du kannst das auch nicht verstehen, nicht wirklich. Du bist von so viel Liebe umgeben. Ich hoffe, du weißt, was für ein großes Glück du hast.«

Aus ihren Worten sprach eine solche Sehnsucht, dass er unwillkürlich schlucken musste. »Und du hast das nicht?« Selbstverständlich hatte sie keine Kinder, dennoch hatte auch sie eine Familie, bis vor Kurzem hatte sie sogar einen Verlobten gehabt. So einsam, wie sie sich anhörte, konnte sie gar nicht sein.

»Nein.« Sie schüttelte ihren Kopf. »Bis vor zehn Tagen war es mir nicht mal bewusst, dass es anders sein kann. Das habt ihr mir gezeigt – du und Isa, Matt und Liv, sogar deine Schwiegermutter.« Sie brach ab und verschränkte ihre Finger. »Versteh mich nicht falsch, ich führe ein gutes Leben, manche würden sogar meinen, es wäre perfekt.«

»Manche?«

»Meine Mutter zum Beispiel. Für sie hat die Fassade – Geld, Schönheit, Erfolg – immer mehr gezählt als das, was sich unter der Oberfläche abspielte. Und irgendwie habe ich wohl immer versucht, es ihr recht zu machen.« Sie zögerte.»Ethan und ich passen wirklich gut zueinander. Ich mag ihn, aber ich liebe ihn nicht, das habe ich nie getan. Nicht so wie ...« Sie brach ab und schnaufte errötend.»Wie du deine Frau geliebt haben musst«, schloss sie hastig und er war sicher, dass sie eigentlich etwas ganz anderes hatte sagen wollen.

Eine kribbelnde Wärme breitete sich in seinem Inneren aus. Im Grunde war es egal, wovor sie geflohen und weshalb sie hergekommen war. Es zählte nur, dass sie jetzt hier war. Für Isa. Und für ihn.

Das Bett knarzte leicht, als Sarah sich erhob.»Ich sollte jetzt gehen. Morgen früh sehe ich noch mal nach ihr.«

»Warte!« Tom legte Isas Kopf, der noch immer in seinem Schoß ruhte, auf dem Kissen ab.»Ich habe mich noch gar nicht richtig bei dir bedankt.« Er stand auf und streckte zögernd seine Arme nach ihr aus, bis seine Hände ihre Schultern berührten.»Danke«, sagte er mit Nachdruck.»Du warst einfach großartig.«

Sie zuckte mit den Schultern.»Das hätte jeder Arzt getan.«

»Nein.« Er schüttelte bedächtig seinen Kopf.»Ein Arzt hätte vielleicht ihren Arm versorgt. Aber er hätte sie nicht getröstet, hätte nicht ihre Hand gehalten, bis sie einschlief.« Susan hätte das getan. Und auch Sarah, ohne zu zögern.

Das Bedürfnis, sie endlich an sich zu ziehen, wurde überwältigend. Und am liebsten würde er sie nie wieder loslassen.

Langsam trat er näher zu ihr heran. Ihre Augen weiteten sich überrascht, doch sie wich nicht zurück. Forschend musterte sie sein Gesicht, als versuchte sie, seine Absichten zu erahnen. Hoffnung und Traurigkeit zeichneten ihre Züge und er wusste genau, wie sie sich fühlte, weil es ihm selbst nicht anders erging. Sie war wie ein Engel, ein Weihnachtsengel, den das Schicksal direkt vor seine Tür geführt hatte. Er hatte es nie für möglich gehalten, noch einmal einer Frau zu begegnen, die ihn so tief in seinem Innersten berührte, die liebevoll, fürsorglich und selbstlos war.

Hier stand sie nun, direkt vor ihm, und der Gedanke daran, dass sie in wenigen Tagen aus seinem und Isas Leben verschwinden würde, zerriss ihm das Herz. Ohne weiter darüber nachzudenken, überwand er den letzten Abstand zwischen ihnen und drückte sie an seine Brust, vergrub sein Gesicht in ihren Haaren und sog ihren frischen Duft nach Sonne und Meer in sich auf. Er spürte, wie sich ihr Körper für den Bruchteil einer Sekunde versteifte, dann schmiegte sie sich an ihn, legte ihre Wange an seine Schulter und umschlang ihn mit ihren Armen.

Tom schloss die Augen und genoss diesen seltsam intensiven Moment.

Doch eine Umarmung war ihm nicht genug. Er wollte sie küssen, sie schmecken, sie spüren, jeden Augenblick auskosten, der ihm mit ihr noch vergönnt war. Er atmete tief durch, um sein plötzlich aufgeflammtes Begehren in den Griff zu bekommen. Widerstrebend rückte er ein wenig von ihr ab und schaute sich suchend um.

»Was ist los?«, fragte sie verunsichert, als er sie – ohne seine Hände von ihr zu lösen – langsam zur Zimmertür zu lotsen begann.

»Isabella hatte im Flur irgendwo einen Mistelzweig aufgehängt«, murmelte er. Damals hatte er es noch völlig albern gefunden, jetzt kam es ihm wunderbar gelegen.«

Ein kleines Lächeln erschien auf Sarahs wundervollen Lippen. »Wofür brauchst du denn einen Mistelzweig?«

»Damit ich dich endlich küssen kann.« Er gab den Versuch auf, mit ihr das Zimmer zu verlassen, und schaute sehnsüchtig auf sie herab.

»Ich denke, das kriegen wir auch so hin.« Sie schlang ihre Arme um seinen Hals und hob ihm ihr Gesicht entgegen.

Ihre himmelblauen Augen strahlten ihn an, ihre seidigen, blonden Strähnen umschmeichelten ihre rosa angehauchten

Wangen und in ihren Zügen lag eine solche Zärtlichkeit, dass Tom sie einige Herzschläge lang bloß überwältigt anstarren konnte. »Weißt du eigentlich, wie wunderschön du bist?«, raunte er schließlich, bevor er ihre Lippen ganz langsam und vorsichtig mit den seinen streifte.

Er spürte ihr Lächeln an seinem Mund, dann schmiegte sie sich näher an ihn und öffnete leicht ihre Lippen. Tom unterdrückte ein Stöhnen, Sie schmeckte so süß, warm und weich.

Er zügelte sich. Dieses Mal wollte er nichts überstürzen. Auch wenn das, was gleich zwischen ihnen geschehen mochte, nichts ändern würde, bedeutete es doch alles. Und er wollte, dass sie das wusste.

Ihre Zungenspitze schnellte vor und die Berührung jagte einen Stromschlag durch seinen ganzen Körper. Entschieden begann er, sie wieder Richtung Zimmertür zu drängen.

»Was hast du vor?« Sarahs Blick suchte forschend den seinen.

»Schlafzimmer ... Gleich nebenan.« Er war zu keinem vollständigen Satz mehr fähig.

»Aber Isa ...« Sie schaute unsicher über seine Schulter auf das Mädchen.

»Sie schläft. Und wir sind ja ganz in der Nähe.«

»Hast du keine Angst, dass sie aufwacht?«

Tom schlang seine Arme fester um ihre Körpermitte. »Dann müssen wir eben besonders leise sein«, murmelte er. Sie wirkte nicht ganz überzeugt und plötzlich kam er sich wie der letzte Blödmann vor. Vielleicht wollte sie das ja gar nicht. Zögernd löste er sich von ihr.

»Es tut mir leid. Ich war zu voreilig ... Es ist bloß ...« Er brach ab und atmete tief durch. Was wollte er ihr denn sagen? Dass sie ihm unter die Haut ging? Dass sie ihn vollkommen aus dem Konzept brachte? Dass sie die großartigste, schönste, warmherzigste Frau war, die er seit Jahren getroffen hatte? Dass er sie am liebsten für immer bei sich haben wollte?

All das würde die Sache nur noch schwieriger, noch komplizierter machen. Gequält sah er sie an. »Schon gut.« Sie lächelte zärtlich. »Du musst mir nichts erklären.« Sie nahm seine Hand und verflocht ihre Finger mit den seinen. Dann trat sie näher an ihn heran und küsste ihn sanft und verführerisch zugleich. Ließ ihre Zunge über seine Lippen gleiten, saugte und knabberte daran, bis Tom sein eigenes Blut in den Ohren rauschen hörte. »Dann lass uns mal rausfinden, wie leise du sein kannst«, wisperte sie und ihre Augen blitzten schalkhaft.

***

Sarah schaffte es gerade so, einen überraschten Aufschrei zu unterdrücken, als Tom sie stürmisch auf seine Arme hob und sie noch einmal küsste. Das Kichern, das bei seiner Aktion in ihr aufgestiegen war, löste sich augenblicklich auf. Kribbelnde Wärme breitete sich in ihrem Körper aus, der sich so sehr nach Toms Berührungen verzehrte. Sie wollte ihn, wie sie noch nie einen Mann gewollt hatte. Alles von ihm.

Sarah schloss die Lider und drängte entschieden den Gedanken an das beiseite, was sie nicht haben konnte. Sie war fest entschlossen, das zu genießen, was sie bekam.

Tom trug sie aus dem Zimmer. Sie hatte gerade noch genug Geistesgegenwart, um die Tür hinter ihnen leicht anzulehnen. Er hatte recht, sein Schlafzimmer befand sich direkt neben Isabellas.

Ohne in seinem Kuss innezuhalten, legte er sie auf seinem weichen, breiten Bett ab.

Erwartungsvoll schaute sie zu ihm empor, als er sich neben ihr auf einem Ellbogen abstützte. Seine Brust hob und senkte sich mit seinen schnellen, erregten Atemzügen, seine Augen waren dunkel, die Pupillen im schwachen Schein der Nachttischlampe geweitet. Doch seine Finger strichen langsam und zärtlich über ihre Wangen, als wollte er den Moment voll auskosten, als wollte er sich jede Einzelheit ihrer Züge einprägen.

Trotz der Unschuld dieser Geste erschauerte Sarah unter seiner Berührung, ihr Oberkörper wölbte sich ihm unwillkürlich entgegen. Sie wollte mehr davon, viel mehr. Und nicht bloß an ihrem Gesicht.

Seine Hände wanderten tiefer, an ihrem Hals entlang, über ihr Schlüsselbein und zwischen ihre Brüste. Sie holte zitternd Luft und wünschte sich, sie hätte nicht diesen elenden Rollkragenpulli an. Endlich erreichte er den Saum des Pullovers, schob ihn hoch, ebenso wie ihr Unterhemdchen, und ließ seine Hände über ihre nackte Haut wandern.

»Komm her.« Sie streckte ihre Arme nach ihm aus und er gehorchte sofort, beugte sich näher zu ihr heran, um sie zu küssen, während seine Finger kleine Kreise über ihren Körper zogen. Sarah vergrub ihre Hände in seinem dichten, dunklen Haar, ließ sie ebenfalls nach unten wandern, über die festen Muskelstränge seines Rückens, und spürte, wie sich sein Unterleib begehrlich gegen den ihren presste.

»Noch nicht«, keuchte er, als sie sich an seiner Gürtelschnalle zu schaffen machen wollte. »Wenn du die öffnest, kann ich für nichts garantieren.«

»Meinetwegen musst du dich wirklich nicht zurückhalten«, entgegnete sie atemlos.

»Oh doch.« Er setzte sich auf und schob ihren Pulli nach oben, bis nur noch ihr weißer Spitzen-BH ihre Brüste vor seinen Blicken verbarg. »Ich möchte, dass du diese Nacht niemals vergisst.«

Erneut verspürte sie einen leichten Stich in ihrem Herzen bei dem Gedanken daran, dass ihre Wege sich bald trennen würden, doch Tom sorgte dafür, dass sie sich nicht lange damit aufhielt. Geschickt schob er das letzte bisschen Stoff beiseite und strich mit seinen Daumen über ihre aufgerichteten Brustwarzen.

Sarah schnappte hörbar nach Luft. »Schht«, ermahnte er grinsend und sie schnitt ihm eine Grimasse, die in ein wohliges Seufzen überging, als seine Lippen seine rechte Hand ablösten. Das Bedürfnis, endlich mehr auch von ihm zu spüren, ließ sich nicht länger zurückhalten. Sie riss und zerrte an seinem Hemd, um es aus seiner Hose zu ziehen. Sein Atem kitzelte an ihrer empfindlichen Knospe, als er kehlig über ihre Ungeduld auflachte.

Sarah winkelte ihr Bein an und sofort sank sein Becken tiefer. Deutlich konnte sie die harte Länge seiner Erregung an ihrem Oberschenkel fühlen. Sie grinste. Es war an der Zeit, den Spieß mal umzukehren.

Sie stützte sich mit ihrem Fuß ab und drehte sich, sodass sie nun auf ihm zum Liegen kam. Tom nutzte sofort die Gelegenheit, um ihr die Kleidung über den Kopf zu schieben, bevor sich seine Lippen erneut um ihre Brust schlossen. Sarahs Mitte krampfte sich sehnsüchtig zusammen, ein köstliches Ziehen durchfuhr ihren Körper, sie biss sich auf die Unterlippe, um ein Stöhnen zu ersticken. Dennoch, fast schon widerwillig, schüttelte sie ihren Kopf. Jetzt war er an der Reihe.

Langsam begann sie damit, sein Hemd aufzuknöpfen, und hauchte ihm jedes Mal einen neckenden Kuss auf die Stelle, die sie damit freilegte. Seine Hüfte zuckte, als sie beim letzten Knopf knapp unterhalb seines Bauchnabels angekommen war. Genüsslich fuhr sie mit ihren Fingern über seinen trainierten Oberkörper, fühlte die Erhebungen seiner Muskeln, die Wärme seiner Haut, spürte seinen flammenden Blick auf sich ruhen.

Er stemmte sich hoch, damit sie das Hemd über seine Schultern streifen konnte, und erledigte selbst den Rest. Dann zog er sie stürmisch an sich, bis sie rittlings auf ihm saß – Brust an Brust, Haut an Haut, und küsste sie voller Leidenschaft, ließ seine Hände über jeden Millimeter ihres Körpers wandern. Dieses Mal widersprach er nicht, als sie nach seiner Gürtelschnalle griff, um sie zu öffnen, stattdessen schob er ihr ihre eigene Leggings ungeduldig über die Hüfte und streichelte die entblößte Rundung ihres Pos.

Sarah warf den Kopf in den Nacken und ergab sich für ein paar Herzschläge seiner Liebkosung, bevor sie seinen Reißverschluss öffnete und ihm die Jeans samt Boxershorts herunterzog. Sein hartes Glied reckte sich ihr freudig entgegen und sie umschloss es mit ihrer Hand, spürte die seidige Glätte unter ihren Fingern.

Tom stöhnte auf und presste sich hastig den Unterarm vor den Mund.

»Schhht«, wiederholte sie neckisch.

»Komm her«, raunte er heiser.

»Gleich.« Hastig schlüpfte sie aus ihrer Hose, während er ein Kondom aus einer Schublade holte.

Sarah schaute ihn an und wollte nichts so sehr, wie endlich mit ihm zu verschmelzen. Die Lust jagte durch ihren Körper, sie spürte das intensive, fast schon schmerzhafte Ziehen und Pochen in ihrem Unterleib. Alles in ihr drängte ihm entgegen.

Gleichzeitig war da mehr, viel mehr als das. Ihre Blicke verhakten sich. Sie nahm das Kondom aus seiner Packung und streifte es ihm über, bevor sie sich rittlings auf ihn setzte und ihn ganz in sich aufnahm.

Tom wölbte ihr sein Becken entgegen und stöhnte leise auf. Überwältigt, fast erschrocken sah sie ihn an. Noch nie hatte sie sich einem Mann so nah, so verbunden gefühlt, nicht mal ihm bei ihrer ersten gemeinsamen Nacht. Er legte seine Hand an ihre Wange und zog ihren Kopf zu sich heran. Ohne den Blickkontakt zu unterbrechen, küsste er sie und ihr war, als würde sich ihre Seele mit der seinen vereinen. Als würde etwas tief in ihr drin einrasten, zurechtrücken auf einen Platz, an den es schon immer gehört hatte, als sie sich erst langsam, dann immer schneller im gleichen Rhythmus voller Leidenschaft und Hingabe zu bewegen begannen.

Sarah schreckte hoch, als sie ein Geräusch aus dem Nebenzimmer vernahm. Isa! Sie horchte aufmerksam, aber es blieb still. Vielleicht hatte das Mädchen im Schlaf geredet, vielleicht hatte sie selbst bloß geträumt.

Sie lächelte und legte ihre Wange zurück auf Toms nackte Brust, lauschte dem beruhigenden Schlag seines Herzens. Sein Atem ging ruhig und entspannt. Vermutlich hatte sie sich das Geräusch wirklich nur eingebildet.

Sarah schloss die Augen, doch der Schlaf wollte nicht mehr kommen. Toms Duft nach Aftershave, Kaminrauch und einer leichten Schweißnote stieg ihr in die Nase und setzte ein erotisches Kopfkino in Gang. Nur mit Mühe widerstand sie der Versuchung, ihre Finger über seinen Körper gleiten zu lassen oder ihn mit einem langen Kuss zu wecken und dort wieder weiterzumachen, wo sie vor wenigen Stunden aufgehört hatten.

Sie schmiegte sich enger an ihn und bemerkte zufrieden, wie er – selbst im Schlaf – auf sie reagierte. Er zog sie in seine Arme.»Sarah«, nuschelte er, ohne aufzuwachen.

Ihren Namen ganz unbewusst aus seinem Mund zu hören, ließ ihr Herz freudig aufhüpfen. Das musste etwas bedeuten. Oder nicht? Was würde Isabella sagen, wenn sie sie hier so liegen sähe? Was würde sie denken? Würde Tom es überhaupt zulassen?

Vorhin, als er sie in seinen Armen gehalten und geküsst hatte, als sie eng umschlungen und sich einen Atem teilend ihren Höhepunkt erreicht hatten, als sie sich berührt und gestreichelt hatten, während die letzten Beben der Lust abklangen und nur die Zärtlichkeit übrigblieb, da war es ihr leicht gefallen, alle ihre Bedenken über Bord zu werfen. Jetzt kamen sie umso stärker zurück.

Sie schaute auf die Leuchtanzeige des Weckers. 4:36 Uhr. Sie hatten noch ein bisschen Zeit. Zeit, die nur ihnen beiden gehörte.

Aber was kam dann? Würde sie sich heimlich aus dem Haus schleichen, bevor Isa erwachte? Sollte sie die nächsten sieben Tage so tun, als ob nichts zwischen Tom und ihr geschehen wäre? Sie wusste, dass sie das nicht konnte. Vielleicht wäre es das Beste, wenn sie direkt abreiste. Jeder Tag, den sie blieb, machte das Unvermeidliche nur noch schlimmer. Für sie. Für Tom. Für Isa.

Sie atmete tief durch. Sie hätte nie gedacht, dass der Weihnachtsmann einen so makabren Sinn für Humor besaß, dass er *das* aus ihrem Weihnachtswunsch machen würde.

Dennoch wollte sie sich nicht beschweren. Zumindest wusste sie nun, was sie von ihrem Leben erwartete. Und selbst wenn sie Tom und Isa nicht haben konnte, gab es etwas, das sie zum Positiven verändern konnte. Gestern, als sie in Isabellas erschrockenes, schmerzverzerrtes Gesichtchen geschaut, als sie ihr Mut und Hoffnung zugeredet und ihren Knochen gerichtet hatte, hatte sie sich wieder daran erinnert, weshalb sie Ärztin geworden war. Sie wollte Menschen helfen, Schmerzen lindern, heilen. Das hatte ihr in den letzten Jahren wirklich gefehlt. Auch wenn es wieder Schichtdienst bedeutete und ein geringeres Einkommen, sie würde den Job in Josephs Praxis aufgeben. Sie würde sich selbst treu sein.

»Woran denkst du?«, erklang Toms leise Stimme neben ihrem Ohr.

Sie hatte gar nicht bemerkt, dass er aufgewacht war. »Daran, wie es nun weitergeht.« Es hatte keinen Sinn, um den heißen Brei herumzureden.

»Und? Bist du zu einem Ergebnis gekommen?«

»Nicht wirklich.« Sie gab sich einen Ruck und lächelte ihn an. »Zumindest für die nächste halbe Stunde hätte ich da allerdings eine Idee.«

Toms Gesicht kam näher, bis sich ihre Nasen berührten. »Magst du sie mir vielleicht verraten?« Seine Hand legte sich besitzergreifend auf ihren Po.

»Ich könnte dir einen kleinen Tipp geben«, erwiderte sie und fuhr mit ihrer Zunge spielerisch über seine Lippen.

»Ich sollte jetzt gehen«, sagte sie bedauernd, als sie einige Zeit später wohlig und entspannt nebeneinanderlagen.

Ein betroffener Ausdruck huschte über Toms Gesicht, aber er fragte nicht, wie sie das meinte. Sie sah, wie er seinen Kiefer zusammenbiss, während er nachdachte.

»Nein«, sagte er schließlich.

»Nein?« Sie hasste es, wie hoffnungsvoll ihre Stimme klang. »Und was ist mit Isabella?«

»Ich sage ja nicht, dass wir ihr alles erzählen sollen.« Tom lächelte schnell, als wollte er seinen Worten den Stachel nehmen. »Ich möchte nur nicht, dass du gehst.« Er drückte ihre Finger. »Wir können beide aufstehen, Frühstück machen. Und wenn Isa aufwacht, sagen wir, dass du da bist, um nach ihr zu sehen.«

»Und soll es etwa so die ganze nächste Woche laufen?« Es gelang ihr nicht, die Bitterkeit aus ihrer Stimme fernzuhalten. »Soll ich mich Nacht für Nacht heimlich in dein Bett schleichen, wenn sie eingeschlafen ist?«

»Ich weiß es doch auch nicht«, gab er frustriert zu. »Ich weiß nur, dass ich keine Minute mit dir missen möchte. Dass ich mir nichts so sehnlichst wünsche, als dass es eine Lösung für uns gibt.« Er stockte und sie sah ihm an, wie viel Überwindung ihn seine nächsten Worte kosteten. »Wenn ich alleine wäre, würde ich nicht zögern, würde dich nicht gehen lassen. Auch wenn uns die meiste Zeit über 3.000 Meilen trennen sollten, ich würde diese Fernbeziehung mit dir wagen und alles dafür tun, dass sie funktioniert.«

Sein Geständnis raubte Sarah den Atem. Fassungslos und überwältigt starrte sie ihn an. »Ist das dein Ernst?«

»Ja.« Er schaute ihr fest in die Augen. »Aber all das spielt keine Rolle, weil ich nicht allein bin. Und ich kann das Isabella einfach nicht antun, verstehst du?«

»Ja.« Sie nickte und kämpfte ihre Tränen zurück. »Das tue ich. Und deshalb werde ich gehen.«

»Du meinst nicht nur die andere Straßenseite, oder?«, murmelte er, als er es verstand.

»Nein.« Ihre Lippen begannen zu zittern. Schnell beugte sie sich zu ihm und küsste ihn fest auf den Mund. »Mach's gut, Tom.« Sie setzte sich auf.

»Sarah!«, rief er sie erschrocken zurück.

»Ja?« Sie schaute ihn an und spürte, wie nun doch die Tränen über ihre Wangen zu fließen begannen.

»Ich bereue es nicht«, flüsterte er und sie wusste, dass er eigentlich etwas anderes hatte sagen wollen. Etwas, das besser unausgesprochen blieb.

»Ich auch nicht«, entgegnete sie und lächelte unter Tränen. »Nicht im Geringsten.«

Einen Augenblick lang schauten sie sich entschlossen an. Dann sprang er auf und riss sie in seine Arme, küsste sie voller Kraft und Verzweiflung.

Geh nicht, flehten seine Augen. Aber seine Lippen blieben stumm. Er drückte sie so fest an sich, dass es fast wehtat, doch sie störte das nicht. Sie presste sich an ihn, krallte ihre Finger in seine Schultern, spürte, wie seine Lippen auf den ihren wüteten und seine Zunge ihren Mund plünderte. Sie nahm nichts weiter um sich wahr und wünschte sich, dass dieser Augenblick niemals enden würde.

Ein schrilles Klingeln ließ sie erschrocken auseinanderfahren. Sarah brauchte ein paar Herzschläge, um zu verstehen, dass es die Türglocke war. Es klingelte erneut.

»Daddy?«, drang Isabellas dünne Stimme aus dem Nebenzimmer.

Tom und Sarah tauschten einen entsetzten Blick. Sie waren noch immer splitterfasernackt, jemand klingelte Sturm an ihrer Tür und eine verschreckte Siebenjährige konnte jeden Moment ins Zimmer tapsen.

201

»Daddyyyyy!«

»Ich komme, Spätzchen!« Tom riss eine Schublade auf und schlüpfte auf einem Bein hüpfend hastig in frische Boxershorts. Klickend fiel die Zimmertür hinter ihm zu.

Fröstelnd schlang Sarah ihre Arme um die nackten Schultern. Dann machte sie sich fahrig daran, ihre Kleidung zusammenzusuchen.

Durch die Wand hörte sie, wie Tom seine Tochter beruhigte. Dann folgte das leise Quietschen der Holzstufen, als er barfuß nach unten ging. Männerstimmen wurden laut. Schwere Schritte hallten die Treppe hoch. Es mussten die Sanitäter sein. Die Erkenntnis holte Sarah endlich aus ihrer Benommenheit. Rasch zog sie sich an. Sie würden Isa ins Krankenhaus bringen. Tom würde sie natürlich begleiten. Und sie, ... sie würde nach Hause gehen.

Sie stellte sich dicht an die Zimmertür und lauschte. Sie wollte nicht, dass Isa sie aus Toms Schlafzimmer kommen sah, wollte ihn nicht in Erklärungsnot bringen und auch das Mädchen nicht zusätzlich verunsichern. Isa hatte gerade weiß Gott genug durchzustehen.

»Ich will nicht ins Krankenhaus!«, rief die Kleine gerade erschrocken. »Muss ich operiert werden?«

»Das können wir noch nicht sagen«, erklang die professionelle Stimme eines Mannes.

Sarah ballte ihre Hand zur Faust, um nicht die Tür aufzureißen und tröstend zu Isabella zu eilen. Das stand ihr nicht zu. Tom würde es auch ohne sie hinkriegen. So, wie er es bisher immer hinbekommen hatte. Und es auch in Zukunft tun würde.

»Wir bringen sie schon mal nach unten.«

»Daddy?«

»Keine Angst, Spätzchen. Ich komme gleich nach. Ich packe nur ein paar Sachen zusammen.«

»Ich will dort nicht bleiben.«

»Ich weiß, mein Schatz. Ich weiß.«

Sarah hörte, wie die Männer mit Isa nach unten gingen, hörte Tom im Nebenzimmer rumoren. Wieso nur hatten sie nicht schon früher daran gedacht, eine Tasche für Isa zu packen? Die Haustür wurde geöffnet. Dumpf drang das Rattern von Rotorblättern zu ihr. Die Rettungskräfte mussten mit einem Hubschrauber gekommen sein. Sie hatten es nicht gehört, weil sie zu beschäftigt miteinander gewesen waren.

Plötzlich wurde die Zimmertür geöffnet. Sarah strauchelte und spürte Toms starke Arme, die sie stützend umfingen. Ihr Blick heftete sich an seine noch immer nackte Brust.

»Gut, du bist angezogen«, murmelte er erleichtert. Er drückte ihr einen schnellen Kuss auf die Stirn, bevor er sich an ihr vorbeidrängte. »Kannst du bitte schon mal zu Isa gehen, während ich mir was überwerfe? Sie hat richtig Angst.«

Sarah musterte ihn erstaunt. »Bist du sicher?«

»Sie braucht dich«, entgegnete er schlicht. Dann wandte er sich ihr zu und seine Mundwinkel kräuselten sich leicht. »Außerdem muss mir jemand gleich die Hand halten. Ich kann Krankenhäuser einfach nicht ausstehen.«

Sarah schnaufte erleichtert. »Na, dann kann ich dich ja auf keinen Fall alleinlassen.«

Kapitel 14

»Wieso dauert es so lange?« Wie ein eingesperrter Tiger lief Tom im Wartebereich des Krankenhauses umher.

Beruhigend legte Sarah ihm die Hand auf die Schulter. »Sie ist erst eine halbe Stunde fort. So etwas braucht seine Zeit. Der Arm muss geröntgt werden und ein Arzt muss es sich ansehen.«

»Sie ist noch so klein.«

»Sie ist in guten Händen, Tom. Die Ärzte wissen, was sie tun, vertrau mir.«

»Ich weiß.« Er rang sich ein Lächeln ab. »Es ist nur ...« Er fuhr sich aufgelöst durch die Haare. »Ich habe keine besonders guten Erinnerungen an Krankenhäuser.«

»Es ist bloß ein gebrochener Arm. Wenn sie Glück hat, muss sie nicht einmal operiert werden. Und wenn doch, sorge ich dafür, dass kaum eine Narbe zurückbleibt.«

»So was kannst du?«

Sie lächelte. »Meine leichteste Übung. Und bis dahin bleibe ich hier und halte ganz brav deine Hand.«

Er öffnete den Mund, um etwas zu sagen, als sie von einem älteren Mann in einem weißen Kittel unterbrochen wurden.

»Mr. Collins?«

»Ja?« Tom fuhr alarmiert herum.

»Isabella geht es gut. Sie hat einen Gips und ein Schmerzmittel bekommen.«

»Sie muss nicht operiert werden?«

»Nein.« Der Arzt schüttelte bedächtig seinen Kopf.

Eine Welle der Erleichterung fegte über Sarah hinweg. Sie wusste zwar, dass das Feingefühl in ihren Fingerspitzen besonders ausgeprägt war – nicht umsonst nannte Joseph sie sein

204

Goldhändchen –, doch sich ganz auf ihren Tastsinn verlassen zu müssen, war auch für sie völlig neu. Es hätte auch schiefgehen können.

»Das Röntgenbild ist sehr vielversprechend«, fuhr der Mann fort. »Wer auch immer ihren Arm gerichtet hat, hat hervorragende Arbeit geleistet.« Sein Blick schwenkte neugierig zwischen Sarah und Tom.

»Das war Sarah«, erklärte Tom, bevor sie selbst etwas sagen konnte. Der Stolz, der in seinen Worten mitschwang, legte sich wie eine kuschelige, warme Decke auf ihr Herz.

»Sarah Bishop.« Sie streckte dem Arzt ihre Hand entgegen.

»Dr. Sarah Bishop«, korrigierte sie sich rasch.

»Dr. Sherman, sehr erfreut.« Sein Händedruck war warm und fest. »Haben Sie so etwas schon öfter gemacht?«

»Nicht unter diesen Bedingungen«, gab sie freimütig zu.

Er nickte langsam. »Wirklich bemerkenswert.«

»Danke.« Sie lächelte geschmeichelt.

»Können wir jetzt zu Isabella?«, fragte Tom.

»Natürlich. Sie können sie nachher auch wieder mit nach Hause nehmen.«

»Danke.« Glücklich drückte Tom seine Hand.

»Danken Sie nicht mir, danken Sie dieser jungen Frau.«

Tom warf ihr einen flammenden Blick zu, der ihre Knie weich werden ließ. »Das habe ich vor.« Er setzte sich in Bewegung und blieb überrascht stehen, als sie ihm nicht folgte. »Kommst du?«

»Vielleicht solltest du vorgehen«, sagte sie leise. Sie hatte ihren Entschluss nicht vergessen. Sie würde abreisen, bevor es noch schwieriger für alle Beteiligten wurde.

Doch sie brachte es einfach nicht übers Herz, jetzt zu Isabella zu gehen und ihr zu sagen, dass sie schon früher wegfliegen würde.

Ein beunruhigter Ausdruck huschte über Toms Gesicht, als würde er ahnen, was in ihr vorging. »Nichts da!«, entgegnete er betont jovial. »Wenn ich allein reingehe, schickt Isa mich eh wieder raus, um nach dir zu suchen. Du kannst also auch gleich mitkommen.«

Sie wusste, dass er übertrieb, aber sie war ihm dankbar für den Versuch.

Er streckte seine Hand nach ihr aus und sie legte die ihre hinein, genoss den Druck seiner Finger.

Vor Isas Zimmertür blieb er stehen und schaute Sarah ernst an. »Ich danke dir«, sagte er rau. Dann beugte er sich herab und küsste sie auf den Mund. »Du glaubst nicht, wie sehr ich mir wünsche, die Dinge würden anders stehen.«

Sie atmete tief durch und schluckte. »Doch«, wisperte sie. »Ich weiß es ganz genau.« Dann rückte sie von ihm ab und zog ihre Hand aus der seinen. »Lass uns reingehen.«

»Daddy, Sarah!«, begrüßte Isa sie begeistert, sobald sie das Zimmer betraten. Sie wirkte so winzig in dem großen, weißen Krankenhausbett, aber ihre Augen strahlten und sie schien sich nicht unwohl zu fühlen.

Eine Krankenschwester war gerade damit fertig, ihren Blutdruck zu messen, und erhob sich, um den Besuchern Platz zu machen.

»Schaut mal, ich habe einen Gips!« Stolz hielt Isabella ihren Arm hoch.

»Da werden in der Schule alle staunen«, bemerkte Tom mit angemessener Bewunderung.

»Wenn du magst, male ich dir nachher noch ein paar Blümchen drauf«, schlug Sarah vor.

Skeptisch musterte Isa den harten Verband. »Darf man das denn?«

»Selbstverständlich. Das habe ich früher oft getan.«

»Hattest du dir häufiger den Arm gebrochen?«

»Nein.« Sarah lachte. »Aber ich habe viele heile gemacht.«

»So wie meinen.« Isa strahlte.

»Ja, so ungefähr.«

»Der Arzt hat gesagt, dass du heute nach Hause darfst«, warf Tom ein.

»Jaaa!« Sie sprang auf und fiel ihm um den Hals. Dabei schlug ihr Gips leicht gegen seinen Rücken.

»Aua«, beschwerte sich Tom lächelnd. »Beim Raufen musst du jetzt echt aufpassen, sonst haust du mich noch k. o..«

Isa kicherte.

»Ich schlage vor, es wird eine Weile überhaupt nicht mehr gerauft«, ermahnte Sarah.

»Oh Mann«, flüsterte Tom seiner Tochter verschwörerisch zu. »Ärzte sind manchmal echte Spielverderber.«

»Sarah nicht!«, nahm das Mädchen sie unverzüglich in Schutz. »Sarah ist toll.«

»Ja, das ist sie«, stimmte er ihr leise zu.

Sarah spürte einen Kloß in ihrem Hals aufsteigen. »Ich sollte mir ein Taxi rufen«, sagte sie abrupt.

»Was? Wieso das denn?« Entgeistert starrte Tom sie an.

»Ich muss noch …« Sie deutete mit den Augen eindringlich auf Isabella und zog ihn ein Stück beiseite. »Ich muss noch meinen Flug umbuchen«, flüsterte sie so leise, dass die Kleine es hoffentlich nicht verstand.

»Es ist dir wirklich ernst?«, fragte er betroffen. Sein Gesicht war plötzlich auffallend blass.

Sie nickte stumm.

»Bitte, tu das nicht.«

»So ist es besser, für alle.« Sie schnaufte bitter. »Es ist ja nicht so, als würde sich in einer Woche etwas ändern.« Außer, dass ihre Gefühle für ihn und Isa noch stärker werden würden.

Er atmete tief durch und Sarah war sich Isas neugieriger und aufmerksamer Blicke nur allzu bewusst. Es war so gut wie ausgeschlossen, dass das Mädchen nicht mitbekam, was zwischen ihnen beiden vor sich ging.

»Trotzdem brauchst du kein Taxi«, lenkte Tom schließlich ein. »Ich rufe Matt an, damit er uns gleich abholt. Inzwischen müssten die Straßen frei genug sein. Der Schneefall hat schon fast aufgehört.«

»Ist gut.«

»Sehr schön.« Er wandte sich wieder Isa zu. »Ich rufe jetzt Onkel Matt an, und sobald er da ist, fahren wir nach Hause.«

Gedankenverloren schaute Sarah aus dem Autofenster. Vorne hörte sie Isabella fröhlich mit ihrem Onkel plaudern und war froh, dass die beiden die Unterhaltung bestritten. Neben ihr, nur durch den Mittelplatz getrennt, saß Tom, genauso schweigsam und brütend wie sie. Ihr Blick schweifte über die schneebedeckten Tannen, deren Äste sich unter der weißen Last so weit nach unten bogen, dass sie jederzeit zu brechen drohten, sah den Himmel, der fast genauso farblos grau war wie die Schneemassen am Straßenrand. Überrascht stellte sie fest, dass sie das nicht störte. Weder die Einöde noch die Kälte oder das immerwährende Weiß. Es hatte etwas Beruhigendes, ein Gefühl von Geborgenheit, Frieden, zu Hause.

Sie schnaufte leise über sich selbst. Sie hätte nie gedacht, dass sie den Winter tatsächlich einmal mögen würde. Aber die letzten Tage hatten ihr Leben gehörig auf den Kopf gestellt – wieso nicht auch das?

Aus den Lautsprechern des Radios drang *Winter Wonderland* und Sarah schloss die Augen, um ihre Tränen zurückzuhalten, während sie den leisen Klängen der Musik lauschte. Nie hätte sie es für möglich gehalten, dass ihr der Abschied von North Pole so schwer fallen würde.

»Danke für's Mitnehmen«, sagte sie gepresst, sobald Matt den Wagen vor ihrer Einfahrt anhielt. Sie schnallte sich ab und riss fast fluchtartig die Tür auf.

»Sehen wir uns nachher?«, fragte Tom. Er wirkte angespannt und bedrückt.

»Ja. Ich komme vorbei, sobald ich … alles geregelt habe.«

Ihr entging nicht der neugierige Blick, den Matt erst ihr und dann seinem Freund zuwarf, aber sie kümmerte sich nicht darum. »Bis später, Isa.« Sie drückte das Mädchen kurz an der Schulter, dann schlug sie die Tür hinter sich zu und hastete ins Haus.

Ihre Beine versanken bis über die Knie im weichen Schnee. In der Nacht war einiges heruntergekommen. Ihr Auto war fast vollständig unter einem weißen Berg verschwunden. Wie es aussah, würde sie es erst freischaufeln müssen, bevor sie überhaupt daran denken konnte, irgendwohin zu fahren.

Sie kämpfte sich bis zu ihrer Eingangstür und schloss sie auf. Das Feuer im Kamin war inzwischen natürlich vollständig heruntergebrannt und es war bemerkenswert frisch.

Sie rieb fröstelnd die Hände aneinander und zuckte mit den Schultern. Lange würde sie hier ohnehin nicht mehr bleiben. Sie war fest entschlossen, den ersten verfügbaren Rückflug zu nehmen. Ein glatter, chirurgischer Schnitt war immer besser als ein langsames Auseinanderreißen der Wunde. Und mit etwas Glück würde sie irgendwann sogar heilen. Immerhin wusste sie jetzt genau, was sie wollte.

Sie würde sich nicht mehr verbiegen lassen – weder von ihrer Mutter noch von anderen, würde ihr Leben so leben, wie sie es wollte. Schließlich war es ihr einziges. Nach den Feiertagen würde sie direkt in der Klinik anfragen, in der sie als Assistenzärztin gearbeitet hatte. Als sie damals ging, hatte der Oberarzt ihr mehrfach versichert, dass sie immer willkommen wäre.

Darauf würde sie sich nun konzentrieren, nur daran denken und nicht an das, was sie hier zurückließ.

Sie hastete die Treppe nach oben und suchte nach ihrem Handy, das seit Tagen vernachlässigt herumlag. Als sie es einschaltete, summte und klingelte es ununterbrochen, als all die Nachrichten eingingen, die sie verpasst hatte.

Sarah machte sich nicht die Mühe, sie zu lesen. Die meisten stammten ohnehin von ihrer Mutter oder ihren überbesorgten

Freundinnen, an die sie in den letzten Tagen erstaunlicherweise gar nicht gedacht hatte. Überhaupt kam ihr altes Leben ihr so unendlich weit weg vor, und das lag nicht an der räumlichen Entfernung.

Sie startete den Browser und loggte sich auf der Seite der Fluggesellschaft ein. Eine rote Warnmeldung blinkte auf. Sarah blinzelte und starrte ungläubig darauf. Die Meldung war immer noch da. Das konnte doch nicht wahr sein! Fassungslos warf sie das Handy neben sich auf das Bett. Wie es aussah, war der gestrige Schneesturm nur ein Vorbote gewesen, das richtige Unwetter kam erst noch. Zumindest in den nächsten drei Tagen würde voraussichtlich kein Flugzeug mehr starten, das Risiko war einfach zu hoch.

Sarah griff erneut nach dem kleinen Telefon und schaltete es aus. Sie konnte nicht leugnen, dass sie tief in sich drin erleichtert war. Die Entscheidung war ihr abgenommen worden.

Mit pochendem Herzen und kribbelndem Bauch lief sie die Treppe hinunter und knallte die Haustür hinter sich zu, bevor sie es sich noch einmal überlegen konnte.

***

»Welchen Film möchtest du sehen?« Fragend schaute Tom Isabella an, die es sich auf dem Sofa gemütlich gemacht hatte. Matt hatte sie beide bloß abgesetzt und war wieder nach Hause gefahren, weil das Wetter zu unbeständig war. Also hatten sie beschlossen, sich einen kuscheligen Nachmittag auf der Couch zu machen.

»Oh, nicht schon wieder Ice Age, Daddy«, stöhnte Isa, als er eine DVD hochhielt.

»Wieso nicht? Der ist doch lustig.«

Sie schüttelte gespielt entrüstet ihren Kopf.

Es war schön zu sehen, dass sie die Nachwirkungen ihres Unfalls schon so gut überwunden hatte. Nur der Gips an ihrem

Arm erinnerte daran, dass nicht alles in Ordnung war. Ansonsten schien sie wieder ganz die Alte zu sein.

»Wie wär's mit Barbie oder Tinker Bell?«

»Argh!«Tom verzog das Gesicht und Isa kicherte. »Also gut, weil du es bist«, gab er schließlich nach. Er fischte die neueste Barbie-DVD aus dem Regal und legte sie in den Player ein. Plötzlich klopfte es an der Tür. Tom erstarrte. Er wusste genau, wer das war und was dieser Besuch zu bedeuten hatte. Sarah hatte ihren Flug umgebucht.

»Bleib sitzen!«, sagte er zu Isa, die gerade aufsprang. »Ich mach das schon.« Schweren Herzens ging er zur Tür. Er wollte es nicht hören, wollte sich nicht von ihr verabschieden, auch wenn es unausweichlich war.

Er atmete tief durch, bevor er die Klinke herunterdrückte. Sarah stand vor ihm – strahlend und wunderschön. Sie sollte nicht so freudig, so aufgeregt wirken, wenn sie im Begriff war, ihn zu verlassen.

»Es gibt keine Flüge!«, murmelte sie und schien es selbst nicht glauben zu können.

»Was?« Überrascht trat er einen Schritt zurück, um sie hereinzulassen.

»Es kommt ein noch größerer Schneesturm, der Flughafen ist dicht. Ich kann meinen Flug nicht umbuchen.«

»Das ... Das tut mir leid«, log er hastig, während ihm ein zentnerschweres Gewicht von der Seele fiel.

»Ja, mir auch«, sagte sie, doch ihre Augen funkelten glücklich. »Es wäre das Vernünftigste gewesen«, fügte sie leise hinzu.

»Vernunft wird häufig überbewertet«, erwiderte er und sein Arm hob sich, so sehr sehnte er sich danach, sie an sich zu ziehen. Doch unter Isas wachsamen Augen war das natürlich nicht möglich.

»Wie auch immer«, sie biss sich auf die Lippe und rückte ein Stück von ihm ab. »Ich wollte nur, dass du das weißt. Gegen das Wetter kann ich nichts ausrichten. Ich werde also noch ein paar Tage bleiben.«

Er sah sie an und tausend Gedanken schwirrten ihm durch den Kopf. Vielleicht war das ja Schicksal, ein Fingerzeig, eine höhere Gewalt, die sie daran hinderte, einfach so aus seinem Leben zu verschwinden.

»Wie es scheint, will Alaska dich nicht gehen lassen«, meinte er rau.

Sie lächelte und er versank in ihren wunderschönen, himmelblauen Augen, die an Sommer und Sonne erinnerten.

Sie wandte ihren Kopf ab. »Ich wollte euch auch nicht länger stören.«

»Du störst nicht«, versicherte er eilig. »Wir wollten uns bloß einen Film ansehen.«

»Kennst du schon ›Barbie im Weltraum‹?«, warf Isa ein.

»Nein.«

»Dann musst du den unbedingt sehen. Der ist so toll!«

Tom entging nicht, dass sie noch immer zweifelte, und er wusste, dass er allein die Schuld dafür trug. Er hätte von Anfang an viel entspannter mit der Situation umgehen sollen, dann würde sie sich nicht verpflichtet fühlen, immer wieder Abstand zu halten.

»Bitte«, sagte er leise. »Es würde uns viel bedeuten. Uns beiden.« Er warf einen Blick aus dem Fenster. Die Dämmerung schritt schnell voran und die Schneeflocken begannen immer wilder zu tanzen. »Außerdem kann ich dich bei diesem Wetter unmöglich wieder nach draußen lassen. Und dein Kamin ist mit Sicherheit auch nicht geheizt.«

Sie schmunzelte über seinen offensichtlichen Versuch, sie mit allen Mitteln zum Bleiben zu überreden. »Und was schlägst du vor? Soll ich etwa für die nächsten drei Tage bei euch einziehen?«

Das war in der Tat eine sehr verlockende Möglichkeit. »Dann könntest du dich viel besser um Isa kümmern, falls etwas wäre«, sagte er schnell. »Und ich müsste mir keine Sorgen darüber machen, ob du vielleicht frierst oder genug zu essen hast.«

»Außerdem könnte Daddy dich dann viel besser küssen«, half Isa ihm grinsend aus.

Ihre Worte schlugen ein wie ein Donnergrollen.

»Was?« Ertappt schaute Tom sie an. »Wie kommst du denn darauf, Spätzchen?«

Unschuldig erwiderte sie seinen Blick. »Hast du doch gestern Abend auch getan. Bei mir im Zimmer.«

»Das hast du gesehen?«, fragte Sarah ungläubig. »Ich dachte, du hättest geschlafen.«

»Ich hatte ganz kurz meine Augen aufgemacht, wollte euch aber nicht stören.« Sie wirkte überaus selbstzufrieden.

Sarah sah aus, als könnte sie sich ihr Lachen nur mit Mühe verkneifen. Und auch er musste zugeben, dass Isa erstaunlich gelassen mit der Situation umging. Vielleicht, weil sie sie noch nicht in Gänze verstand.

»Ich habe Sarah geküsst, weil ich sie sehr gern mag. Ist das komisch für dich?«, fragte er vorsichtig.

»Nein. Ich mag sie auch und ich habe sie auch schon geküsst.«

Tom warf Sarah einen hilflosen Blick zu, doch sie zuckte nur ihre Schultern. Sie wusste offensichtlich auch nicht recht, wie sie mit Isas Offenbarung umgehen sollte.

»Ich mag es, dass du so glücklich bist, Daddy«, sagte Isabella plötzlich.

»Wie meinst du das?«

»Deine Augen, sie werden immer ganz weich und funkelig, wenn du sie anschaust. Und du lächelst dann so nett.«

»Ja. Da hast du allerdings recht, Liebling.« Er wurde wieder ernst und kaute nachdenklich auf seiner Unterlippe. »Du weißt schon, dass Sarah in ein paar Tagen abreisen wird, oder?«

»Ja«, murrte sie unwillig. »Sie kommt aber wieder, oder?«

»Bestimmt. Irgendwann.«

»Ich wohne sehr weit weg, weißt du?« Sarah trat zu ihr und hockte sich neben sie. »Wir können uns dann nicht so oft sehen.«

Isabella nickte bedächtig und es zerriss ihm das Herz, als er merkte, wie tapfer sie darum kämpfte, ihre Enttäuschung unter Kontrolle zu halten. »Jetzt bist du ja noch hier.«

»Das stimmt.« Sie streichelte dem Mädchen liebevoll über den Kopf. »Jetzt bin ich noch hier. Und ich würde sehr gern diesen Film mit dir anschauen.«

Tom wusste nicht, wie, aber es war ihm gelungen, alle Gedanken an die Zukunft aus seinem Kopf zu vertreiben. Es war schön, wie zufrieden sich Isa zwischen Sarah und ihn kuschelte, er genoss es, Sarah heimlich zu beobachten, während sie sich mit Isa den Film ansah. Er selbst bekam davon nicht so wirklich viel mit, aber er freute sich jedes Mal, wenn Isabella und Sarah gemeinsam auflachten, schmunzelte, wenn Isa ihr die interessantesten Szenen schon kurz vorher verriet.

Nach dem Film gab es Pommes und seinen warmen Spezialkakao – auf dem beide Damen ausdrücklich bestanden. Danach spielten sie noch eine Runde Monopoly, bis Tom schließlich das Zeichen zur Nachtruhe gab.

»Du kannst bei mir im Zimmer schlafen«, bot Isabella Sarah freundlich an.

»Das ist sehr lieb, aber ich denke, ich gehe einfach über die Straße zurück.«

Tom war klar, dass er sich gerade auf sehr dünnem Eis bewegte, doch er wollte die Nacht nicht ohne sie verbringen.

»Ich dachte, wir hätten das schon geklärt.« Er sah sie bedeutungsvoll an. »Dein Kamin ist kalt.« Wenn sie darauf beharrte, würde er natürlich mit ihr rübergehen und ihn für sie anheizen. »Und es dauert ewig, bis das Haus wirklich warm wird.« Er wusste, dass sie im Schlafzimmer eine Standheizung hatte, immerhin hatte er sie dort gesehen, doch glücklicherweise erwähnte sie sie nicht.

»Na gut, überredet.« Sarah seufzte ergeben.

»Dann kommst du zu mir?«, fragte Isa freudig.

»Ähm.« Sarah druckste unsicher herum.

»Dein Zimmer ist so klein, mein Schatz«, sprang Tom schnell in die Bresche. »Und ich habe ein viel breiteres Bett. Wenn Sarah nichts dagegen hat, kann sie also gern bei mir schlafen.«

»Du willst bloß wieder mit ihr knutschen«, hielt seine Tochter ihm vor.

»Vielleicht, ein wenig«, gab er zu und sah, wie Sarah neben ihm rosa anlief. Es war echt niedlich, wie eine Siebenjährige sie in Verlegenheit bringen konnte.

»Also gut, weil du es bist«, lenkte Isa grinsend ein.

»Ab ins Badezimmer mit dir, du Frechdachs!«, kommentierte Tom belustigt. »Wir kommen gleich rauf, um dir Gute Nacht zu sagen.«

Es war schon spät, als Tom am nächsten Morgen die Augen aufschlug, dennoch drang nur wenig Tageslicht in das Zimmer. Der Himmel hing bleiern und voller Wolken, wirbelnd und tanzend zogen die Schneeflocken dicht an dicht vor dem Fenster vorbei. Er wandte seinen Kopf und sah in Sarahs vom Schlaf entspanntes Gesicht. Er lächelte und strich ihr behutsam eine Strähne aus der Stirn. Er konnte sich nicht erinnern, wann er das letzte Mal so glücklich, so zufrieden gewesen war.

Sie schlug ihre Lider auf und schaute ihn liebevoll an. »Guten Morgen.«

»Hast du gut geschlafen?«

»Ja. Nicht viel, dafür wirklich gut.« Sie rekelte sich wohlig.

Er schmunzelte. Sie hatten erst gemütlich auf dem Sofa vor dem Kamin gesessen und sich dann bis in die frühen Morgenstunden hinein geliebt. »Hast du Hunger?«

Wie zur Antwort grummelte ihr Magen. Ertappt drückte sie sich die Hand auf den Bauch. »Ich schätze, ich habe mich gestern etwas zu sehr verausgabt.« Sie rückte näher und angelte mit ihren Lippen nach den seinen.

»Wirklich?« Tom zog grinsend die Augenbrauen hoch. »Ich hatte das Gefühl, unser kleines *Workout* hätte dir gefallen.« Sie stemmte sich auf ihrem Ellbogen hoch, sodass sie halb auf ihm zum Liegen kam. »Ich habe auch nie was anderes behauptet.«

Er spürte, wie sein Körper sofort auf sie reagierte. Seit Langem hatte er nicht mehr eine so ausgeprägte Morgenerektion wie in der letzten Zeit gehabt. Er verlagerte leicht seine Beine, um sie nicht direkt damit aufzuspießen, und schnappte laut nach Luft, als sie mit der Hand über diese empfindsame Stelle strich.

»Ich mag das«, raunte sie verführerisch.

»Ach, wirklich?«, seine Hände legten sich auf die perfekte Rundung ihres Pos.

»Daddy?« Leichte Schritte im Flur verrieten, dass Isa aufgewacht war.

Natürlich. Wie könnte es anders sein?

Er kniff die Augen zusammen und zählte innerlich bis fünf, während Sarah unverzüglich von ihm herunterrollte.

»Es tut mir leid«, raunte er zerknirscht.

»Muss es nicht.« Sie richtete das T-Shirt, das er ihr für die Nacht überlassen hatte.

Die Tür ging auf. Er musste Isa unbedingt einschärfen, dass sie vorher anklopfen sollte.

»Darf ich mit euch kuscheln?« Ohne eine Antwort abzuwarten, krabbelte sie auf das Bett.

Tom warf Sarah einen unsicheren Blick zu. Mit solchen Situationen hatte er nicht ohne Grund keine Erfahrung, doch ihr schien Isas Erscheinen nichts auszumachen. Sie streckte ihre Arme nach ihr aus und rückte zur Seite, um seiner Tochter Platz zwischen ihnen zu machen.

Tom schloss die Augen und richtete einen letzten, viel zu verspäteten Weihnachtswunsch in den Himmel. Das hier konnte, das hier *durfte* nicht in wenigen Tagen schon wieder vorbei sein.

»Ich habe Hunger!«, verkündete Isa vergnügt. Tom riss sich zusammen. »Dann muss ich wohl aufstehen.« Er sah sie abschätzend an. »Was meinst du, sollen wir Sarah unser Spezialfrühstück zaubern?«

»Au ja!« Begeistert sprang Isa auf und streckte ihm auffordernd die gesunde Hand hin. »Kommst du?«

»Lauf schon mal vor, du Quälgeist. Du musst dich ohnehin noch anziehen.«

»Ein Spezialfrühstück?«, fragte Sarah neugierig, als Isabella das Zimmer verließ.

»Oh ja, es ist etwas ganz Besonderes.« Er gab ihr einen schnellen Kuss und stand auf, um sich ebenfalls anzuziehen. »Ich mache Rührei und Speck und Isa macht einen ganz besonderen Smoothie mit Äpfeln, Schokokeksen, Kokosraspeln und Saft.« Er lachte, als er Sarahs skeptisches Gesicht bemerkte. »Es schmeckt besser, als es klingt, vertrau mir.«

»Hört es auch irgendwann wieder auf zu schneien?«, fragte Sarah verwundert. Sie stand am Fenster, das zur Hälfte bereits mit dem allgegenwärtigen Weiß bedeckt war, und schaute staunend hinaus.

Tom stellte die Schüssel weg, in der er gerade die Eier verrührte, und trat hinter sie. Er vergaß immer wieder, wie fremdartig ihr das Wetter und die Landschaft hier vorkommen mussten. Dieser Satz allerdings führte ihm unbarmherzig vor Augen, dass sie nicht hierhergehörte, dass ihr Leben woanders stattfand.

»So plötzlich, wie es anfängt, hört es irgendwann wieder auf«, erklärte er. »Vermisst du die Sonne?«, fügte er zögernd hinzu. Eigentlich wollte er die Antwort gar nicht wissen.

Langsam drehte sie sich um und sah ihm fest in die Augen.
»Nein«, entgegnete sie ruhig und klang, als würde sie es ehrlich meinen. »Es hat schon was, so eingeschneit zu sein. Als wäre das Haus in Watte gepackt. Eine kleine Kugel aus Wärme und Licht inmitten all dieser Kälte.«

»Wenn man nicht rausmuss, ist es ganz schön gemütlich«, stimmte er ihr zu. »Ich fürchte aber, nachher werde ich einen Tunnel zu deinem Haus buddeln müssen, damit du ein paar Sachen holen kannst.«

»Na, ganz so schlimm wird es schon nicht werden«, schnaufte sie amüsiert und schaute erneut aus dem Fenster. »Der Schnee liegt höchstens hüfthoch, da kann man noch gehen.«

Tom lachte auf. Sie überraschte ihn immer wieder. »Pass auf, sonst redest du bald wie eine Einheimische.«

Ein betroffener Ausdruck huschte über ihr Gesicht und Tom hätte sich am liebsten geohrfeigt. Sie hatten stillschweigend einen großen Bogen um das Thema ihrer baldigen Abreise gemacht. Aber Fakt war, dass sie es nicht ewig ignorieren konnten.

»Brauchst du Hilfe?« Sarah schaute demonstrativ zur Küchentheke hinüber.

»Sicher«, ging er dankbar auf ihren Themenwechsel ein. Jetzt war nicht der geeignete Zeitpunkt, das zu klären. Ganz abgesehen davon, dass es da nichts zu klären gab. »Du könntest die Äpfel für Isa schneiden.«

Sie nickte und schnappte sich ein Messer.

Er hatte gerade die Eier in die Pfanne gekippt, als plötzlich das Telefon läutete. Bestimmt waren das Martha oder Matt, die sich nach Isabella erkundigen wollten.

»Ja?«, fragte er, als er ranging.

»Mr. Collins?«, erklang die Stimme eines Mannes, die ihm vage bekannt vorkam.

»Ja«, bestätigte er vorsichtig.

218

»Hier ist Dr. Sherman, wir haben uns gestern im Krankenhaus kurz kennengelernt.«

Toms Herz setzte einen Schlag aus. »Stimmt etwas nicht?« Ging es um Isa? Hatten sie sich vertan? Musste sie doch operiert werden? Sein Blick zuckte zu seiner Tochter, die munter neben Sarah saß.

»Nein, nein, alles in Ordnung«, beruhigte Dr. Sherman ihn schnell. »Ich habe mich nur gefragt, ob Miss Bishop vielleicht in der Nähe ist. So hieß doch die junge Dame, die Ihre Tochter versorgt hat, oder?«

»Ja. Was wollen Sie von ihr?«

»Das würde ich gern mit ihr persönlich besprechen. Ist sie da oder haben Sie eine Telefonnummer für mich?«

Tom räusperte sich verwirrt. »Ich gebe sie Ihnen.«

»Was ist los?« Beunruhigt trat Sarah zu ihm.

Rasch legte er die Hand über das Mikro. »Dr. Sherman aus dem Krankenhaus will mit dir reden.«

Sie runzelte ihre Stirn und streckte die Hand nach dem Telefon aus.

»Hallo. Sarah Bishop hier ... Ja, ich höre«, fügte sie ernst hinzu.

Tom ging ein paar Schritte beiseite. Er wollte nicht lauschen, auch wenn er vor Neugier und Sorge schier verging. Er hoffte sehr, dass sie keinen Ärger bekommen würde, weil sie Isa eigenmächtig geholfen hatte.

Leise sprach Sarah mit dem Arzt. »Danke, ich melde mich«, sagte sie schließlich. Ihre Stimme klang seltsam beherrscht. »Auf Wiederhören.«

Sie senkte das Telefon und schaute Tom fassungslos an, die Wangen vor Aufregung gerötet. »Du wirst es nicht glauben«, raunte sie und ihre Augen strahlten.

Epilog

»Drei … Zwei … Eins … Frohes neues Jahr!«

Der Sektkorken knallte, Martha füllte die Gläser. Neben Sarah versanken Matt und Liv in einem innigen Kuss. Sie selbst hatte nur Augen für den Mann, der sie nun liebevoll in seine Arme zog. Nichts anderes war in diesem Moment von Bedeutung.

»Frohes neues Jahr«, wiederholte Tom lächelnd. Sein Gesicht strahlte, als er seine Lippen auf die ihren legte.

Ein unglaubliches Glücksgefühl erfüllte Sarahs Brust, so stark, dass sie zu platzen drohte. Als sein Mund sich schließlich von dem ihren löste, linste sie über seine Schulter hinweg zu der Couch und der kleinen Gestalt, die darauf lag. Isa schlief tief und fest, störte sich nicht im Geringsten an dem fröhlichen Lachen der Erwachsenen und dem Klirren der Sektgläser.

Tom folgte ihrem Blick. »Ihr geht es gut. Morgen wird sie sich zwar beschweren, dass wir sie nicht geweckt haben, aber das hätten wir jetzt vermutlich ohnehin nicht geschafft.«

Sarah nickte. Isabella war aufgeblieben, bis ihr die Augen zufielen und sie nicht mehr aufrecht sitzen konnte. Immer weiter war sie auf dem Sofa zur Seite gekippt, bis sie sich schließlich ganz in die Kissen gekuschelt hatte.

»Lässt du Sarah auch mal los?«, erklang Matts amüsierte Stimme. »Dann könnten wir endlich anstoßen.«

Tom schnitt seinem Freund eine Grimasse, nahm jedoch zumindest einen Arm von Sarahs Taille, um sein Glas in Empfang zu nehmen.

»Auf ein glückliches und fantastisches neues Jahr. Und auf all die schönen Überraschungen, die es uns bescheren mag!«, sagte Martha zufrieden und schaute bedeutungsvoll auf Matt und Liv.

Die junge Frau räusperte sich verlegen. »Mit der Hochzeit haben wir vorerst genug zu tun.«

Martha zuckte lächelnd mit den Schultern. »Man weiß ja nie.«

»Auf das neue Jahr«, eilte Matt seiner Verlobten zur Hilfe und hielt sein Glas nach vorn. Es klirrte leise, als die Übrigen seinem Beispiel folgten.

Sarah spürte, wie Tom sie noch enger an sich zog, und lächelte ihn verliebt an. Er nahm seinen Blick nicht von dem ihren, während er seinen Kelch langsam zu den Lippen führte. Sarah nippte an ihrem eigenen, spürte die prickelnde Flüssigkeit ihre Kehle hinabrinnen und den Kloß fortspülen, der sich in ihrem Hals zu bilden begann. Sie würde ihn so vermissen. Ihn und Isa.

»Ich kann nicht glauben, dass du übermorgen schon abreist«, sagte Tom, als hätte er ihre Gedanken gelesen. »Kannst du nicht noch ein wenig länger bleiben?«

»Du weißt, dass das nicht geht«, sagte sie bedauernd. »Es ist ja nicht für lange«, fügte sie besänftigend hinzu. »In zwei Wochen bin ich wieder da.«

»Genau genommen sind es fünfzehn Tage«, beschwerte er sich. »Das sind fünfzehn Mal schlafen ohne dich.«

Sarah verdrehte die Augen. »Hat Isa das für dich ausgerechnet?«

»Nee, das habe ich ganz alleine geschafft.« Er zog sie wieder an sich. »Du fehlst mir jetzt schon«, wisperte er in ihr Haar.

»Ich möchte mich trotzdem nicht beschweren, nicht, nachdem ich solches Glück gehabt hab. Ich kann es noch immer kaum fassen, dass Dr. Sherman mir diese Stelle in der Chirurgie angeboten hat. Ich meine, ich habe sie natürlich noch nicht fest, aber das erste Gespräch war so vielversprechend.« Sarah merkte, wie sie ins Schwärmen geriet. »Ich freue mich sehr darauf, in zwei Wochen den Rest des Teams kennenzulernen. Ich hoffe wirklich, dass ich diesen Job bekomme.«

Ein ernster Ausdruck trat auf Toms Gesicht. »Da habe ich keinen Zweifel, du hast den Oberarzt ziemlich beeindruckt. Aber bist du sicher, dass du das willst? Ich möchte nicht, dass du es eines Tages bereust.«

»Das werde ich nicht«, entgegnete sie schnell, und ohne zu zögern. »Selbst wenn es nicht um dich und Isa ginge, wäre diese Stelle wie für mich gemacht. Sie ist genau das, was ich mir suchen wollte, wenn ich wieder zu Hause bin.«

»Wirklich?« Er sah sie erleichtert an.

»Wirklich«, bestätigte sie und schlang ihm ihre Arme um den Nacken. »Es ist, als würden plötzlich alle meine Träume wahr werden, selbst die, von denen ich nicht einmal gewusst habe, dass ich sie besaß.«

Er lächelte und senkte seine Stirn auf die ihre, bis sich ihre Nasen berührten und sie sich einen Atem teilten. »Dann hast du hier tatsächlich das gefunden, wonach du gesucht hast?«

»Sogar mehr als das.« Sie schmunzelte. »Ich habe mich selbst in Alaska gefunden, dabei allerdings irgendwie mein Herz verloren.«

Seine Lippen streiften zärtlich die ihren. »Da du dafür meins bekommen hast, klingt der Tausch für mich gar nicht so schlecht.«

»Es ist der beste, den ich mir vorstellen kann«, erwiderte sie und schmiegte sich glücklich an ihn.

ENDE

Über Ellen McCoy

Ellen McCoy wohnt mit ihrem Mann und ihren zwei kleinen Töchtern in der Nähe von Köln. Sie ist eine absolute Leseratte und liebt es, in schönen Geschichten zu versinken.

„Unsäglich verliebt", der erste Band der „Alaska wider Willen"-Reihe, schaffte es auf Anhieb auf Platz 3 der Bild-Bestsellerliste.

Als Elvira Zeißler schreibt die Autorin auch fantastische Geschichten voll Gefühl und Magie.

***

Wenn Ihnen dieses Buch gefallen hat, freue ich mich sehr über Ihre Unterstützung in Form einer Rezension oder einer Empfehlung an Freunde und Bekannte. Gern können Sie auch persönlich Kontakt zu mir aufnehmen. Ich freue mich auf Sie!

Ellen McCoy / Elvira Zeißler im Internet:
www.facebook.com/autorin.ellenmccoy
www.elvirazeissler.de
www.youtube.com/user/ElviraZeissler

Buchempfehlung

Der erste Band der „Alaska wider Willen"-Reihe!

Liv Archer hat für ihr Leben einen festen Plan:
Erst kommt die Karriere, danach die Liebe.
Als Liv das Büro ihres Chefs betritt, rechnet sie fest mit einer Beförderung und einem glamourösen Auftrag in New York. Stattdessen schickt er sie in die Wildnis von Alaska, um das marode Sägewerk seines Neffen vor dem Untergang zu bewahren. Als wäre dies noch nicht genug, ist Matt Coleman über Livs Auftauchen alles andere als erfreut und bemüht sich nach Kräften, sie möglichst bald wieder loszuwerden. Lediglich sein Partner Tom steht ihr hilfreich zur Seite und lässt seinen Charme bei ihr spielen. Doch Liv hat einen eisernen Vorsatz: Fange nie etwas mit einem Kunden an …

"Pures Lesevergnügen!" - Beara liest

Buchempfehlung

Berührend, humorvoll und durch und durch romantisch!

Nach einer weiteren Enttäuschung hat Sam von Männern die Nase definitiv voll und schwört der Liebe endgültig ab. Das kann Coup - ein Engel der Liebe - natürlich nicht so auf sich sitzen lassen. Kurzerhand geht er eine Wette ein, dass er es schafft, bis Jahresende den Richtigen für Sam zu finden. Den passenden Kandidaten scheint er auch schon gleich parat zu haben, denn Sams schüchterner Nachbar Patrick ist ganz offensichtlich in sie verliebt.
Und doch erlebt Coup die Überraschung seines Lebens, als er feststellt, dass sein sechster Sinn ausgerechnet in diesem einen Fall versagt …

"Eine wunderbar himmlische Liebesgeschichte, die uns den Glauben an die Liebe wiedergibt"- *MagischeMomenteFürMich*

Buchempfehlung

Ihre Liebe ist gegen alle Regeln und doch das Einzige, das sie retten kann ...

Als Valerie in einem Café den geheimnisvollen, finsteren John kennen lernt, ist sie zwischen Angst und Faszination hin und her gerissen. Die tiefe Trauer, die ihn seit dem Tod seiner Frau wie ein undurchdringlicher Schleier umgibt, scheint nicht der einzige Abgrund seiner Seele zu sein.

Als Valerie sein Geheimnis erfährt, erschüttert es ihr gesamtes Weltbild, und plötzlich findet sie sich auf der Flucht vor einem erbarmungslosen Feind wieder.

Gejagt für ein Verbrechen, das keins ist, scheint es keine Hoffnung für ihre Liebe zu geben ...

wunderschön romantisch" - Letannas Bücherblog
"Große Unsicherheit, tiefe, ehrliche Verzweiflung und wahnsinnig viel Gefühl" - NieOhneBuch